T0188326

BESTSELLER

Biblioteca
SHARI LAPENA

La pareja de al lado

Traducción de
Ana Momplet

DEBOLS!LLO

Papel certificado por el Forest Stewardship Council®

MIXTO
Papel procedente de
fuentes responsables
FSC® C117695
www.fsc.org

Penguin
Random House
Grupo Editorial

Título original: *The Couple Next Door*

Primera edición en Debolsillo: febrero de 2018
Decimoprimera reimpresión: febrero de 2022

© 2016 by 1742145 Ontario Limited
© 2017, 2018, Penguin Random House Grupo Editorial, S. A. U.
Travessera de Gràcia, 47-49. 08021 Barcelona
© 2017, Ana Momplet, por la traducción
Diseño de la cubierta: adaptación del diseño original de
Roseanne Serra: Penguin Random House Grupo Editorial
Fotografía de la cubierta: © Yulia Tsernant / EyeEM / Getty Images

Printed in Spain – Impreso en España

ISBN: 978-84-663-4280-3
Depósito legal: B-26.372-2017

Impreso en Novoprint
Sant Andreu de la Barca (Barcelona)

P 3 4 2 8 0 D

A Helen Heller,
la agente más emocionante

1

Anne puede sentir el ácido revolviéndose en su estómago y trepando por su garganta; la cabeza le da vueltas. Ha bebido demasiado. Cynthia se ha pasado la noche rellenándole la copa. Anne no quería sobrepasar un límite, pero las cosas se le han ido de las manos; tampoco sabía de qué otra manera aguantar la velada. Ahora no tiene ni idea de cuánto vino ha bebido en el curso de esta interminable cena. Tendrá que extraerse leche por la mañana.

Anne languidece en el calor de la noche de verano y observa a su anfitriona con los ojos entornados. Cynthia está coqueteando abiertamente con su marido, Marco. ¿Por qué lo aguanta Anne? ¿Y por qué lo permite el marido de Cynthia, Graham? Está enfadada, pero se siente impotente; no sabe cómo ponerle fin sin parecer patética y ridícula. Todos se encuentran un poco borrachos. Así que lo ignora, ardiendo silenciosamente de ira, y da otro sorbo a su vino frío. No la educaron para montar escenas, y tampoco le gusta llamar la atención.

Sin embargo, Cynthia...

Los tres —Anne, Marco y el amable y blando esposo de Cynthia, Graham— la observan fascinados. Especialmente Marco parece incapaz de apartar los ojos de Cynthia. Cada vez que se inclina para rellenarle la copa se acerca un poco de más, y, como lleva una camiseta ceñida muy escotada, Marco le frota la nariz prácticamente contra los pechos.

Anne se dice a sí misma que Cynthia coquetea con todo el mundo. Es tan despampanante y atractiva que parece incapaz de evitarlo.

Sin embargo, cuanto más les mira, más se pregunta si de veras hay algo entre Marco y Cynthia. Nunca antes había sospechado. Tal vez sea el alcohol, que la está volviendo paranoica.

No, decide: si tuvieran algo que esconder, no se andarían con estas. Cynthia tontea más que Marco, halagado beneficiario de sus atenciones. De hecho, él mismo es casi demasiado atractivo, con su pelo oscuro despeinado, esos ojos de color de avellana y su encantadora sonrisa; siempre ha llamado la atención. Hacen una pareja imponente, Cynthia y Marco. Anne se dice que ya basta. Que por supuesto que Marco le es fiel. Sabe que está completamente entregado a su familia. La niña y ella lo son todo para él. Estará a su lado, pase lo que pase —le da otro trago al vino—, por muy mal que se pongan las cosas.

Sin embargo, el ver a Cynthia lanzarse sobre su marido le hace sentirse cada vez más nerviosa y ofendida. Hace seis meses que dio a luz, pero todavía tiene casi diez kilos de más por el embarazo. Creía que a estas alturas ya habría recuperado su figura, pero aparentemente se tarda al menos un año. Tendría que dejar de mirar las revistas en las cajas del supermercado y no compararse con esas madres famosas que a las pocas semanas están fantásticas gracias a su entrenador personal.

Pero ni en su mejor momento podría competir con el aspecto de Cynthia, su alta y escultural vecina, con sus largas piernas, su cintura estrecha y sus grandes pechos, su piel de porcelana y su melena de color azabache. Además, siempre va vestida para matar, con tacones altos y ropa sexy, incluso para una cena en casa con otra pareja.

Anne no puede concentrarse en la conversación que la rodea. Se abstrae y se queda mirando la chimenea tallada de mármol, igual que la que tienen en su comedor, al otro lado de la pared que comparten con Cynthia y Graham. Viven en casas adosadas de ladrillo, típicas de esta localidad al norte del estado de Nueva York, sólidamente construida a finales del siglo XIX. Todas las casas de la calle son parecidas —de estilo italiano, restauradas, caras—, pero la de Anne y Marco está al final de la hilera, y cada una tiene ligeras diferencias en decoración y gusto; cada una es una pequeña obra de arte.

Anne coge torpemente su teléfono de encima de la mesa y mira la hora. Es casi la una. Pasó a ver a la niña a las doce, y Marco volvió a ir a las doce y media. Luego salió a fumarse un cigarro al patio con Cynthia, dejando a Anne y a Graham sentados a la mesa algo incómodos, con una conversación forzada. Tendría que haber salido al jardín trasero con ellos; puede que allí corriera un poco de aire. Pero no lo hizo, porque Graham no quería verse envuelto en humo, y habría sido grosero, o al menos desconsiderado, dejarle solo en su propia cena. Así que por educación se quedó con él. Graham —típico anglosajón blanco y protestante, como ella— es impecablemente educado. Por qué se casó con una zorra como Cynthia constituye un misterio. Cynthia y Marco volvieron del patio hace unos minutos, y Anne se muere por marcharse, aunque todo el mundo se lo esté pasando bien.

Mira el monitor para bebés al borde de la mesa, con su lucecita roja brillando como el extremo de un cigarro. La pantalla está rota —se le cayó hace unos días y Marco aún no la ha cambiado—, pero el audio sigue funcionando. De pronto le entran dudas, y se da cuenta de lo desacertado de la situación. ¿Quién se va a una cena con los vecinos dejando a su bebé solo en casa? ¿Qué clase de madre hace algo así? Vuelve a sentir la agonía de siempre inundándola: *no es una buena madre.*

¿Qué más da si la canguro les falló? Deberían haberse traído a Cora en su parquecito móvil. Pero Cynthia había dicho que nada de niños. Tenía que ser una velada de adultos para celebrar el cumpleaños de Graham. Y esa es otra razón por la que a Anne ya no le cae bien Cynthia, aunque en su día fueran buenas amigas: no aguanta a los bebés. ¿Qué clase de persona dice que un crío de seis meses no es bienvenido a una cena? ¿Cómo ha dejado Anne que Marco la convenza de que no pasa nada? Es una falta de responsabilidad. Se pregunta lo que dirían las otras mujeres de su grupo de mamás si lo supieran. *Dejamos a nuestra niña de seis meses sola en casa y fuimos a una cena en la casa de al lado.* Imagina el incómodo silencio y cómo se quedarían boquiabiertas. Pero nunca se lo contará. Le harían el vacío para siempre.

Marco y ella discutieron por eso antes de la fiesta. Cuando la canguro llamó para cancelar, Anne se ofreció a quedarse en casa con la niña. De todos modos, no le apetecía ir a la cena. Pero Marco dijo que ni hablar.

—No puedes quedarte en casa sin más —insistió él, cuando lo hablaron en la cocina.

—No me importaría nada —contestó ella, bajando la voz. No quería que Cynthia les oyera discutir sobre su cena a través de la pared común.

—Te vendrá bien salir —replicó Marco, bajando la voz también. Y luego añadió—: Ya sabes lo que dijo la doctora.

Anne se ha pasado toda la velada intentando decidir si aquel comentario era malintencionado, era interesado, o si él simplemente quería ayudarla. Al final, acabó cediendo. Marco la convenció de que con el monitor encendido en la casa de al lado podrían oír al bebé si en algún momento se movía o se despertaba. Irían a controlar cada media hora. Nada malo podía ocurrir.

Es la una. ¿Debería pasar a ver a la niña ahora, o intentar convencer a Marco de retirarse ya? Anne quiere irse a casa, a la cama. Quiere que la noche termine.

Tira del brazo de su marido.

—Marco —dice con tono apremiante—, deberíamos irnos. Es la una.

—Ay, no os vayáis todavía —pide Cynthia—. ¡No es tan tarde! —Está claro que no quiere que se acabe la fiesta. No quiere que Marco se marche. Aunque no le importaría nada que se fuera su mujer. Anne está bastante segura de ello.

—Tal vez no para ti —replica Anne, y consigue sonar un poco dura, a pesar de estar borracha—, pero yo me tengo que levantar temprano para dar de comer a la niña.

—Pobrecita —contesta Cynthia, y por alguna razón eso enfurece a Anne. Cynthia no tiene hijos, ni los ha querido nunca. Ella y Graham no tienen familia por elección.

No resulta fácil que Marco deje la cena. Parece empeñado en quedarse. Se lo está pasando demasiado bien, pero Anne se muestra cada vez más nerviosa.

—Solo una más —le dice Marco a Cynthia, levantando su copa y evitando la mirada de su mujer.

Se encuentra de un humor extrañamente animado esta noche, parece casi forzado. Anne se pregunta por qué. Últimamente está bastante callado en casa. Distraído, hasta malhumorado. Sin embargo, esta noche es el alma de la fiesta. Hace tiempo que Anne nota que algo no va bien, ojalá Marco le dijera de qué se trata. Pero lleva una temporada sin decirle demasiado de nada. La mantiene a distancia. O tal vez permanezca alejado por la depresión de Anne, su «depre posparto». Le ha decepcionado. ¿A quién no? Y esta noche es evidente que prefiere a la preciosa, burbujeante y deslumbrante Cynthia.

Anne vuelve a mirar la hora y lo que le quedaba de paciencia se esfuma.

—Me voy a ir. Tendría que haber pasado a ver a la niña a la una. —Mira a Marco—. Quédate todo lo que quieras —añade, con la voz tensa. Marco la mira duramente, con los ojos brillantes. De pronto, a Anne no le parece que esté borracho en absoluto, pero ella sí que está mareada. ¿Van a pelearse por esto? ¿Delante de los vecinos? ¿En serio? Anne empieza a mirar a su alrededor en busca de su bolso, recoge el vigilabebés, se da cuenta de que sigue enchufado a la pared, se agacha a desenchufarlo, consciente de que todos en la mesa están mirando silenciosamente su culo gordo. Pues que miren. Siente cómo se unen en su contra y la ven como una aguafiestas. Las lágrimas empiezan a quemarle, y ella intenta contenerlas. No quiere romper a llorar delante de todos. Cynthia y Graham no saben lo de su depresión posparto. No lo entenderían. Anne y Marco no se lo han contado a nadie, salvo a la madre de Anne. Últimamente le ha confiado bastantes cosas. Sabe que ella no se lo contará a nadie, ni siquiera a su padre. Anne no quiere que nadie más lo sepa, y sospecha que Marco tampoco, aunque no lo haya dicho. Pero fingir constantemente es agotador.

Cuando aún está de espaldas a ellos, nota un cambio de actitud en el tono de voz de Marco.

—Tienes razón. Es tarde, deberíamos irnos —comenta. Le oye dejar su copa de vino sobre la mesa detrás de ella.

Anne se da la vuelta, apartándose un mechón de los ojos con el dorso de la mano. Tiene que cortarse el pelo ya. Esboza una sonrisa forzada, y dice:

—La próxima vez, nos toca hacer de anfitriones. —Y añade para sí: «Podéis venir a nuestra casa, donde vivimos con nuestra hija, y espero que se pase la noche llorando y os fastidie la velada. Me aseguraré de invitaros cuando empiece a echar los dientes».

Dicho eso, se ponen en marcha rápidamente. No tienen que andar recogiendo cosas del bebé, solo ellos dos, el bolso de Anne y el monitor. Cynthia parece molesta por su repentina marcha; Graham sigue en modo neutral. Salen por la pesada puerta de entrada y bajan los escalones. Anne se agarra a la elaborada barandilla tallada intentando mantener el equilibrio. Son solo unos cuantos pasos por la acera hasta los escalones de su casa, que tiene una barandilla parecida y una puerta igual de imponente. Anne va un poco por delante de Marco, sin decir palabra. Puede que no le hable en lo que queda de noche. Sube decidida los escalones y se para en seco.

—¿Qué? —pregunta Marco, acercándose por detrás, con la voz tensa.

Anne mira fijamente la puerta de entrada. Está entreabierta, unos ocho centímetros.

—¡Estoy segura de que la cerré! —dice Anne, medio chillando.

—Puede que se te olvidara. Has bebido mucho —observa Marco lacónicamente.

Pero Anne no le oye. Está ya dentro, corriendo escaleras arriba y por el rellano hacia el cuarto del bebé. Marco la sigue de cerca.

Cuando llega a la habitación y ve la cuna vacía, grita.

2

Anne siente su grito dentro de la cabeza y rebotando contra las paredes; su grito está en todas partes. Se queda muda delante de la cuna vacía, tiesa, con la mano sobre la boca. Marco enciende torpemente el interruptor de la luz. Los dos contemplan la cuna donde debería encontrarse su bebé. Es imposible que no esté allí. Imposible que Cora haya salido de la cuna sola. Apenas tiene seis meses.

—Llama a la policía —susurra Anne, y entonces empieza a vomitar, el vómito se le escapa en una cascada entre los dedos y sobre el suelo de madera mientras se dobla hacia delante. La habitación de la niña, pintada de amarillo mantequilla claro, con vinilos de corderitos brincando en las paredes, de pronto se inunda de olor a bilis y a pánico.

Marco no se mueve. Anne le mira. Está paralizado, en shock, contemplando la cuna vacía, como si no pudiera creerlo. Anne ve el miedo y la culpa en sus ojos y empieza a gemir, un sonido ansioso y horrible, como un animal dolorido.

Marco sigue inmóvil. Anne sale corriendo al rellano y entra en su dormitorio, coge el teléfono de la mesilla y llama al 911, con las manos temblando y manchando todo el teléfono de vómito. Por fin, Marco reacciona. Anne oye cómo recorre rápidamente el segundo piso de la casa mientras ella mira hacia la cuna vacía al otro lado del rellano. Marco busca en el cuarto de baño, luego pasa deprisa por su lado para ir al otro dormitorio, y después a la última habitación al fondo del rellano, la que han convertido en despacho. Pero, mientras lo hace, Anne se pregunta de un modo casi ausente por qué mira allí. Es como si parte de su mente se hubiera desprendido y pensara de manera lógica. Su hija no puede moverse sola. No está en el cuarto de baño, ni en el segundo dormitorio, ni en el despacho.

Alguien se la ha llevado.

Cuando el operador del teléfono de emergencias contesta, Anne grita:

—¡Alguien se ha llevado a nuestra hija! —Apenas es capaz de tranquilizarse lo bastante como para responder a sus preguntas.

—Entiendo, señora. Trate de calmarse. La policía está en camino —le asegura el operador.

Anne cuelga el teléfono. Le tiembla todo el cuerpo. Cree que va a vomitar otra vez. Y piensa en la impresión que dará. Dejaron a la niña sola en casa. ¿Es ilegal? Tiene que serlo. ¿Cómo lo va a explicar?

Marco aparece en la puerta del dormitorio, pálido y con aspecto enfermizo.

—¡Ha sido por tu culpa! —grita Anne, con los ojos desorbitados, y pasa junto a él dándole un empujón. Corre al cuarto de baño y vuelve a vomitar, esta vez en el lavabo con pedestal, luego se lava los restos de vómito de las manos y se enjuaga la boca. Se mira en el espejo. Marco está justo detrás de ella. Sus ojos se encuentran en el espejo.

—Lo siento —susurra él—. Lo siento mucho. Es culpa mía.

Y Anne ve que lo siente de veras. Pero, aun así, ella levanta la mano y golpea su cara en el reflejo. El espejo se rompe, y Anne se derrumba, sollozando. Marco intenta abrazarla, pero ella le aparta y corre al piso de abajo. Le sangra la mano y va dejando un rastro de sangre por la barandilla.

Un aire de irrealidad impregna todo lo que sucede después. El acogedor hogar de Anne y Marco se convierte inmediatamente en la escena de un crimen.

Anne está sentada en el sofá del salón. Alguien le ha cubierto los hombros con una manta, pero sigue temblando. Está en shock. Hay coches de policía aparcados

en la calle delante de la casa, con las luces rojas deste-
llando, latiendo a través de la ventana y dibujando círculos sobre las paredes de color pálido. Anne permanece
inmóvil en el sofá mirando hacia delante como hipnoti-
zada por ellas.

Con la voz quebrada, Marco ha dado una rápida
descripción de la niña a la policía: seis meses, rubia, ojos
azules, unos siete kilos, llevaba un pañal y un pijama liso
de color rosa claro. De la cuna también falta una mantita fina de verano, completamente blanca.

La casa está plagada de agentes de uniforme. Se
dividen y empiezan a registrar la vivienda de forma sis-
temática. Algunos llevan guantes de látex y equipo para
recoger pruebas. La primera batida rápida y frenética de
Anne y Marco antes de que llegara la policía no había
dado ningún fruto. El equipo de la unidad científica se
mueve despacio. Es evidente que no buscan a Cora: buscan pruebas. La niña ya ha desaparecido.

Marco se sienta en el sofá al lado de Anne y la rodea con el brazo, acercándola contra sí. Ella quiere apar-
tarse, pero no lo hace. Deja que el brazo de Marco se
quede donde está. ¿Qué parecería si se apartara? Puede
sentir en él el olor a alcohol.

Ahora Anne se culpa a sí misma. Ha sido por su
culpa. Quiere culpar a Marco, pero ella accedió a dejar a
la niña sola. Debería haberse quedado en casa. No, debería
haberse llevado a Cora a la cena, y al demonio con Cynthia.
Duda que les hubiese echado, dejando a Graham sin fiesta. Pero se está dando cuenta demasiado tarde.

Les juzgarán, la policía y todos los demás. Y se lo merecen, por dejar a su hija sola. Ella también lo pensaría si le hubiese ocurrido a otra persona. Sabe lo mucho que juzgan las madres, lo bien que sienta juzgar a los otros. Piensa en su grupo de mamás, reuniéndose con sus bebés una vez a la semana en una de sus casas para tomar café y cotillear, y en lo que dirán de ella.

Ha llegado alguien más, un hombre de aspecto sereno que viste un traje oscuro y bien cortado. Los agentes de uniforme le tratan con respeto. Anne levanta la vista, y, cuando la detiene ante sus penetrantes ojos azules, se pregunta quién será.

Se acerca, toma asiento en uno de los sillones que hay enfrente de Anne y Marco, y se presenta como el inspector Rasbach. Se inclina hacia delante.

—Cuéntenme qué ha ocurrido.

Anne olvida de inmediato el apellido del inspector, o, más bien, ni siquiera lo registra. Solo capta lo de «inspector». Le mira, animada por la inteligencia sincera que hay tras sus ojos. Él les va a ayudar. Les ayudará a recuperar a Cora. Intenta pensar. Pero no puede. Está frenética y atontada al mismo tiempo. Simplemente observa los despiertos ojos del inspector y deja hablar a Marco.

—Nos encontrábamos en la casa de al lado —empieza Marco, claramente agitado—. En casa de los vecinos. —Y se detiene.

—¿Sí? —le anima el inspector.

Marco duda.

—¿Dónde estaba la niña? —pregunta el inspector.

Marco no contesta. No quiere decirlo.

Anne, recobrando la compostura, responde por él, mientras las lágrimas caen por sus mejillas.

—La dejamos aquí, en su cuna, con el vigilabebés encendido. —Observa al inspector buscando su reacción, *¡Qué padres tan horribles!*, pero él no revela nada—. Teníamos el monitor allí, y pasábamos constantemente a verla. Cada media hora. —Entonces mira a Marco—. Nunca creímos... —Pero no puede acabar la frase. Se lleva la mano a la boca, apretando los dedos contra los labios.

—¿Cuándo pasaron a verla por última vez? —pregunta el inspector, sacando un pequeño cuaderno del bolsillo interior de la chaqueta del traje.

—Yo fui a verla a medianoche —contesta Anne—. Recuerdo la hora. Veníamos cada media hora, y me tocaba a mí. Estaba bien. Dormida.

—Yo volví a pasar a las doce y media —dice Marco.

—¿Está completamente seguro de la hora? —inquiere el inspector. Marco asiente, con los ojos clavados en sus pies—. ¿Y esa fue la última vez que alguien fue a verla antes de que volvieran a casa?

—Sí —contesta Marco, levantando la vista hacia el inspector y pasándose la mano temblorosa por su pelo oscuro—. Me acerqué a verla a las doce y media. Me tocaba a mí. Nos ceñíamos a un horario.

Anne asiente.

—¿Cuánto ha bebido esta noche? —pregunta el inspector a Marco.

Marco se sonroja.

—Estábamos cenando en la casa de al lado. Me tomé unas cuantas —admite.

El inspector se vuelve a mirar a Anne.

—¿Ha bebido usted algo esta noche, señora Conti?

La cara le arde. Las madres lactantes no deberían beber. Querría mentir.

—Bebí un poco de vino, con la cena. No sé cuánto exactamente —dice—. Era una cena. —Se pregunta si parece borracha y qué debe de pensar el inspector de ella. Da la sensación de que puede leerle el pensamiento. Recuerda el vómito en el piso de arriba, en la habitación de la niña. ¿Notará en ella el olor a alcohol del mismo modo que ella lo percibe en Marco? Recuerda el espejo roto en el baño de arriba, su mano ensangrentada, ahora envuelta en un trapo limpio. Se avergüenza de la imagen que están dando al inspector: unos padres borrachos que abandonan a su hija de seis meses. Se pregunta si les acusarán de algo.

—¿Qué relevancia puede tener eso? —dice Marco al inspector.

—Puede influir en la fiabilidad de sus comentarios —responde el inspector con serenidad. No juzga. Parece que solo busca los hechos—. ¿A qué hora dejaron la cena?

—Era casi la una y media —contesta Anne—. Lo recuerdo porque no paraba de mirar la hora en el móvil. Quería irme. Yo..., debería haber pasado a la una, era mi turno, pero pensé que estábamos a punto de irnos, y trataba de que Marco se diera prisa. —Siente una culpa agónica. Si hubiera pasado a ver a su hija a la una en punto, ¿habría desaparecido? Pero, en fin, esto se habría podido evitar de tantas maneras...

—Llamaron al 911 a la una y veintisiete —señala el inspector.

—La puerta de entrada estaba abierta —dice Anne, recordando.

—¿La puerta de entrada estaba abierta? —repite el inspector.

—Estaba abierta, unos ocho o diez centímetros. Tengo la certeza de que, cuando pasé a verla a medianoche, la cerré —dice Anne.

—¿Completamente segura?

Anne se lo piensa. ¿Estaba segura? Cuando vio la puerta abierta, estaba totalmente convencida de que la había cerrado. Pero, ahora, con lo que ha ocurrido, ¿cómo puede estar segura de nada? Se vuelve hacia su marido.

—¿Estás seguro de que no dejaste la puerta abierta?

—Seguro —responde Marco secamente—. No utilicé la puerta de entrada. Yo pasaba a verla por la de atrás, ¿recuerdas?

—Usted accedió por la puerta de atrás —repite el inspector.

—Puede que no la cerrara siempre —admite Marco, y se cubre la cara con las manos.

El inspector Rasbach observa detenidamente a la pareja. Bebé desaparecida. Se la llevaron de su cuna —basándose en el testimonio de los padres, Marco y Anne Conti— entre las 00:30 y la 1:27, aproximadamente, una persona o personas desconocidas, mientras los padres estaban en una cena en la casa de lado. La puerta de entrada se encontraba parcialmente abierta. Es posible que el padre dejara la puerta trasera sin cerrar. De hecho, al llegar la policía, la hallaron cerrada, pero sin la llave echada. Es indudable la aflicción de la madre. Y también la del padre, que parece profundamente consternado. Pero hay algo raro en toda la situación. Rasbach se pregunta qué sucede en realidad.

El inspector Jennings le llama haciendo un discreto gesto con la mano.

—Disculpen —dice Rasbach, dejando un momento a los desolados padres—. ¿Qué pasa? —le pregunta en voz baja.

Jennings le muestra un pequeño frasco de pastillas.

—Las he encontrado en el armario del baño —contesta.

Rasbach coge el recipiente de plástico transparente de la mano de Jennings y observa la etiqueta: ANNE CONTI, SERTRALINA, 20 MG. Rasbach conoce la sertralina: es un potente antidepresivo.

—El espejo del baño de arriba está roto —añade Jennings.

Rasbach asiente. Aún no ha subido.

—¿Alguna cosa más?

Jennings niega con la cabeza.

—Por ahora no. La casa está limpia. Aparentemente no se han llevado nada más. La unidad científica nos dirá más en unas horas.

—Vale —admite Rasbach, devolviendo el frasco de pastillas a Jennings.

Vuelve con la pareja sentada en el sofá y sigue con sus preguntas. Mira al marido.

—Marco, ¿puedo llamarle Marco? ¿Qué hizo después de pasar a ver a la niña a las doce y media?

—Volví a la cena en la casa de al lado —dice Marco—. Me fumé un cigarrillo en su jardín trasero.

—¿Fumó usted solo?

—No, Cynthia salió conmigo. —Marco se sonroja, y Rasbach lo nota—. Es la vecina que nos invitó a cenar.

Rasbach devuelve su atención a la esposa. Es una mujer atractiva, con rasgos finos y pelo castaño y brillante, aunque ahora mismo parece demacrada.

—¿Usted no fuma, señora Conti?

—No, yo no. Pero Cynthia sí —contesta Anne—. Yo estaba a la mesa con Graham, su marido. Odia el humo de los cigarrillos, y era su cumpleaños, y pensé que sería grosero dejarle solo dentro. —Entonces, inexplicablemente, añade—: Cynthia había estado toda la noche coqueteando con Marco y me sabía mal por Graham.

—Entiendo —dice Rasbach. Observa al marido, que está totalmente abatido. También parece nervioso y lleno de culpa. Se vuelve a dirigir a él—. Entonces, estaba usted en el jardín trasero poco después de las doce y media. ¿Tiene idea de cuánto tiempo permaneció allí?

Marco sacude la cabeza con impotencia.

—No sé, ¿tal vez quince minutos, más o menos?

—¿Vio u oyó algo?

—¿Qué quiere decir? —El marido parece inmerso en una especie de shock. Arrastra un poco las palabras. Rasbach se pregunta cuánto alcohol ha bebido.

Rasbach le aclara la pregunta.

—Aparentemente alguien se llevó a su hija en algún momento entre las doce y media y la una y veintisiete. Usted estuvo unos minutos en el jardín trasero, poco después de las doce y media. —Contempla al marido, esperando a que lo entienda—. Me parece poco probable que alguien se llevara un bebé por el jardín delantero de su casa en plena noche.

—Pero la puerta de entrada permanecía abierta —señala Anne.

—Yo no vi nada —dice Marco.

—Hay un callejón detrás de las casas a este lado de la calle —observa el inspector Rasbach. Marco asiente—. ¿Vio si había alguien en el callejón a esa hora? ¿Oyó algo, algún coche?

—No... Creo que no —responde Marco—. Lo siento, no vi ni oí nada. —Se vuelve a cubrir la cara con las manos—. No estaba prestando atención.

El inspector Rasbach ya había examinado rápidamente la zona antes de entrar a hablar con los padres.

Cree poco probable —pero no imposible— que un desconocido se llevara a un bebé dormido por la puerta de entrada de una casa en una calle como esta, corriendo el riesgo de que le vieran. Las casas son adosadas y están cerca de la acera. La calle se encuentra bien iluminada, y hay bastante tráfico de coches y peatones, incluso de madrugada. De modo que es extraño —¿quizá le estén engañando a propósito?— que la puerta de entrada estuviera abierta. El equipo de la científica está sacando huellas ahora mismo, pero por alguna razón Rasbach duda que encuentren nada.

La parte de atrás tiene más posibilidades. La mayoría de las casas, incluida la de los Conti, cuenta con un garaje independiente de una plaza que da al callejón. Los patios traseros son estrechos y alargados, separados por una valla, y la mayoría, incluido el de los Conti, tiene árboles, arbustos y césped. Hace una noche oscura, sin luna. Quienquiera que se llevase a la niña, si salió por la puerta trasera de los Conti, solo habría tenido que atravesar el jardín hasta llegar al garaje, y de allí habría accedido al callejón. Las probabilidades de ser descubierto saliendo con un bebé raptado por la puerta de atrás hasta subir a un coche que espera son mucho menores que abandonando la casa por la puerta de entrada.

La casa, el patio trasero y el garaje están siendo minuciosamente registrados por el equipo de Rasbach. Por ahora, no han encontrado ningún rastro de la niña desaparecida. El garaje de los Conti permanece vacío, con la puerta que da al callejón abierta de par en par. Es posible que, si hubiera habido alguien en el jardín trasero de la casa de al lado, no habría oído nada. Pero no probable. Lo cual reduce la franja del secuestro al lapso entre las 00:45 y la 1:27, aproximadamente.

—¿Saben que su detector de movimiento no funciona? —pregunta Rasbach.

—¿Cómo? —dice el marido, sorprendido.

—Tienen un detector de movimiento en la puerta trasera, una luz que debería encenderse cuando alguien se acerca. ¿Saben que no funciona?

—No —susurra la mujer.

El marido niega con la cabeza vigorosamente.

—No, yo... Funcionaba cuando fui a ver a la niña. ¿Qué le pasa?

—La bombilla está suelta. —El inspector Rasbach observa detenidamente a los padres. Hace una pausa—. Me lleva a pensar que sacaron a la niña por la puerta de atrás, hasta el garaje, y que se marcharon por el callejón, probablemente en un vehículo. —Rasbach espera, pero ni el marido ni la mujer dicen nada. Nota que ella tiembla.

—¿Dónde está su coche? —pregunta Rasbach, inclinándose hacia delante.

—¿Nuestro coche? —repite Anne.

3

Rasbach espera su respuesta.

Ella contesta primero.

—Está en la calle.

—¿Aparcan en la calle teniendo un garaje atrás? —pregunta Rasbach.

—Lo hace todo el mundo —responde Anne—. Es más fácil que ir por el callejón, especialmente en invierno. La mayoría se saca un permiso de aparcamiento y deja el coche fuera.

—Entiendo —dice Rasbach.

—¿Por qué? —pregunta la esposa—. ¿Qué importa eso?

Rasbach se explica.

—Probablemente le facilitó las cosas al secuestrador. Con el garaje vacío, y la puerta abierta, debió de ser relativamente fácil introducir un coche marcha atrás y meter a la niña en él estando aún dentro del garaje, fuera de la vista. Evidentemente habría sido más difícil, y desde luego más arriesgado, si ya hubiera un coche en el garaje. El secuestrador habría corrido el riesgo de que le vieran con la niña en el callejón.

Rasbach nota que el marido se ha puesto un poco más pálido, si cabe. Su palidez es bastante llamativa.

—Esperamos encontrar huellas de zapato o de neumáticos en el garaje —añade Rasbach.

—Hace que suene como si hubiera sido planeado —dice la madre.

—¿Cree que no lo fue? —le pregunta Rasbach.

—No... No sé. Supongo que creía que se han llevado a Cora porque la dejamos sola en casa, que ha sido un crimen al azar. Como si alguien se la hubiera llevado en el parque, mientras yo no miraba.

Rasbach asiente, como si intentara comprender su punto de vista.

—Entiendo lo que quiere decir. Por ejemplo, una madre deja a su hijo jugando en el parque mientras compra un helado en un puesto ambulante. Y se llevan al niño cuando ella está de espaldas. Esas cosas pasan. —Hace una pausa—. Pero se dará usted cuenta de que en este caso hay una diferencia.

Ella le observa con la mirada perdida. Rasbach tiene que recordarse a sí mismo que la mujer probablemente está en shock. Mientras que él ve este tipo de cosas constantemente, es su trabajo. Es analítico, en absoluto sentimental. Tiene que serlo, si quiere ser eficaz. Encontrará a la niña, viva o muerta, y dará con quien se la haya llevado.

Le dice a la madre, con un gesto impasible:

—La diferencia es que, quienquiera que haya raptado a su hija, probablemente sabía que estaba sola en la casa.

Los padres se miran entre sí.

—Pero nadie lo sabía... —susurra la madre.

—Por supuesto también es posible que lo hubieran hecho aunque ustedes hubiesen estado profundamente dormidos en su cuarto —añade Rasbach—. No podemos estar seguros.

Los padres querrían creer que, después de todo, no fue su culpa, por dejar a su hija sola. Que esto podría haber ocurrido de todos modos.

—¿Dejan siempre la puerta del garaje abierta de ese modo? —pregunta Rasbach.

—A veces.

—¿No la cierran por la noche para evitar robos?

—No guardamos nada de valor en el garaje —responde el marido—. Si el coche está dentro, solemos cerrar la puerta con llave, pero, si no, no guardamos gran cosa allí. Mis herramientas están en el sótano. Es un buen barrio, pero la gente entra a robar en los garajes constantemente, así que ¿qué sentido tiene cerrarlo con llave?

Rasbach asiente. Luego pregunta:

—¿Qué coche tienen?

—Un Audi —dice Marco—. ¿Por qué?

—Me gustaría echarle un vistazo. ¿Me dejarían las llaves? —pregunta Rasbach.

Marco y Anne se miran confundidos. Entonces Marco se levanta, va hasta una mesita cerca de la puerta de entrada y coge un juego de llaves de un cuenco. Se las da al inspector sin decir palabra y vuelve a sentarse.

—Gracias —dice Rasbach. Se inclina hacia delante y dice resueltamente—: Vamos a encontrar a la persona que ha hecho esto.

Ellos le miran a los ojos. La madre tiene la cara hinchada de tanto llorar, los ojos del padre están rojos y ojerosos por la angustia y el alcohol, tiene el rostro macilento.

Rasbach hace un gesto con la cabeza hacia Jennings, y salen juntos de la casa para examinar el coche. La pareja se queda sentada en el sofá, viéndoles marchar.

Anne no sabe qué pensar del inspector. Todo este asunto del coche..., parece estar insinuando algo. Sabe que, cuando una mujer desaparece, el marido suele ser el principal sospechoso, y, probablemente, viceversa. Pero, cuando desaparece un niño, ¿son los padres los principales sospechosos? No puede ser. ¿Quién sería capaz de hacer daño a su propio hijo? Además, ambos tienen una coartada sólida. Cynthia y Graham pueden confirmar dónde estaban. Es claramente imposible que ellos se llevaran y escondieran a su propia hija. ¿Y por qué iban a hacerlo?

Anne sabe que están registrando el barrio, que hay agentes de policía recorriendo las calles de arriba abajo, llamando a cada puerta, interrogando a la gente y sacándola de sus camas. Marco ha dado a la policía una foto de Cora, tomada apenas hace unos días. La imagen muestra a una bebé rubita y feliz de grandes ojos azules sonriendo a la cámara.

Está furiosa con Marco —quiere gritarle, golpearle con los puños—, pero su casa está llena de agentes de policía, así que no se atreve. Y, cuando ve su rostro pálido y desolado, comprende que él mismo ya se está culpando. Sabe que no puede superar esto sola. Se vuelve hacia él y se derrumba sobre su pecho, sollozando. Él la rodea con sus brazos y la abraza fuerte. Anne puede notar cómo tiembla, siente el doloroso latido del corazón de Marco. Se dice que juntos superarán todo esto. La policía encontrará a Cora. Recuperarán a su hija.

Y, si no lo hacen, nunca perdonará a su marido.

El inspector Rasbach, con su ligero traje de verano, sale a la calurosa noche por la puerta principal de la casa de los Conti y baja los escalones, seguido de cerca por el inspector Jennings. Ya han trabajado antes juntos. Y han visto cosas que querrían ser capaces de olvidar.

Avanzan hacia el otro lado de la calle, cuya acera está llena de coches aparcados muy pegados. Rasbach aprieta un botón y las luces del Audi se encienden momentáneamente. Los vecinos han salido a los escalones de entrada de sus casas, en pijama y con sus batas de verano. Y observan a Rasbach y a Jennings acercándose hacia el coche de los Conti.

Rasbach espera que alguien en la calle sepa algo, que haya visto algo, y dé un paso al frente.

—¿Qué opinas? —le dice Jennings en voz baja.

Rasbach contesta rápidamente.

—No soy optimista —dice bajando también la voz.

Rasbach se pone un par de guantes de látex que Jennings le entrega y abre la puerta del conductor. Mira brevemente dentro y luego se acerca a la parte trasera del coche. Jennings le sigue.

Rasbach abre el maletero. Los dos inspectores miran en su interior. Está vacío. Y muy limpio. El vehículo apenas tiene un año. Todavía parece recién estrenado.

—Me encanta el olor a coche nuevo —dice Jennings.

Es evidente que la niña no está allí. Eso no significa que no lo haya estado, aunque sea por poco tiempo. Puede que el registro de la policía científica descubra fibras de un pijama rosa, ADN del bebé —pelo, algún rastro de baba o incluso sangre—. Sin cuerpo, será complicado montar el caso. Pero ningún padre mete a su hijo en el maletero con buenas intenciones. Si encuentran cualquier rastro de la pequeña desaparecida en el maletero, se asegurará de que los padres se pudran en el infierno. Porque, si hay algo que Rasbach ha aprendido en sus años en este trabajo, es que la gente es capaz de casi cualquier cosa.

Rasbach sabe que el bebé pudo desaparecer en cualquier momento antes de la cena. Aún tiene que interrogar a los padres detalladamente acerca del día anterior, aún debe dilucidar quién fue la última persona, aparte de ellos, que vio a la niña sana y salva aquel día. Pero lo averiguará. Tal vez alguien que vaya regularmente a ayudar a la madre, o una mujer de la limpieza, o algún vecino. Alguien que vio a la cría, sana y viva, a lo largo de ese día. Determinará cuándo fue la última vez que se comprobó que estaba con vida, y trabajará a partir de ahí. Todo lo de dejar el monitor encendido y pasar a controlar cada media hora mientras cenaban al lado, el detector de movimiento inutilizado, la puerta de entrada abierta, quizá sea una farsa elaborada, una invención minuciosamente urdida por los padres para construirse una coartada y despistar a la policía. Puede que asesinaran al bebé en algún momento del día —ya fuera deliberada o accidentalmente—, que lo metieran en el maletero y se deshicieran del cuerpo antes de ir a cenar en la casa de al lado. O, si aún pensaban con claridad, puede que no lo metieran en el maletero, sino en el asiento de atrás. Un bebé muerto puede parecerse bastante a uno vivo. Depende de cómo lo mataran.

Rasbach sabe que es un cínico. Cuando empezó no era así.

—Trae a los perros —le dice a Jennings.

4

Rasbach vuelve a entrar en la casa, mientras Jennings se pone al día con los agentes de la calle. El inspector ve a Anne llorando en un extremo del sofá y a una policía sentada a su lado con un brazo alrededor de sus hombros. Marco no está con ella.

Atraído por el olor a café recién hecho, Rasbach va hacia la cocina que hay al fondo de la larga y estrecha vivienda. Es evidente que la cocina ha sido reformada, y muy recientemente; todo es de las mejores marcas, desde los armarios blancos hasta los electrodomésticos caros y las encimeras de granito. Marco está en la cocina, de pie junto a la cafetera, con la cabeza agachada mientras espera a que el café termine de hacerse. Cuando entra Rasbach, alza la vista y la aparta, tal vez avergonzado por tan evidente intento de despejarse.

Hay un silencio incómodo. Entonces Marco dice en voz baja, sin apartar la mirada de la cafetera:

—¿Qué cree que le ha pasado?

—Aún no lo sé. Pero lo averiguaré —contesta Rasbach.

Marco coge la jarra de café y empieza a verterlo en tres tazas de porcelana sobre la impecable encimera de piedra. Rasbach ve que le tiembla el pulso al servir. Marco le ofrece una taza, y el inspector acepta agradecido.

Marco sale de la cocina y regresa al salón con las otras dos tazas de café.

Rasbach le ve salir, y se arma de valor para lo que le espera. Los casos de secuestro infantil son siempre difíciles. Para empezar, generan todo un circo mediático. Y casi nunca acaban bien.

Sabe que tendrá que presionar a esta pareja. Forma parte del trabajo.

Cada vez que le asignan un caso, no sabe qué se va a encontrar. Sin embargo, siempre acaba resolviendo el rompecabezas, nunca le coge desprevenido. Su capacidad de sorprenderse parece haberse evaporado. Pero nunca le falta curiosidad. Siempre quiere *saber*.

Rasbach se echa un poco de la leche y el azúcar que Marco le ha dejado fuera y se detiene en la puerta de la cocina con su taza de café en la mano. Desde donde está, puede ver la mesa del comedor y otra supletoria cerca de la cocina, ambas claramente antiguas. Más allá se ve el sofá, tapizado en terciopelo verde oscuro, y la parte posterior de las cabezas de Anne y Marco Conti. A su derecha hay una chimenea de mármol, y sobre la repisa cuelga un gran cuadro al óleo. Rasbach no sabe qué representa exactamente. El sofá mira hacia la ventana del frente de la casa; justo delante hay una mesa baja, y, al otro lado, dos sillones cómodos y profundos.

Rasbach regresa al salón y se vuelve a sentar en el mismo sitio que ocupó antes, el sillón más cercano a la chimenea enfrente de la pareja. Ve que a Marco le siguen temblando las manos al llevarse la taza a los labios. Anne sostiene la suya sobre el regazo, como si no se diera cuenta de que la tiene ahí. Ha dejado de llorar, por el momento.

Las luces estridentes de los coches de policía aparcados fuera siguen reflejándose en las paredes del salón. El equipo de la científica lleva a cabo su trabajo de manera silenciosa y eficiente. El ambiente dentro de la casa es agitado, pero triste, desalentador.

Rasbach tiene una tarea delicada por delante. Debe transmitir a esta pareja que trabaja para ellos, que está haciendo todo lo posible para encontrar a su bebé desaparecido —lo cual es cierto, junto al resto del cuerpo de policía—, aunque sabe que en la mayoría de los casos en los que un niño desaparece de esta forma los padres son los responsables. Y aquí hay factores que le hacen sospechar seriamente. Pero va a mantener la mente abierta.

—Lo siento mucho —empieza a decir Rasbach—. Ni siquiera puedo empezar a imaginar lo duro que esto debe de ser para ustedes.

Anne levanta la mirada hacia él. La empatía hace que sus ojos se inunden de nuevo de lágrimas.

—¿Quién podría llevarse a nuestra niña? —inquiere llena de dolor.

—Eso es lo que tenemos que averiguar —contesta Rasbach, dejando su taza sobre la mesa baja y sacando su cuaderno—. Puede parecer una pregunta demasiado evidente, pero ¿tienen alguna idea de quién ha podido llevársela?

Ambos le miran fijamente; es ridículo. Y, sin embargo, aquí están.

—¿Han visto a alguien rondándoles últimamente, alguien que haya mostrado interés por su niña?

Ambos niegan con la cabeza.

—¿Tienen alguna idea de quién podría querer hacerles daño? —Mira a Anne y, luego, a Marco.

Los dos vuelven a negar con la cabeza, igualmente desconcertados.

—Por favor, piénsenlo —dice Rasbach—. Tómense su tiempo. Tiene que haber un motivo. Siempre hay un motivo. Solo tenemos que averiguar cuál es.

Marco parece estar a punto de hablar, pero decide no hacerlo.

—¿Qué? —le anima Rasbach—. No es momento de guardarse las cosas.

—Tus padres —dice por fin Marco, volviéndose hacia su esposa.

—¿Qué pasa con mis padres? —pregunta ella, claramente sorprendida.

—Tienen dinero.

—¿Y? —No parece entender adónde quiere ir a parar.

—Tienen *mucho* dinero —insiste Marco.

«Ahí está», piensa Rasbach.

Anne mira a su marido como desconcertada. Es posible que sea una actriz brillante.

—¿Qué quieres decir? —pregunta—. ¿Crees que alguien se la ha llevado por...? —Rasbach les observa atentamente. La expresión de Anne cambia de repente—. Eso sería bueno, ¿no? Si lo único que quieren es dinero, ¿podré recuperar a mi niña? ¿No le harán daño?

La esperanza en su voz es desoladora. Rasbach está prácticamente convencido de que ella no tiene nada que ver en esto.

—Estará tan asustada... —añade, y entonces se derrumba del todo, y empieza a sollozar descontroladamente.

Rasbach quiere preguntarle acerca de sus padres. En casos de secuestro, cada segundo cuenta. Se vuelve hacia Marco.

—¿Quiénes son sus padres? —pregunta el inspector.

—Alice y Richard Dries —contesta Marco—. Richard es su padrastro.

Rasbach lo anota en su cuaderno.

Anne recobra la compostura y vuelve a decir:

—Mis padres tienen mucho dinero.

—¿Cuánto dinero? —pregunta Rasbach.

—No lo sé exactamente —contesta Anne—. Millones.

—¿Podría precisar un poco más? —insiste Rasbach.

—Pues unos quince millones —responde Anne—. Pero esto no es algo que todo el mundo sepa.

Rasbach mira a Marco. Está completamente pálido.

—Quiero llamar a mi madre —dice Anne. Mira el reloj sobre la repisa de la chimenea, y Rasbach sigue su mirada. Son las dos y cuarto de la madrugada.

Anne mantiene una relación complicada con sus padres. Cada vez que Anne y él tienen un problema con ellos, lo cual ocurre a menudo, Marco le dice que su relación es muy destructiva. Y puede que sí, pero son los únicos padres que tiene. Les necesita. Intenta que la cosa funcione lo mejor posible, pero no es fácil.

Marco procede de un entorno completamente distinto. Su familia es grande y peleona. Se gritan de manera amigable cuando se ven, lo cual no sucede muy a menudo. Sus padres emigraron de Italia a Nueva York antes de que Marco naciera, y poseen un negocio de lavandería y confección. No tienen dinero del que presumir, pero se las arreglan. Tampoco se meten demasiado en la vida de Marco, a diferencia de los padres de Anne en la de su hija. Marco y sus cuatro hermanos han tenido que valerse por sí mismos desde pequeños, cuando les sacaron del nido por obligación. Marco vive su vida —solo y en sus propios términos— desde los dieciocho años. Se sacó el bachiller solo. Ve a sus padres de vez en cuando, pero no forman parte importante de su vida. Nadie consideraría que tiene unos «orígenes indeseables», salvo los padres de Anne y sus amigos ricachones del Club de Campo y Golf Grandview. Marco viene de una familia de clase media, respetuosa con las leyes, de gente trabajadora que ha logrado salir adelante, pero poco más. Ninguno de los amigos de la facultad ni del trabajo de Anne en la galería de arte piensa que Marco tenga «orígenes indeseables».

Solo alguien que viene de una antigua familia de potentados le vería así. Y la madre de Anne procede de una de esas familias. Su padre, Richard Dries —en realidad, su padrastro: su padre murió trágicamente cuando ella tenía cuatro años— es un empresario de éxito, pero la madre, Alice, es millonaria.

Sus acaudalados padres disfrutan de su dinero y de sus ricos amigos. De su casa en uno de los barrios más elegantes de la ciudad, de su pertenencia al Club de Campo y Golf Grandview, de coches de lujo y de vacaciones de cinco estrellas. De mandar a Anne a un colegio privado para chicas, y luego a una buena universidad. Cuanto más envejece su padre, más le gusta fingir que él ha ganado todo ese dinero, aunque no sea así. Se le ha subido a la cabeza. Y se ha vuelto bastante engreído.

Cuando Anne «se juntó» con Marco, sus padres reaccionaron como si fuera el fin del mundo. Marco parecía el típico chico malo. Era peligrosamente atractivo

—de piel clara para ser italiano—, con pelo oscuro y ojos inquietantes, y un aspecto un poco rebelde, especialmente cuando no se afeitaba. Pero en cuanto veía a Anne sus ojos se encendían de amor, y su sonrisa era inigualable. Y el modo en que la llamaba «pequeña»... Anne no se pudo resistir. La primera vez que se presentó en casa de sus padres, para recogerla y llevársela a una cita, fue uno de esos momentos que definieron la primera edad adulta de Anne. Tenía veintidós años. Su madre le había estado hablando de un joven abogado, hijo de un amigo, que tenía interés en conocerla. Anne le había explicado impaciente que ya estaba saliendo con Marco.

—Ya, pero... —replicó su madre.

—Pero ¿qué? —dijo Anne, cruzándose de brazos.

—¿No irás en serio con él?

Anne todavía recuerda la expresión de su madre. Consternación, vergüenza. Estaba pensando en la imagen que darían. Pensaba en cómo iba a explicar a sus amigos que su hija salía con un hombre que venía de la nada, que trabajaba de camarero en el barrio italiano de la ciudad y que iba en motocicleta. Por supuesto se olvidaría de hablarles del título de empresariales que Marco había obtenido en la misma universidad que consideraba lo suficientemente buena para su hija. No verían lo admirable que era haber logrado acabar la carrera estudiando por las noches. Puede que nadie llegara a ser nunca lo bastante bueno para su hijita.

Y entonces —fue perfecto— Marco apareció en medio del estruendo de su Ducati, y Anne salió volando de casa de sus padres y se lanzó a sus brazos, mientras la madre miraba desde detrás de las cortinas. Él la besó intensamente, aún sentado en la moto, y le dio un casco. Ella se subió, y desaparecieron con el motor rugiendo y haciendo saltar la gravilla de diseño a su paso. Ese fue el momento en que decidió que estaba enamorada.

Pero una no tiene veintidós años toda la vida. Una crece. Las cosas cambian.

—Quiero llamar a mi madre —repite Anne. Han ocurrido tantas cosas... ¿Ni siquiera ha pasado una hora desde que volvieron a casa y se encontraron la cuna vacía?

Marco coge el aparato y se lo da, luego se vuelve a sentar en el sofá con los brazos cruzados y gesto tenso.

Anne marca. Empieza a llorar otra vez antes de terminar de marcar. El teléfono suena, y contesta su madre.

—Mamá —dice Anne, deshaciéndose en sollozos incoherentes.

—¿Anne? ¿Qué pasa?

Finalmente Anne logra sacar las palabras.

—Alguien se ha llevado a Cora.

—¡Ay, Dios mío! —exclama su madre.

—Está aquí la policía —prosigue Anne—. ¿Podéis venir?

—Vamos ahora mismo, Anne —contesta su madre—. Aguanta. Tu padre y yo vamos ya.

Anne cuelga y llora. Sus padres vendrán. Siempre la han ayudado, incluso cuando estaban enfadados con ella. Esta vez se enfadarán también, con ella y con Marco, pero especialmente con Marco. Quieren mucho a Cora, su única nieta. ¿Qué pensarán cuando sepan lo que han hecho?

—Están de camino —dice Anne a Marco y al inspector. Mira a Marco, y aparta los ojos.

5

Marco se siente marginado: es una sensación que le invade a menudo cuando está en la misma habitación que los padres de Anne. Incluso ahora que ha desaparecido Cora se siente ignorado, mientras los tres —su esposa desconsolada, la madre siempre contenida y su padre controlador— se sumergen en su alianza familiar tripartita. Algunas veces le excluyen sutilmente, otras no. Y, sin embargo, ya sabía en lo que se metía cuando se casó con ella. Creyó que podría sobrellevarlo.

Se queda de pie a un lado del salón, inútil, observando a Anne. Ella está sentada en medio del sofá, con su madre a un lado, atrayéndola hacia sí para consolarla. El padrastro se encuentra un poco más distante, erguido, dando palmaditas en el hombro a su hija. Nadie mira a Marco. Nadie le consuela *a él*. Se siente fuera de lugar en su propia casa.

Y, lo que es peor, siente náuseas, está aterrado. Lo único que desea es que Cora vuelva a estar en su cuna; quiere que todo esto no hubiera pasado.

Nota la mirada del inspector. Es el único que le presta atención. Marco le ignora deliberadamente, aunque sabe que no debería. Marco sabe que es sospechoso. El inspector lo ha estado insinuando desde que llegó. Ha oído susurrar a varios agentes algo sobre traer a perros policía. No es tonto. Solo harían algo así si creyeran que Cora ya estaba muerta cuando salió de casa. Es evidente que la policía piensa que Anne y él mataron a su propia hija.

Que traigan a los perros. No tiene miedo. Puede que la policía esté acostumbrada a lidiar con ese tipo de cosas, padres que matan a sus hijos, pero él *jamás* podría hacer daño a su niña. Cora lo es todo para él. Ha sido la única luz brillante de su vida, la única fuente de alegría fiable y constante, especialmente en estos últimos meses en que las cosas se han ido desmoronando sin parar, con Anne cada vez más perdida y deprimida. Ya casi no reconoce a su esposa. ¿Qué ha sido de la preciosa y cautivadora mujer con la que se casó? Todo se ha ido yendo a la mierda. Pero Cora y él tienen un pequeño vínculo entre los dos, que aguanta, a la espera de que mamá vuelva a la normalidad.

Ahora, los padres de Anne le despreciarán todavía más. A ella no tardarán en perdonarla. Le perdonarían casi cualquier cosa, incluso abandonar a su bebé en las manos de un depredador, incluso esto. Pero a él nunca se lo perdonarán. Se mostrarán estoicos ante la adversidad; siempre son estoicos, a diferencia de su emotiva hija. Tal vez hasta salven a Anne y Marco de sus propios errores. Es lo que más les gusta. Incluso ahora, puede ver cómo el padre de Anne mira por encima de las cabezas de Anne y su madre, con la frente arrugada, concentrado en el problema —el problema que Marco ha creado— y en cómo resolverlo. Pensando en cómo abordar el desafío y salir victorioso. Tal vez pueda poner en ridículo a Marco, una vez más, ahora que de veras importa.

Marco desprecia a su suegro. Y es mutuo.

Pero lo primordial es recuperar a Cora. Eso es lo único que importa. Marco cree que son una familia complicada y destructiva, pero todos quieren a Cora. Pestañea para contener las lágrimas incipientes.

El inspector Rasbach nota la frialdad entre los padres de Anne y su yerno. En la mayoría de los casos, este tipo de crisis disuelve esas barreras, aunque sea por un breve espacio de tiempo. Pero esta no es una crisis cualquiera. Se trata de una situación en la que los padres dejaron sola a su bebé, y ha desaparecido. Viendo a la familia hecha una piña en el sofá, comprende al instante que la hija adorada será absuelta de cualquier culpa por sus padres. El marido es un útil chivo expiatorio: él será el único culpable, sea o no justo. Y da la sensación de que él también lo sabe.

El padre de Anne se levanta del sofá y se acerca a Rasbach. Es alto y de hombros anchos, con el pelo corto y de color gris acerado. Tiene una confianza casi agresiva.

—¿Inspector?

—Inspector Rasbach —añade él.

—Richard Dries —dice el otro, tendiendo la mano—. Dígame qué van a hacer para encontrar a mi nieta. —Habla en voz baja, pero con autoridad; está acostumbrado a estar al mando.

Rasbach se lo explica.

—Tenemos agentes rastreando la zona, interrogando a todo el mundo, buscando testigos. Hay un equipo de la policía científica registrando la casa y sus aledaños. Hemos difundido una descripción de la niña a escala local y nacional. El público será informado en breve a través de los medios de comunicación. Puede que tengamos suerte y encontremos algo en alguna cámara de circuito cerrado. —Hace una pausa—. Esperamos hallar pistas muy pronto. —«Estamos haciendo todo lo que podemos. Pero es probable que no sea suficiente para salvar a su nieta», piensa Rasbach. Por experiencia sabe que las investigaciones suelen avanzar despacio, a no ser que se produzca algún cambio significativo rápido. La niña no tiene mucho tiempo, y eso si sigue viva.

Dries se acerca un poco más a él, lo suficiente para que Rasbach huela su loción de afeitado. Mira por encima del hombro a su hija y, bajando aún más la voz, dice:

—¿Están buscando entre los pervertidos?

Rasbach observa a Dries, más corpulento que él. Es el único que ha puesto palabras a lo impensable.

—Estamos comprobando a todos los que conocemos, pero siempre hay alguno del que no sabemos nada.

—Esto va a matar a mi hija —dice Richard Dries al inspector entre dientes, mirándola.

Rasbach se pregunta hasta qué punto sabe el padre lo de la depresión posparto de su hija. Tal vez no sea el momento de preguntar. Finalmente, espera un instante y dice:

—Su hija ha mencionado que tienen ustedes una fortuna considerable. ¿Es cierto eso?

Dries asiente.

—Podría decirse que sí. —Contempla a Marco, que no le está mirando, sino que observa a Anne.

—¿Cree que podría tratarse de un crimen con un móvil económico? —pregunta Rasbach.

El hombre se queda sorprendido, pero luego lo piensa.

—No lo sé. ¿Cree *usted* que lo es?

Rasbach niega levemente con la cabeza.

—Todavía no lo sabemos. Desde luego, es una posibilidad. —Deja que Dries lo sopese un minuto—. ¿Se le ocurre alguna persona, en sus negocios tal vez, que le guarde rencor?

—¿Está sugiriendo que alguien se ha llevado a mi nieta para saldar cuentas conmigo? —El hombre está claramente consternado.

—Solo es una pregunta.

Richard Dries no desecha la idea a priori. O su ego es lo suficientemente grande, piensa Rasbach, o ha hecho tantos enemigos a lo largo de los años como para barajarlo como posibilidad. Finalmente, niega con la cabeza y dice:

—No, no creo que nadie hiciera algo así. No tengo enemigos. Que yo sepa.

—No es muy probable —concede Rasbach—, pero cosas más extrañas he visto. —Y, con un tono más despreocupado, pregunta—: ¿Qué tipo de negocio tiene, señor Dries?

—Empaquetado y etiquetado. —Vuelve a mirar a Rasbach a los ojos—. Inspector, tenemos que encontrar a Cora. Es mi única nieta. —Le da una palmada sobre el hombro y dice—: Manténgame informado, ¿de acuerdo? —Le entrega su tarjeta y, volviéndose para marcharse, añade—: Llámeme a cualquier hora. Me gustaría estar al tanto de lo que vaya pasando.

Un segundo más tarde, Jennings se acerca a Rasbach y le susurra algo al oído.

—Ya están aquí los perros.

Rasbach asiente con la cabeza y deja a la familia abatida en el salón.

Sale a la calle para encontrarse con el guía canino. Hay una camioneta de la unidad K-9 aparcada delante de la casa. Reconoce al guía, un policía llamado Temple. Ya ha trabajado con él. Es un buen hombre, competente.

—¿Qué tenemos aquí? —pregunta Temple.

—Bebé presuntamente desaparecida de su cuna en algún momento después de la medianoche —dice Rasbach.

Temple asiente, serio. A nadie le gustan los casos de niños desaparecidos.

—Solo tiene seis meses, así que no pudo moverse sola.

No es el caso de una niña en edad de gatear que se despierta en plena noche y sale a la calle, se cansa y se esconde en el cobertizo de un jardín. Si así fuera, utilizarían perros de rastreo para seguir su olor. A esta niña la sacó de casa alguien.

Rasbach ha pedido que traigan a los perros expertos en cadáveres para que determinen si la niña ya estaba muerta dentro de la casa o del coche. Bien adiestrados, pueden detectar la muerte en superficies o ropa hasta dos o tres horas después de que ocurra. La química corporal cambia rápido después de la muerte, pero no de un modo inmediato. Si la niña fue asesinada y trasladada al instante, los perros no la olerán, pero, si la asesinaron y no la movieron al momento..., vale la pena intentarlo. Rasbach sabe que la información obtenida a través de los perros es inútil como material probatorio y sin otras evidencias que lo corroboren, como un cadáver. Pero está desesperado por conseguir cualquier información. Rasbach es de los que recurren a todas las herramientas de investigación posibles. Es implacable en su búsqueda de la verdad. Tiene que saber qué ocurrió.

Temple asiente.

—Vamos a ello.

Va a la parte trasera de la camioneta, abre la puerta. Se bajan dos perros de un salto, ambos springer spaniel ingleses de color blanco y negro. Temple utiliza sus manos y la voz para dirigirlos. No llevan correa.

—Empecemos por el coche —dice Rasbach. Les lleva hasta el Audi de los Conti. Los perros se sientan al lado de Temple, con una obediencia perfecta. Los del equipo de la unidad científica ya están ahí, pero, al ver a los perros, se apartan silenciosamente.

—¿Todo bien? ¿Puedo dejar que echen un vistazo los perros? —pregunta Rasbach.

—Sí, ya hemos acabado. Adelante —contesta el agente de la científica.

—¡Adelante! —dice Temple a los perros.

Los animales se ponen a trabajar. Rodean el coche, olfateando atentamente. Se meten en el maletero, en el asiento de atrás, luego en el delantero, y vuelven a salir rápidamente. Se sientan otra vez junto a su guía y levantan la vista. Él les da un premio, y niega con la cabeza.

—Aquí no hay nada.

—Probemos dentro —indica Rasbach, aliviado. Espera que la niña siga viva. Y ojalá esté equivocado con respecto a los padres. Quiere encontrarla. Entonces se dice a sí mismo que no debe ser optimista. Debe mantenerse objetivo. No puede permitirse involucrarse emocionalmente en sus casos. No sobreviviría.

Los perros olfatean el aire hasta las escaleras de entrada a la casa, y entran. Una vez dentro, el guía canino los lleva al piso de arriba y empiezan por la habitación de la niña.

6

$\mathcal{A}$nne reacciona cuando entran los perros, se aparta del abrazo de su madre y se levanta tambaleándose. Observa cómo el adiestrador sube las escaleras con los animales sin mediar palabra.

Nota a Marco acercándose por detrás.

—Han traído a los perros de rastreo —dice ella—. Menos mal. Puede que ahora lleguemos a alguna parte. —Siente cómo él intenta coger su brazo, pero le evita—. Quiero verlo.

El inspector Rasbach levanta la mano para que se detenga.

—Es mejor que se queden aquí y que dejen a los perros hacer su trabajo —le indica con tono amable.

—¿Quiere que le traiga algo de ropa de la niña? —pregunta Anne—. ¿Algo que haya llevado reciente-

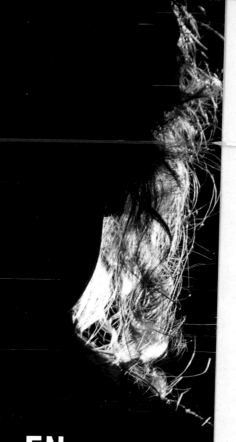

¿EN QUIÉN DEBERÍAS CONFIAR?

mente y que no hayamos lavado? Puedo sacar alguna cosa de la cesta de la ropa sucia de abajo.

—No son perros de rastreo —comenta Marco.

—¿Cómo? —dice Anne, volviéndose a mirarle.

—No son perros de rastreo. Son perros expertos en cadáveres —le explica Marco.

Y entonces Anne cae en la cuenta. Se vuelve hacia el inspector, pálida.

—¡Cree que la hemos matado!

Su estallido sorprende a todos. Se quedan helados de la conmoción. Anne ve a su madre llevarse la mano a la boca. La expresión de su padre se nubla.

—Eso es ridículo —exclama Richard Dries en un impulso, con la cara roja como un ladrillo—. ¡No puede sospechar en serio que mi hija haya hecho daño a su propio bebé!

El inspector no dice nada.

Anne mira a su padre. Él siempre la ha defendido, desde que tiene uso de razón. Pero ahora mismo no hay mucho que él pueda hacer. Alguien se ha llevado a Cora. Al mirarle, Anne se da cuenta de que, por primera vez en su vida, ve a su padre asustado. ¿Teme por Cora? ¿O por ella? ¿Piensa en serio la policía que ha matado a su propia hija? No se atreve a mirar a su madre.

—¡Haga su trabajo y encuentre a mi nieta! —conmina su padre al inspector, tratando claramente de disimular el miedo con su agresividad.

Durante un largo instante, nadie dice nada. Es un instante tan extraño que a nadie se le ocurre qué decir.

Escuchan el ruido de las garras de los perros sobre el suelo de madera al moverse por el piso de arriba.

—Estamos haciendo todo cuanto está en nuestra mano para encontrar a su nieta —contesta Rasbach.

Anne no puede soportar la tensión. Quiere que le devuelvan a su niña. Quiere que esté sana y salva. No puede soportar la idea de que su hija esté sufriendo, de que esté herida. Nota que se va a desmayar, y vuelve a hundirse en el sofá. Su madre la rodea inmediatamente con un brazo protector; se niega a volver a mirar al inspector.

Los perros bajan las escaleras rápidamente. Anne levanta la mirada y gira la cabeza para verlos. El adiestrador hace un movimiento de cabeza. Los animales entran en el salón, y Anne, Marco, Richard y Alice permanecen completamente quietos, como para no llamar su atención. Anne se queda petrificada en el sofá mientras los dos perros olfatean el aire con el hocico, recorren las partes alfombradas y examinan la habitación. Por fin se acercan a ella y la olfatean. Tiene un policía de pie detrás, observando la reacción de los animales, tal vez esperando a detenerlos a Marco y a ella allí mismo. «¿Qué pasa si se pone a ladrar?», piensa Anne, mareada por el miedo.

Todo empieza a moverse a su alrededor. Anne sabe que Marco y ella no han matado a su hija. Pero se siente impotente y aterrada, y no olvida que los perros huelen el miedo.

Lo recuerda justo ahora, al mirar esos ojos prácticamente humanos. Los perros la olisquean a ella y su

—Puede que tengamos algo —anuncia.

Rasbach siente una tensión bastante habitual en el estómago; necesitan desesperadamente alguna pista. Sale enérgicamente de casa de los Conti y en pocos minutos llega a una casa en la calle de detrás, al otro lado del callejón.

Jennings le está esperando a la entrada. Vuelve a llamar a la puerta y, al instante, abre una mujer de unos cincuenta años. Es evidente que la han sacado de la cama. Lleva una bata y el pelo recogido con horquillas. Jennings la presenta como Paula Dempsey.

—Soy el inspector Rasbach —se presenta el inspector, enseñando su placa a la mujer. Ella les invita a pasar al salón, donde su marido está sentado en un sillón, ya completamente despierto, en pantalón de pijama y con el pelo revuelto.

—La señora Dempsey vio algo que podría ser importante —dice Jennings. Una vez sentados, Jennings prosigue—: Cuéntele al inspector Rasbach lo que me ha contado a mí.

—Bueno —empieza ella. Se pasa la lengua por los labios—. Yo estaba en el baño de arriba. Me levanté a tomar una aspirina, porque me dolían las piernas de haber estado trabajando en el jardín durante el día.

Rasbach asiente animándola a seguir.

—Esta noche hace tanto calor que hemos dejado la ventana del baño totalmente abierta para que entrara la brisa. La ventana da al callejón de atrás. La casa de los Conti está detrás de la nuestra, un par de casas más allá.

Rasbach vuelve a asentir; ha tomado nota de la ubicación de su casa con respecto a la de los Conti. Escucha con atención.

—Por casualidad miré por la ventana. Tengo una buena vista del callejón desde la ventana. Y veía bien, porque no había encendido la luz del baño.

—¿Y qué es lo que vio? —pregunta Rasbach.

—Un coche. Un coche viniendo por el callejón.

—¿Dónde estaba el coche? ¿En qué dirección iba?

—Venía por el callejón hacia mi casa, pasada la de los Conti. Puede que viniera de su garaje, o de cualquiera de las casas que están en aquel extremo del callejón.

—¿Qué tipo de coche era? —pregunta Rasbach, sacando su cuaderno.

—No lo sé. Yo no entiendo mucho de coches. Ojalá lo hubiera visto mi marido: él les habría ayudado más. —Mira a su marido, que se encoge de hombros con impotencia—. Pero, claro, en ese momento no le di importancia.

—¿Podría describirlo?

—Era más bien pequeño y creo que de color oscuro. Pero no tenía las luces delanteras encendidas, por eso me fijé. Me pareció extraño que no llevara las luces puestas.

—¿Pudo ver al conductor?

—No.

—¿Vio si había alguien en el asiento del copiloto?

—Creo que no había nadie en el asiento del copiloto, pero tampoco puedo estar segura. No pude ver

—Puede que tengamos algo —anuncia.

Rasbach siente una tensión bastante habitual en el estómago; necesitan desesperadamente alguna pista. Sale enérgicamente de casa de los Conti y en pocos minutos llega a una casa en la calle de detrás, al otro lado del callejón.

Jennings le está esperando a la entrada. Vuelve a llamar a la puerta y, al instante, abre una mujer de unos cincuenta años. Es evidente que la han sacado de la cama. Lleva una bata y el pelo recogido con horquillas. Jennings la presenta como Paula Dempsey.

—Soy el inspector Rasbach —se presenta el inspector, enseñando su placa a la mujer. Ella les invita a pasar al salón, donde su marido está sentado en un sillón, ya completamente despierto, en pantalón de pijama y con el pelo revuelto.

—La señora Dempsey vio algo que podría ser importante —dice Jennings. Una vez sentados, Jennings prosigue—: Cuéntele al inspector Rasbach lo que me ha contado a mí.

—Bueno —empieza ella. Se pasa la lengua por los labios—. Yo estaba en el baño de arriba. Me levanté a tomar una aspirina, porque me dolían las piernas de haber estado trabajando en el jardín durante el día.

Rasbach asiente animándola a seguir.

—Esta noche hace tanto calor que hemos dejado la ventana del baño totalmente abierta para que entrara la brisa. La ventana da al callejón de atrás. La casa de los Conti está detrás de la nuestra, un par de casas más allá.

Rasbach vuelve a asentir; ha tomado nota de la ubicación de su casa con respecto a la de los Conti. Escucha con atención.

—Por casualidad miré por la ventana. Tengo una buena vista del callejón desde la ventana. Y veía bien, porque no había encendido la luz del baño.

—¿Y qué es lo que vio? —pregunta Rasbach.

—Un coche. Un coche viniendo por el callejón.

—¿Dónde estaba el coche? ¿En qué dirección iba?

—Venía por el callejón hacia mi casa, pasada la de los Conti. Puede que viniera de su garaje, o de cualquiera de las casas que están en aquel extremo del callejón.

—¿Qué tipo de coche era? —pregunta Rasbach, sacando su cuaderno.

—No lo sé. Yo no entiendo mucho de coches. Ojalá lo hubiera visto mi marido: él les habría ayudado más. —Mira a su marido, que se encoge de hombros con impotencia—. Pero, claro, en ese momento no le di importancia.

—¿Podría describirlo?

—Era más bien pequeño y creo que de color oscuro. Pero no tenía las luces delanteras encendidas, por eso me fijé. Me pareció extraño que no llevara las luces puestas.

—¿Pudo ver al conductor?

—No.

—¿Vio si había alguien en el asiento del copiloto?

—Creo que no había nadie en el asiento del copiloto, pero tampoco puedo estar segura. No pude ver

mucho. Creo que era un coche eléctrico o híbrido, porque era muy silencioso.

—¿Está segura?

—No, segura no estoy. Pero el ruido resuena en el callejón, y ese coche era muy silencioso, aunque tal vez fuese porque iba muy despacio.

—¿Y qué hora era, lo recuerda?

—Miré la hora al levantarme. Tengo un despertador digital en mi mesilla de noche. Eran las doce y treinta y cinco.

—¿Está completamente segura de la hora?

—Sí —afirma ella—. Segura.

—¿Recuerda algún otro detalle del coche, cualquier cosa? —pregunta Rasbach—. ¿Tenía dos puertas? ¿O cuatro?

—Lo siento —contesta ella—. No lo recuerdo. No me fijé. Pero era pequeño.

—Si no le importa, quisiera echar un vistazo desde la ventana del cuarto de baño —dice Rasbach.

—Por supuesto.

Les lleva escaleras arriba hasta el cuarto de baño en la parte trasera de la casa. Rasbach se asoma por la ventana abierta. La vista es buena, se ve el callejón claramente. A la izquierda puede ver el garaje de los Conti, rodeado con la cinta amarilla del precinto policial. Se ve que la puerta del garaje sigue abierta. Qué lástima que la mujer no se asomara un par de minutos antes. Podría haber visto salir al coche sin luces del garaje de los Conti, si así fue. Ojalá tuviera un testigo capaz de situar un coche en el garaje de los Conti, o saliendo de él, a las 00:35. Pero aquel coche podía venir de cualquier sitio al otro lado del callejón.

Rasbach da las gracias a Paula y a su marido, les deja su tarjeta, y él y Jennings salen juntos de la casa. Se detienen en la acera delante de la entrada. El cielo empieza a clarear.

—¿Qué opinas? —pregunta Jennings.

—Interesante —dice Rasbach—. La hora. Y el hecho de que el coche no llevara las luces puestas. —El otro inspector asiente con la cabeza. Marco pasó a ver a la niña a las doce y media. El coche se alejaba del garaje de los Conti a las 00:35 con las luces apagadas. Un posible cómplice.

Los padres acaban de convertirse en los principales sospechosos.

—Que un par de agentes hable con todos los que tengan garaje con acceso al callejón. Quiero saber quién pasó en coche por el callejón a las doce y treinta y cinco —dice Rasbach—. Y que recorran las dos calles de arriba abajo otra vez y pregunten directamente si alguien más estaba asomado a una ventana que dé al callejón a esa hora, y si vio algo.

Jennings asiente.

—De acuerdo.

Anne estrecha fuerte la mano de Marco. Está casi hiperventilando antes de salir ante la prensa. Se ha tenido que sentar y meter la cabeza entre las rodillas. Son las siete de la mañana, tan solo unas horas después de que se llevaran a Cora. Una docena de periodistas y fotógrafos espera en la calle. Anne es una persona reservada; este tipo de exposición mediática le resulta espantoso. Nunca le ha gustado llamar la atención. Pero Marco y ella necesitan el interés de los medios. Necesitan que la cara de Cora salga en todos los periódicos, en la televisión, en internet. No es posible raptar a un bebé de casa de alguien en plena noche y que nadie se dé cuenta. Es un barrio concurrido. Alguien tiene que aportar algún dato. Anne y Marco deben hacer esto, aun conscientes de que se convertirán en el objetivo de comentarios horribles cuando toda la historia salga a la luz. Son los padres que abandonaron a su hija, que la dejaron sola en casa, a un bebé. Y ahora alguien la tiene retenida. Su vida se ha convertido en un telefilm de sobremesa.

Han preparado un comunicado. Lo han elaborado sobre la mesa baja del salón con ayuda del inspector Rasbach. El comunicado no menciona que la niña estuviera sola en casa en el momento del secuestro, pero a Anne no le cabe ninguna duda de que el hecho trascenderá. Tiene la sensación de que, en cuanto los medios invadan sus vidas, la cosa no tendrá fin. Ya nada será privado. Marco y ella serán famosos, sus caras aparecerán en las revistas de cotilleo de los supermercados. Está asustada y avergonzada.

Anne y Marco salen a la entrada de su casa y se detienen en el escalón superior. El inspector Rasbach está al lado de Anne, y el inspector Jennings, junto a Marco. Anne se aferra al brazo de su marido buscando apoyo, como si se fuera a caer. Han convenido que Marco debería ser quien lea el comunicado; Anne sencillamente no es capaz. Da la sensación de que la más leve brisa podría derribarla. Marco contempla la multitud de periodistas, parece encogerse y baja la mirada al papel con las manos visiblemente temblorosas. Las cámaras disparan sus flashes una y otra vez.

Anne levanta la mirada, aturdida. La calle está llena de reporteros, camionetas, cámaras, técnicos, equipos y cables de televisión, gente sujetando micrófonos delante de sus rostros maquilladísimos. Todo esto lo ha visto en televisión, exactamente igual. Pero ahora ella es la portada, está en el foco. Parece irreal, como si le estuviera pasando a otra persona. Se siente extraña, fuera de su cuerpo, como si estuviera en el escalón de entrada de su casa mirando hacia delante, y, al mismo tiempo, observando la escena desde arriba y un poco a la izquierda.

Marco levanta una mano para indicar que quiere hablar. La multitud se calla de repente.

—Me gustaría leer un comunicado —murmura.

—¡Más alto! —grita alguien desde la acera.

—Voy a leer un comunicado —dice Marco, más alto y claro. Entonces lee, con la voz cada vez más firme—. Esta madrugada, entre las doce y media y la una y media, nuestra preciosa hija, Cora, fue secuestrada de su cuna por un desconocido o desconocidos. —Se detiene para recobrar la compostura. Nadie hace un solo ruido—. Tiene seis meses. El pelo rubio y los ojos azules, y pesa unos siete kilos. Llevaba un pañal y un pijama de color rosa claro, liso. No tiene marcas de nacimiento. De la cuna también falta una manta blanca.

»Queremos a Cora más que a nada en el mundo. Queremos que vuelva. A quienquiera que la tenga, le pedimos por favor, por favor, que nos la devuelva sana y salva. —Marco levanta los ojos del papel. Está llorando y tiene que hacer una pausa para enjugarse las lágrimas y continuar. Anne llora silenciosamente a su lado, contemplando el mar de rostros—. No tenemos ni idea de quién ha podido robarnos a nuestra preciosa e inocente hijita. Les pedimos su ayuda. Si saben algo, o han visto algo, por favor, llamen a la policía. Podemos ofrecer una recompensa sustancial a cambio de cualquier información que nos lleve a recuperar a nuestra niña. Gracias.

Marco se vuelve hacia Anne, y se derrumban el uno en brazos del otro bajo una nueva lluvia de flashes.

—¿De cuánto es la recompensa? —grita una voz.

7

Nadie entiende cómo se les pudo pasar por alto, pero, poco después de la rueda de prensa ante la casa de los Conti, un agente se acerca al inspector Rasbach en el salón sosteniendo un pijama de bebé rosa claro entre dos de sus dedos enguantados. Los ojos de todos los presentes —el inspector Rasbach, Marco, Anne y los padres de Anne, Alice y Richard— se clavan al instante en la prenda.

Rasbach es el primero en reaccionar.

—¿Dónde lo habéis encontrado? —pregunta.

—¡Ay! —exclama Anne.

Todos desvían los ojos del agente que lleva el pijama rosa para mirar a Anne. Está completamente pálida.

—¿Estaba en la cesta de la ropa sucia en la habitación de la niña? —pregunta Anne, levantándose.

—No —contesta el agente que lleva la prenda—. Estaba debajo de la colchoneta del cambiador. No lo vimos a la primera.

Rasbach parece furioso. ¿Cómo se les ha podido pasar?

Anne se sonroja, confundida.

—Lo siento. Debí de olvidarlo. Cora llevaba ese pijama antes, por la tarde. La cambié después de la última toma porque lo manchó de vómito. Mire, se lo enseño. —Anne se acerca al agente para coger el pijama, pero el policía da un paso atrás y lo aparta.

—Por favor, no lo toque —dice.

Anne se vuelve hacia Rasbach.

—Le quité este pijama y le puse otro. Creí que lo había metido en la cesta de la ropa sucia junto al cambiador.

—Así que ¿la descripción que tenemos es inexacta? —dice Rasbach.

—Sí —admite Anne, con expresión confusa.

—Entonces, ¿*qué* llevaba puesto? —pregunta Rasbach. Cuando ve que Anne duda, repite—: ¿Qué llevaba puesto?

—No... No estoy segura —contesta.

—¿Qué quiere decir con que no está segura? —insiste el inspector. Su voz suena incisiva.

—Que no lo sé. Había bebido un poco. Me encontraba cansada. Y estaba oscuro. Cuando le doy el pecho la última vez lo hago a oscuras para que no se despierte del todo. Vomitó en el pijama y, cuando le cambié de pañal, también le cambié de pijama, a oscuras. Eché el rosa en la cesta, eso pensaba, y cogí otro del cajón. Tiene muchos. No sé de qué color era. —Anne se siente culpable. Pero es evidente que Rasbach nunca ha cambiado a un bebé en plena noche.

—¿Usted lo sabe? —pregunta Rasbach, volviéndose a Marco.

Este parece un cervatillo deslumbrado ante unos faros. Niega con la cabeza.

—No me di cuenta de que le hubiera cambiado de pijama. Cuando pasé a verla no encendí la luz.

—Si reviso su cajón, es posible que pueda decirle cuál lleva puesto —sugiere Anne, completamente avergonzada.

—Sí, hágalo —contesta Rasbach—. Necesitamos una descripción exacta.

Anne sube corriendo y abre el cajón del armario de la niña donde guarda todos los pijamas y los monos, las camisetitas y las mallas. Flores y puntos y abejas y conejitos.

El inspector y Marco la han seguido y observan mientras ella se arrodilla en el suelo y saca prenda por prenda, llorando. Pero no es capaz de recordar, no puede decir cuál era. ¿Cuál falta? ¿Qué lleva puesto su hija?

Se vuelve hacia Marco.

—¿Y si vas a por la cesta de abajo?

Marco se gira y baja a hacer lo que ella le pide. Vuelve rápidamente con una cesta llena de ropa sucia. La vuelca sobre el suelo de la habitación de la niña. Alguien ha limpiado el vómito del suelo. La ropa de Cora está mezclada con la de ellos, pero Anne va cogiendo todas las prendas de bebé y las deja a un lado.

—Es el de color verde menta, con un conejito bordado delante —dice por fin.

—¿Está segura? —pregunta Rasbach.

—Tiene que ser ese —contesta Anne desconsolada—. Es el único que falta.

El estudio científico de la casa de Anne y Marco ha revelado poco en las horas transcurridas desde que desapareció Cora. La policía no ha encontrado pruebas de que nadie que no fueran ellos estuviera en la habitación de Cora, ni en casa de los Conti. Ninguna. En toda la casa no hay un solo rastro —ni una huella, ni una fibra— que no tenga una explicación inocente. Parece que nadie ha estado dentro de su casa más que ellos, los padres de Anne y la señora de la limpieza. Todos tienen que someterse a la vergüenza de que les tomen las huellas. Nadie considera en serio la posibilidad de que la señora de la limpieza, una mujer mayor filipina, sea una secuestradora. De todas formas, tanto ella como su extensa familia son examinados minuciosamente.

Fuera de la casa, en cambio, sí han encontrado algo. Hay huellas recientes de neumáticos en el garaje que, al ser analizadas, no coinciden con las ruedas del Audi de los Conti. Rasbach aún no ha comunicado ese dato a los padres de la niña desaparecida. Esa es toda la evidencia sólida que tiene por ahora para la investigación, aparte del testimonio de la vecina que vio pasar un coche por el callejón a las 00:35.

—Probablemente llevaran guantes —dice Marco, cuando el inspector Rasbach les cuenta que no hay pruebas físicas de que hubiera un intruso en la casa.

Ya es media mañana. Anne y Marco parecen agotados. Marco tiene aspecto de que todavía podría estar un poco resacoso. Pero ni siquiera quieren intentar descansar. El inspector ha pedido a los padres de Anne que vayan a la cocina a tomarse un café mientras él hace una serie de preguntas más a su hija y a Marco. Debe asegurarles una y otra vez que están haciendo todo lo posible por recuperar a la niña, que no está haciéndoles perder el tiempo.

—Es muy probable —dice el inspector, en respuesta a la sugerencia de Marco sobre los guantes. Pero entonces señala—: Aunque esperábamos encontrar alguna huella digital o de zapato dentro de la casa, y desde luego fuera o en el garaje, que no coincidieran con las suyas.

—A no ser que saliera por delante —señala Anne. En ese momento recuerda que vio la puerta de entrada abierta. Ahora que está completamente sobria, lo tiene más claro. Cree que el secuestrador se llevó a la niña por la puerta de entrada y bajó los escalones hasta la acera, y que por eso no han encontrado pisadas de ningún desconocido.

—Aun así —replica Rasbach—, lo esperable es que hubiéramos encontrado algo. —Mira fijamente a los dos—. Hemos interrogado a todas las personas posibles. Ninguna admite haber visto a nadie sacando a un bebé por la entrada de su casa.

—Eso no significa que no ocurriera —dice Marco, mostrando su frustración.

—Tampoco han encontrado a nadie que viera cómo se la llevaban por la parte de atrás —añade bruscamente Anne—. No han hallado absolutamente nada.

—Sí: la bombilla suelta en el detector de movimiento —les recuerda el inspector Rasbach. Hace una pausa, y prosigue—: También hemos encontrado huellas de neumático en el garaje que no coinciden con su coche. —Espera a que asimilen la información—. ¿Ha utilizado su garaje alguien últimamente, que sepan ustedes? ¿Dejan a alguien aparcar en él?

Marco mira al inspector y aparta rápidamente los ojos.

—No, no que yo sepa —dice.

Anne niega con la cabeza.

Anne y Marco están visiblemente tensos. No es de extrañar, pues Rasbach acaba de insinuar que, a falta de pruebas materiales de que otra persona se llevara a la niña de su casa —concretamente por la parte trasera hasta al garaje—, uno de ellos tuvo que ser quien la sacó.

—Lo siento, pero tengo que preguntarle sobre la medicación que hay en el armario de su cuarto de baño —dice Rasbach, volviéndose a mirar a Anne—. La sertralina.

—¿Qué pasa con ella? —pregunta Anne.

—¿Puede decirme para qué es? —inquiere con amabilidad Rasbach.

—Tengo una depresión leve —contesta Anne a la defensiva—. Me la prescribió mi médico.

—¿Su médico de cabecera?

Anne vacila. Mira a Marco, sin saber qué hacer, pero finalmente contesta.

—Mi psiquiatra —admite.

—Entiendo. —Rasbach añade—: ¿Podría decirme cómo se llama su psiquiatra?

Anne vuelve a mirar a Marco y dice:

—Doctora Leslie Lumsden.

—Gracias —murmura Rasbach, anotándolo en su cuaderno.

—Inspector, muchas madres tienen depresión posparto —añade Anne a la defensiva—. Es bastante común.

Rasbach asiente con un gesto esquivo.

—¿Y el espejo del cuarto de baño? ¿Puede decirme qué le ha pasado?

Anne se sonroja y mira intranquila al inspector.

—Fui yo —admite—. Cuando volvimos a casa y vimos que Cora no estaba, rompí el espejo. —Levanta la mano. La mano que su madre le ha lavado, desinfectado y vendado—. Estaba alterada.

Rasbach vuelve a asentir, y anota de nuevo en su cuaderno.

De acuerdo con lo que los padres le dijeron a Rasbach horas antes, la última vez que alguien que no fuera ellos vio a la niña fue a las dos de la tarde del mismo día del secuestro, cuando Anne salió a buscar un café en el Starbucks de la esquina. Según ella, la niña iba despierta en el carrito, sonriendo y chupándose los dedos, y la camarera le hizo cucamonas con la mano.

Rasbach ya estuvo en el Starbucks esa misma mañana y habló con la camarera, que afortunadamente ya estaba trabajando. Recordaba a Anne y a la niña en el carrito. Pero aparentemente nadie más puede confirmar que la niña estuviese con vida después de las dos de la tarde del viernes, el día en que desapareció.

—¿Qué hizo después de entrar en el Starbucks ayer? —pregunta ahora Rasbach.

—Vine a casa. Cora se encontraba nerviosa, suele pasarle a la hora de comer, así que estuve dando vueltas por la casa con ella en brazos —dice Anne—. Intenté que se echara una siesta, pero no quería dormir. Así que la cogí otra vez, y empecé a dar vueltas por la casa, por el jardín de atrás.

—¿Y luego, qué?

—Eso es lo que hice hasta que llegó Marco.

—¿A qué hora fue eso?

—Llegué a casa sobre las cinco —contesta Marco—. Salí un poco antes del trabajo, porque era viernes e íbamos a cenar.

—¿Y entonces?

—Le cogí a Cora y le dije que subiera a echarse una siesta. —Marco se reclina en el sofá y se frota la mano contra el muslo. Entonces empieza a hacer rebotar una de sus piernas. Está nervioso.

—¿Tiene hijos, inspector? —pregunta Anne.

—No.

—Entonces no sabe lo agotador que puede ser.

—No. —Cambia de posición en el asiento. Todos están empezando a cansarse—. ¿A qué hora pasaron a cenar a la casa de al lado?

—Sobre las siete —contesta Marco.

—¿Y qué hicieron entre las cinco y las siete?

—¿Por qué nos pregunta todo esto? —dice bruscamente Anne—. ¿No es una pérdida de tiempo? ¡Creía que nos iba a ayudar!

—Tengo que saber todo lo que ocurrió. Por favor, contesten lo mejor que puedan —responde Rasbach con serenidad.

Marco estira el brazo y pone la mano sobre el muslo de su mujer, como tratando de calmarla.

—Yo estuve jugando con Cora mientras Anne dormía —dice a continuación—. Le di unos cereales. Anne se despertó sobre las seis.

Anne respira hondo.

—Y entonces discutimos sobre ir a la cena.

Marco se pone visiblemente tenso a su lado.

—¿Por qué discutieron? —pregunta Rasbach, mirando a los ojos a Anne.

—La canguro llamó para cancelar el compromiso —responde Anne—. Si no lo hubiera hecho, nada de esto habría pasado —añade, como si se diera cuenta por primera vez.

Esto es nuevo. Rasbach no sabía que hubiera ninguna canguro. ¿Por qué se lo están contando ahora?

—¿Por qué no lo han dicho antes?

—¿No se lo hemos dicho? —se sorprende Anne.

—¿Quién era la canguro? —pregunta Rasbach.

—Una chica que se llama Katerina —contesta Marco—. Es nuestra canguro habitual. Está en el último año de instituto. Vive a una manzana de aquí.

—¿Habló usted con ella?

—¿Qué? —dice Marco. No parece prestar atención. Tal vez el cansancio le esté pasando factura, piensa Rasbach.

—¿A qué hora llamó? —pregunta Rasbach.

—Sobre las seis. A esas alturas era demasiado tarde para encontrar a otra persona —responde Marco.

—¿Quién habló con ella? —dice Rasbach mientras escribe en su cuaderno.

—Yo —contesta Marco.

—Podríamos haber *intentado* encontrar a otra —dice Anne amargamente.

—En ese momento no creí que fuera necesario. Claro, ahora... —Marco deja la frase inacabada, mirando el suelo.

—¿Me pueden dar su dirección? —pregunta Rasbach.

—Voy a por ella —dice Anne, y va a buscarla a la cocina. Mientras esperan, Rasbach oye voces murmurando desde allí; los padres de Anne quieren saber qué ocurre.

—¿Por qué discutieron exactamente? —pregunta Rasbach, en cuanto Anne regresa y le entrega un trozo de papel con el nombre y la dirección de la canguro garabateados.

—Yo no quería dejar sola a Cora —contesta Anne sin rodeos—. Dije que me quedaría en casa con ella. Cynthia no quería que lleváramos a la niña porque arma mucho jaleo. Y ella quería una cena de adultos solamente. Por eso llamamos a la canguro. Pero, entonces, cuando canceló la cita, Marco pensó que sería de mala educación llevar a la niña después de decirle que no lo haríamos, y yo no quería dejarla sola en casa, así que discutimos.

Rasbach se vuelve a Marco, que asiente con desconsuelo.

—Marco pensaba que si teníamos el monitor al lado y pasábamos cada media hora todo iría bien. Que no ocurriría nada malo, eso dijiste —añade Anne volviéndose hacia su marido rezumando veneno de repente.

—¡Me equivoqué! —dice Marco mirando a su mujer—. ¡Lo siento! ¡Todo es culpa mía! ¿Cuántas veces tengo que repetirlo?

El inspector Rasbach observa cómo se van agrandando las grietas en la relación de la pareja. La tensión que percibió en cuanto denunciaron la desaparición de su hija se ha transformado en otra cosa: *culpa*. Esa fachada de unión que mostraron en los primeros minutos y horas de la investigación empieza a erosionarse. ¿Cómo podría ser de otra manera? Su hija ha desaparecido. Se hallan sometidos a una intensa presión. La policía está en su casa, mientras la prensa aporrea su puerta. Rasbach sabe que, si hay algo que encontrar, él dará con ello.

8

El inspector Rasbach sale del hogar de los Conti con el propósito de interrogar a la canguro en su casa para confirmar la versión de la pareja. Es casi mediodía, y, mientras recorre la pequeña distancia por las calles arboladas, repasa el caso en su mente. No hay ninguna prueba de que un intruso entrara en la casa o en el jardín. Sin embargo, sí hay huellas recientes de neumáticos en el suelo de cemento del garaje. Sospecha de los padres, pero ahora ha surgido información nueva sobre la canguro.

Cuando llega a la dirección que le ha dado Anne, una mujer con aspecto desconsolado abre la puerta. Es evidente que ha estado llorando. Rasbach le enseña su placa.

—Tengo entendido que Katerina Stavros vive aquí.
—La mujer asiente—. ¿Es su hija?

—Sí —responde la madre de la chica, tratando de sacar un hilo de voz—. Lo siento. No es un buen momento —añade—, pero sé por qué está aquí. Por favor, pase.

Rasbach entra en la casa. La puerta da directamente a un salón lleno de mujeres llorando. Tres de mediana edad y una adolescente están sentadas alrededor de una mesa baja cubierta de platos de comida.

—Nuestra madre murió ayer —explica la señora Stavros—. Mis hermanas y yo estamos intentando disponerlo todo.

—Siento mucho molestarlas —dice el inspector Rasbach—. Me temo que es importante. ¿Está su hija aquí? —Pero ya la ha visto sentada en el sofá con sus tías: una chica regordeta de dieciséis años cuya mano sobrevolaba una bandeja de *brownies* cuando levantó la mirada y vio al detective entrando en el salón.

—Katerina, hay un policía aquí que quiere verte.

Katerina y todas sus tías se vuelven a mirar al inspector.

La chica empieza a derramar lágrimas sinceras y repentinas, y pregunta:

—¿Sobre Cora?

Rasbach asiente.

—No me puedo creer que alguien se la haya llevado —dice la chica dejando las manos de nuevo en su regazo y olvidándose de los *brownies*—. Me siento fatal. Mi abuela murió y tuve que cancelar el compromiso.

Todas las tías se acercan inmediatamente a abrazar a la chica mientras su madre se sienta en el brazo del sofá a su lado.

—¿A qué hora llamaste a casa de los Conti? —pregunta Rasbach con tono amable—. ¿Lo recuerdas?

La chica está llorando a lágrima viva.

—No lo sé.

La madre se vuelve hacia el inspector Rasbach.

—Sería sobre las seis. Nos llamaron del hospital a esa hora más o menos para decirnos que fuéramos hacia allá, que se acercaba el final. Le dije a Katerina que llamara y cancelara la cita, y que viniera al hospital con nosotras. —Le da una palmadita en la rodilla a su hija—. Sentimos mucho lo de Cora. Katerina le tiene mucho cariño. Pero esto no es culpa de Katerina. —La madre quiere que eso quede muy claro.

—Por supuesto que no —dice Rasbach enfáticamente.

—No puedo creer que la dejaran sola en casa —prosigue la mujer—. ¿Qué clase de padres hacen algo así?

Sus hermanas mueven la cabeza en un gesto de desaprobación.

—Espero que la encuentren —concluye la madre, mirando preocupada a su hija— y que esté bien.

—Haremos todo lo que podamos —dice Rasbach, disponiéndose a marcharse—. Gracias por su tiempo.

La versión de los hechos de los Conti está confirmada. Es casi seguro que la niña seguía con vida a las seis de la tarde, pues, de lo contrario, ¿qué habrían hecho los padres con la canguro que habían contratado? Rasbach cae en la cuenta de que si los padres mataron o escondieron a la niña tuvo que ser después de su llamada a las seis. Y o bien fue antes de las siete, cuando pasaron a casa de los vecinos, o en algún momento durante la cena. Lo cual significa que, probablemente, no habrían tenido tiempo suficiente para deshacerse del cadáver.

«Es posible», piensa Rasbach, «que digan la verdad».

Anne siente que puede respirar algo mejor mientras el inspector se encuentra fuera. Es como si estuviera observándoles, esperando que den un paso en falso, que cometan un error. Pero ¿qué error puede esperar que cometan? Cora no está. Si hubiera alguna prueba material de que hubo un intruso, piensa Anne, no se centrarían equivocadamente en ellos. Pero es evidente que quienquiera que se haya llevado a Cora ha ido con mucho cuidado.

O puede que la policía sea incompetente, piensa. Le preocupa que lo estropeen todo. La investigación avanza muy despacio. Cada hora que pasa incrementa un poco más su estado de pánico.

—¿Quién ha podido llevársela? —le susurra a Marco, una vez solos. Anne ha mandado a sus padres a casa por ahora, a pesar de que ellos querían quedarse arriba, en el dormitorio de invitados. Pero, por mucho que confíe en sus padres, especialmente en momentos de estrés y problemas, también le ponen nerviosa, y ya lo está bastante. Además, el tenerlos ahí constantemente hace las cosas más difíciles con Marco, y él parece a punto de estallar. Tiene el pelo fatal y no se ha afeitado. Han estado despiertos toda la noche y medio día entero. Anne está agotada, y sabe que su aspecto debe de ser tan malo como el de Marco, pero no le importa. Dormir es imposible.

—¡Marco, tenemos que pensar! ¿Quién ha podido llevársela?

—No tengo ni idea —dice Marco con impotencia.

Anne se levanta y empieza a recorrer el salón de arriba abajo.

—No entiendo por qué no han encontrado ningún rastro de intrusos. No tiene sentido. ¿No crees? —Se detiene y añade—: Excepto la bombilla aflojada en el detector de movimiento. Está claro que eso es una prueba de que hubo un intruso.

Marco levanta la mirada hacia ella.

—Creen que nosotros mismos la aflojamos.

Anne se queda mirándolo.

—¡Eso es ridículo! —Hay una pizca de histeria en su voz.

—No fuimos nosotros. Tú y yo lo sabemos —dice Marco violentamente. Se frota las manos sobre los muslos de los vaqueros con nerviosismo, una nueva costumbre—. El inspector tiene razón en una cosa: parece planeado. No fue alguien que pasaba por aquí, que vio la puerta abierta, entró y la raptó. Pero, si se la ha llevado para pedir un rescate, ¿por qué no ha dejado ninguna nota? ¿No deberíamos tener noticias del secuestrador ya? —Mira su reloj—. ¡Son casi las tres! Lleva más de doce horas desaparecida —exclama, mientras se le quiebra la voz.

Eso es lo que Anne cree también. A estas alturas ya deberían tener noticias de alguien. ¿Qué es lo normal en los casos de secuestro? Cuando le preguntó al inspector Rasbach, él le explicó: «No hay una *normalidad* en el secuestro. Todos son únicos. Si se pide rescate, puede ser después de unas horas o de días. Pero, generalmente, los secuestradores no quieren quedarse con la víctima más de lo necesario. Con el tiempo aumentan los riesgos».

La policía ha pinchado su teléfono para grabar cualquier posible conversación con el secuestrador. Pero por ahora no ha llamado nadie para decir que tiene a Cora en su poder.

—¿Y si es alguien que trata con tus padres? —pregunta Marco—. ¿Tal vez algún conocido?

—Te gustaría echarles la culpa a ellos, ¿verdad? —salta Anne, caminando de un lado a otro delante de él con los brazos cruzados.

—Espera —replica Marco—. No les estoy echando la culpa, pero ¡párate a pensarlo por un momento! Los únicos que tienen dinero aquí son ellos. Así que debe de ser alguien que les conozca y que sepa que lo tienen.

Nosotros no tenemos la cantidad de dinero que buscaría un secuestrador, eso es evidente.

—Tal vez deberían pinchar el teléfono de mis padres —observa Anne.

Marco levanta la vista y dice:

—Puede que tengamos que ser más creativos con la recompensa.

—¿Qué quieres decir? Ya hemos ofrecido una. Cincuenta mil dólares.

—Sí, pero cincuenta mil dólares a cambio de información que nos lleve a recuperar a Cora... ¿Cómo nos va a ayudar eso si nadie ha visto nada? Si alguien de verdad supiera algo, ¿no crees que ya se lo habría contado a la policía? —Espera mientras Anne recapacita—. Tenemos que hacer que esto se mueva —añade Marco con urgencia—. Cuanto más tiempo tengan a Cora, más posibilidades hay de que le hagan daño.

—Creen que lo hice yo —dice Anne de pronto—. Creen que yo la maté. —Tiene los ojos desorbitados—. Lo veo en cómo me mira el inspector: lo tiene muy claro respecto a mí. Probablemente solo esté intentando decidir hasta qué punto estás involucrado tú.

Marco se levanta rápidamente del sofá y trata de abrazarla.

—Shhh —la tranquiliza—. No piensan eso. —Aunque teme que eso sea exactamente lo que piensan. La depresión posparto, los antidepresivos, la psiquiatra. No sabe qué decir para consolarla. Puede notar cómo crece la inquietud en ella, y quiere evitar una crisis.

—¿Y si van a ver a la doctora Lumsden? —pregunta Anne.

«Claro que irán a ver a la doctora Lumsden», piensa Marco. ¿Cómo no iban a hablar con su psiquiatra?

—Probablemente lo hagan —dice Marco, con la voz deliberadamente tranquila, incluso despreocupada—. ¿Y qué más da? Porque no has tenido nada que ver con la desaparición de Cora, y los dos lo sabemos.

—Pero ella les contará cosas —insiste Anne, claramente asustada.

—No lo hará —replica Marco—. Es médico. No puede decirles nada de lo que le hayas contado. Secreto profesional. No pueden obligar a tu médico a contarles nada de lo que hayáis hablado.

Anne empieza a recorrer el salón de arriba abajo otra vez, retorciéndose las manos. De pronto se detiene.

—Cierto. Tienes razón —dice, y respira hondo varias veces. Y entonces recuerda—: La doctora Lumsden está fuera. Se ha ido a Europa un par de semanas.

—Es verdad —contesta Marco—. Me lo dijiste.

Marco le pone las manos sobre los hombros y la sujeta con firmeza, anclándola con la mirada.

—Anne, no quiero que te preocupes por eso —dice resueltamente—. No tienes nada que temer. Ni nada que esconder. Si descubren que has tenido problemas de depresión, incluso antes de tener a la niña, ¿qué más da? La mitad de la gente de ahí fuera está deprimida probablemente. Y ese maldito inspector, con toda seguridad, también.

Marco retiene a Anne con los ojos hasta que su respiración vuelve a la normalidad y asiente.

Entonces le quita las manos de los hombros.

—Tenemos que centrarnos en recuperar a Cora. —Se deja caer en el sofá, exhausto.

—¿Pero cómo? —dice Anne. Se retuerce las manos otra vez.

—Lo que estaba empezando a decir antes, sobre la recompensa. Puede que estemos planteando todo esto de manera equivocada. Tal vez deberíamos tratar directamente con quien la tiene: ofrecerle mucho dinero por ella, y a ver si nos llama.

Anne se queda pensando un instante.

—Pero, si la tiene un secuestrador, ¿por qué no nos ha pedido un rescate?

—¡No lo sé! A lo mejor le ha entrado miedo. Y eso me acojona aún más, ¡porque puede que mate a Cora y la tire en cualquier parte!

—¿Cómo vamos a empezar a negociar con el secuestrador si ni siquiera se ha puesto en contacto con nosotros? —pregunta Anne.

Marco levanta la vista.

—A través de los medios.

Anne asiente, pensando.

—¿Cuánto crees que costaría recuperarla?

Marco mueve la cabeza, desesperado.

—No tengo ni idea. Pero solo contamos con una baza, así que debemos usarla bien, ¿Dos o tres millones, quizás?

Anne ni se inmuta.

—Mis padres adoran a Cora. Estoy segura de que pagarían. Voy a decirles que vengan, y al inspector Rasbach, también.

Rasbach vuelve a toda prisa a casa de los Conti, después de la llamada de Marco a su móvil.

Marco y Anne están en el salón, de pie. Sus rostros revelan que acaban de llorar, pero parecen resueltos. Por un segundo, Rasbach cree que van a confesar.

Anne se asoma a la ventana esperando ver a sus padres. En ese momento, Richard y Alice llegan y suben rápidamente los escalones de entrada, pasando por delante de los periodistas, manteniéndose dignos a pesar de los flashes de las cámaras que hay a su alrededor. Anne les abre, ocultándose tras la puerta para no ser vista.

—¿Qué ha pasado? —dice Richard, asustado, mirando a su hija, al inspector—. ¿La han encontrado?

Los ojos incisivos de Alice tratan de absorber todo de una vez. Parece llena de esperanza y miedo al mismo tiempo.

—No —responde Anne—. Pero necesitamos vuestra ayuda.

Rasbach les observa atentamente. Marco no dice nada.

Anne habla:

—Marco y yo creemos que deberíamos ofrecer dinero directamente al secuestrador. Una cantidad importante. Quienquiera que la tenga, si le ofrecemos suficiente dinero y prometemos no demandarle, puede que nos la devuelva. —Mira a sus padres. Marco está a su lado—. Tenemos que hacer algo —dice con tono lastimero—. ¡No podemos quedarnos aquí sentados esperando a que la mate! —Sus ojos buscan desesperadamente los de sus padres—. Necesitamos vuestra ayuda.

Alice y Richard se miran por un instante. Entonces Alice dice:

—Por supuesto, Anne. Haremos lo que sea para recuperar a Cora.

—Por supuesto —se une Richard, asintiendo enfáticamente.

—¿Cuánto necesitáis? —pregunta Alice.

—¿Cuánto cree? —dice Anne, volviéndose hacia el inspector Rasbach—. ¿Cuánto cree que sería suficiente para que nos la devuelvan?

Rasbach sopesa el asunto cuidadosamente antes de contestar. Si eres inocente, es normal que quieras soltar dinero a la persona que tiene a tu hija, sea la cantidad que sea. Y esta familia parece tener fondos ilimitados. Desde luego, merece la pena intentarlo. Es posible que los padres no estén involucrados en absoluto. Y el tiempo se acaba.

—¿En qué cantidad estaban pensando? —pregunta Rasbach.

Anne parece incómoda, como si le avergonzara poner un precio a su hija. En realidad no tiene ni idea. ¿Cuánto es demasiado? ¿Cuánto es demasiado poco?

—Marco y yo hemos pensado que quizás un par de millones. ¿O tal vez más? —Su incertidumbre es evidente. Mira a su madre y a su padre, inquieta. ¿Les está pidiendo demasiado?

—Por supuesto, Anne —responde Alice—, lo que haga falta.

—Necesitaremos un poco de tiempo para conseguirlo —dice Richard—, pero por Cora haríamos lo que fuera. Y por ti también, Anne. Lo sabes.

Anne asiente entre lágrimas. Abraza a su madre primero, luego se acerca y rodea con los brazos a su padre, que la abraza. Mientras lo hace, los hombros de Anne empiezan a temblar, sollozando.

Por un breve instante, Rasbach piensa en lo fácil que es la vida para los ricos.

Rasbach ve cómo Richard mira por encima de la cabeza de su hija hacia su yerno, que no dice ni una sola palabra.

9

Deciden que sean tres millones de dólares. Es mucho dinero, pero no arruinará a Richard y Alice Dries. La pareja tiene bastantes millones más. Se lo pueden permitir.

Menos de veinticuatro horas después de denunciar la desaparición de su hija, al caer la tarde del sábado, Anne y Marco vuelven a dirigirse a los medios de comunicación. No han hablado con la prensa desde las siete en punto de la mañana. Una vez más, han redactado cuidadosamente un mensaje con la ayuda de Rasbach en la mesa baja del salón, y salen a los escalones de entrada para ofrecer un nuevo comunicado.

Esta vez, Anne se ha cambiado de ropa y lleva un vestido negro, sencillo pero elegante. Nada de joyas, a excepción de unos pendientes de perlas. Se ha duchado y lavado la cabeza, hasta se ha maquillado un poco, tratando de mantener la cabeza alta. Marco también se ha duchado y afeitado, y lleva unos vaqueros limpios y camisa blanca. Parecen una pareja de treintañeros profesionales y atractivos, abrumados por la tragedia.

Justo antes de las noticias de las seis, salen al pequeño porche, desatando los flashes de las cámaras igual que antes. El interés por el caso ha ido creciendo a lo largo del día. Marco espera a que se acallen los murmullos, y se dirige a los periodistas.

—Nos gustaría leer otro comunicado —dice alzando la voz, pero antes de empezar a leerlo le interrumpen.

—¿Cómo explican la confusión en la ropa que llevaba la niña? —pregunta alguien desde la acera.

—¿Cómo han podido equivocarse en eso? —añade otra voz.

Marco mira a Rasbach y contesta, sin tratar de esconder su malestar.

—Creo que la policía ya ha emitido un comunicado al respecto, pero se lo volveré a explicar. —Respira hondo—. Acostamos a Cora esa noche con un pijama rosa. Cuando mi esposa le dio el pecho a las once, la niña vomitó sobre el pijama. Mi esposa la cambió y le puso otro, uno de color verde menta; estaba a oscuras, y con toda la angustia de su desaparición nos olvidamos de ese detalle. —La actitud de Marco es fría.

La multitud de periodistas se queda en silencio, digiriéndolo. Recelosa.

Marco aprovecha el silencio para leer el texto.

—Anne y yo queremos a Cora. Haremos lo que sea para recuperarla. Rogamos a quien se la haya llevado que nos la devuelva. Podemos ofrecer tres millones de dólares. —Se oye un grito ahogado entre la multitud, y Marco espera—. Podemos ofrecer tres millones de dólares a quienquiera que tenga a nuestra hija. Me dirijo directamente a usted, a quien tiene a Cora: llámenos y hablemos. Sé que probablemente estará viendo esto. Por favor, póngase en contacto con nosotros, y encontraremos la manera de que le llegue el dinero a cambio de recuperar a nuestra hija sana y salva.

Entonces Marco levanta la cabeza y dice directamente a las cámaras:

—A la persona que tiene a nuestra hija: le prometo que no presentaremos cargos. Solo queremos recuperarla.

Con este último añadido se ha salido del guion que habían preparado, y el inspector Rasbach arquea levemente la ceja derecha.

—Eso es todo.

Los flashes saltan en ráfagas furiosas mientras Marco baja el papel que lleva en la mano. Los reporteros empiezan a acribillarle a preguntas, pero él les da la espalda y se lleva a Anne de vuelta a la casa. Los inspectores Rasbach y Jennings entran tras ellos.

Rasbach sabe que, a pesar de lo que ha dicho Marco, el secuestrador, sea quien sea, no se va a librar de un proceso judicial. Eso no lo deciden los padres. Y seguro que el secuestrador también lo sabe. Si en efecto se trata de un secuestro para obtener un rescate, la clave estará en hacer llegar el dinero a la persona que tiene a la niña y recuperarla sana y salva sin que nadie se deje llevar por el pánico ni haga una estupidez. Pero el delito de secuestro es muy serio, de modo que, si las cosas se tuercen, para el secuestrador la tentación de matar a la víctima y deshacerse del cadáver para evitar que le cojan es bastante grande.

Una vez dentro de la casa, Rasbach dice:

—Ahora, a esperar.

Marco logra convencer a Anne de que suba e intente descansar. Ha tomado un poco de sopa y galletitas, lo único que ha comido en todo el día. Tiene que extraerse la leche cada cierto tiempo, y se va al cuarto de la niña para hacerlo en la intimidad. Pero el sacaleches no es tan eficaz como dar de mamar a un lactante, y está hinchada, con los pechos inflamados, calientes y doloridos.

Antes de tumbarse e intentar dormir, tiene que sacarse leche otra vez. Se sienta en su sillón de amamantar y de pronto le inundan las lágrimas. ¿Cómo es posible que esté sentada en este sillón y, en vez de mirar a la niña cogida a su pecho —abriendo y cerrando sus puñitos y mirándola con esos inmensos ojos azules, y esas largas pestañas—, esté sacándose la leche a mano para echarla a un recipiente de plástico, leche que acabará arrojando por el desagüe del baño? Tarda bastante tiempo. Primero un pecho, luego el otro.

¿Cómo es posible que no recuerde haber cambiado el pijama rosa a la niña? ¿Qué más no recuerda de esa noche? Seguro que es el shock. Solo eso.

Finalmente, termina. Se recoloca la ropa, se levanta del sillón y va al cuarto de baño. Mientras tira la leche por el lavabo, se mira en el espejo roto.

Rasbach camina varias manzanas desde la casa de los Conti hasta una calle llena de tiendas de moda, galerías y restaurantes. Hace otra noche húmeda y calurosa de verano. Para a cenar algo rápido y repasa todo lo que sabe. La canguro canceló la cita inesperadamente a las 18:00. Tiene que asumir que la niña estaba viva a esa hora. Los Conti se encontraban en casa de los vecinos a las siete, así que probablemente no tuvieran tiempo para matar a la niña y deshacerse de ella entre la llamada de la canguro y su visita a la casa de al lado. Además, parece ser que nadie vio salir a ninguno de los dos de la casa entre las 18:00 y las 19:00 del día anterior, con o sin la niña.

Tanto Marco como Anne dicen que Marco pasó a ver a la niña —por la puerta de atrás— a las doce y media. Marco afirma que en ese momento el detector de movimiento funcionaba. La policía científica ha encontrado huellas recientes de neumáticos en el garaje que no se corresponden con los del coche de los Conti. Paula Dempsey vio un coche circulando lentamente y sin luces delanteras por el callejón alejándose de la casa de los Conti a las 00:35. Es evidente que alguien aflojó la bombilla del detector de movimiento.

Esto significa que o bien el secuestrador actuó después de las doce y media —entre el momento en que Marco pasó a ver a la niña y cuando la pareja volvió a casa— y el coche que vio Paula Dempsey es irrelevante, o bien Marco está mintiendo y fue él quien aflojó la bombilla y sacó a la niña hasta el coche que esperaba. La niña no voló hasta el garaje. Alguien se la llevó, y las únicas huellas que hay en el jardín pertenecen a Marco y Anne. El conductor, o cómplice, si lo hubo, probablemente no llegó a bajarse del coche. Luego Marco volvió a la fiesta y se sentó tranquilamente a fumar en el jardín trasero de la casa de al lado y a coquetear con la mujer del vecino.

Hay un problema: la canguro. Es imposible que Marco supiera que iba a cancelar el compromiso. El hecho de que supuestamente iba a haber una persona en la casa es un argumento en contra de que todo sea un secuestro cuidadosamente planeado para pedir un rescate.

Sin embargo, puede que todo fuera mucho más espontáneo.

¿Y si el marido o su esposa mataron a la niña por accidente, tal vez en un arranque de ira, entre las seis y las siete —quizás hicieron daño a la niña durante la discusión—, o en algún momento de la noche cuando pasaron a verla? Si fue algo así lo que pasó, ¿pidieron ayuda a alguien para deshacerse del cadáver de madrugada?

Lo del pijama rosa le preocupa. La madre dice que lo echó en la cesta de la ropa sucia al lado del cambiador. Pero lo encontraron escondido debajo de la colchoneta. ¿Por qué? Tal vez estaba tan borracha que, en vez de poner el pijama manchado en la cesta lo metió allí. Si estaba lo bastante bebida para creer que había echado la prenda al cesto cuando no lo había hecho, ¿estaría lo bastante borracha para que se le cayera el bebé? Tal vez se le resbaló, se golpeó la cabeza y murió. O tal vez la madre lo asfixió. Si es eso lo que ocurrió, ¿cómo consiguieron tan rápido los padres que viniera alguien a llevarse a la niña? ¿A quién podrían haber llamado?

Tiene que encontrar un posible cómplice. Pedirá los registros de llamadas del fijo y los móviles de los Conti para ver si alguno de los dos telefoneó a alguien entre las seis y las doce y media de la noche en cuestión.

Si la niña no fue asesinada, ya fuera accidental o deliberadamente, por uno de los padres, ¿fingirían un secuestro?

Rasbach puede imaginárselo. Hay tres millones en juego. Tal vez más. Incentivo suficiente casi para cualquiera. La facilidad con la que los abuelos del bebé ofrecieron el dinero a los padres angustiados es reveladora.

En breve, Rasbach sabrá todo lo que se puede saber sobre Anne y Marco Conti.

Ahora es el momento de hablar con los vecinos.

10

Rasbach pasa por la casa de los Conti a recoger a Jennings. Cuando los inspectores llegan a la puerta de los vecinos, ante la mirada de los periodistas, descubren que el marido, Graham Stillwell, no ha llegado.

Rasbach ya conoció a la pareja, brevemente, la noche anterior, nada más denunciarse la desaparición de la niña. Cynthia y Graham Stillwell se habían quedado sin habla por el impacto de saber que la hija de los vecinos había sido secuestrada. En ese momento, Rasbach se centró en examinar el jardín trasero, la valla y el paso entre las dos viviendas. Pero ahora quiere hablar con Cynthia, la anfitriona de la cena, y ver si puede arrojar alguna luz sobre la pareja de al lado.

Es una mujer preciosa. Treinta y pocos años, larga melena negra, grandes ojos azules. Tiene una figura de las que paran el tráfico. También es consciente de su atractivo, y hace que sea difícil ignorarlo. Lleva una blusa bastante desabrochada, unos pantalones de hilo que le favorecen y sandalias de tacón alto. Va perfectamente maquillada, a pesar de que alguien se llevó al bebé de sus invitados mientras estaban cenando en su casa la noche anterior. Ahora bien, bajo su perfecto maquillaje es evidente que se encuentra cansada, que no ha dormido bien, si es que lo ha hecho.

—¿Han encontrado algo? —pregunta Cynthia Stillwell, una vez que les ha invitado a pasar. A Rasbach le llaman la atención los parecidos con la casa de al lado. La distribución es igual, y las escaleras de madera en curva que llevan al piso de arriba, la chimenea de mármol y la ventana delantera son idénticas. Pero cada casa tiene el sello inconfundible de sus ocupantes. La de los Conti es de colores suaves y está llena de antigüedades y arte; la casa de los Stillwell tiene más muebles modernos de cuero, mesas blancas de vidrio y cromo, y golpes de color vivo.

Cynthia se sienta en el sillón que hay delante de la chimenea y cruza elegantemente una pierna sobre la otra, columpiando la sandalia y el pie con sus uñas perfectamente pintadas de color escarlata.

Jennings y él toman asiento en un elegante sofá de cuero, y Rasbach contesta con una sonrisa de disculpa:

—Me temo que no podemos hablar de los detalles.

—La mujer que tienen enfrente parece nerviosa. Quiere tranquilizarla—. ¿A qué se dedica, señora Stillwell?

—Soy fotógrafa profesional —responde—. Trabajo sobre todo como *freelance*.

—Entiendo —dice el inspector, dirigiendo la mirada a las paredes, que están decoradas con varias fotos en blanco y negro bien enmarcadas—. ¿Suyas?

—Pues sí —contesta ella con una leve sonrisa.

—Terrible, la desaparición de la niña —comenta Rasbach—. Debe de estar muy disgustada.

—No puedo parar de pensar en ello —dice ella, claramente alterada. Arruga la frente—. Es que se encontraban aquí cuando ocurrió. Aquí estábamos pasándolo bien, ajenos a todo. Me siento fatal. —Se pasa la lengua por los labios.

—¿Me podría hablar de la velada? —pregunta Rasbach—. Hábleme de ella con sus propias palabras.

—De acuerdo. —Respira hondo—. Yo había planeado una fiesta para el cuarenta cumpleaños de Graham. Pero él quería algo reducido. Así que invité a Marco y a Anne porque a veces cenamos juntos y somos buenos amigos. Solíamos salir con frecuencia antes de que naciera la niña, pero desde entonces ya no tanto. Llevábamos un tiempo prácticamente sin verles.

—¿Sugirió usted que dejaran a la niña en casa? —pregunta Rasbach.

Cynthia se sonroja.

—No sabía que no habían podido encontrar una canguro.

—Por lo que sé, sí que tenían canguro, pero les falló a última hora.

Asiente.

—Ya. Pero nunca les habría dicho que no podían traer a la niña si no tenían canguro. Aparecieron con el monitor para bebés y dijeron que la chica les había fallado y que, simplemente, enchufarían el monitor y pasarían a verla a menudo.

—¿Y qué le pareció eso a usted?

—¿Que qué me pareció a mí? —pregunta, arqueando las cejas sorprendida. Rasbach asiente y espera—. A mí no me pareció nada. Yo no soy madre. Asumí que sabían lo que hacían. Daban la impresión de estar tranquilos. Yo me encontraba demasiado ocupada preparando la cena como para pensar mucho en ello —añade—: Sinceramente, para que uno de los dos tuviera que ir a ver a la niña cada media hora, probablemente habría sido menos engorroso que se la hubieran traído. —Cynthia hace una pausa—. Aunque, por otro lado, es una niña bastante nerviosa.

—Y Anne y Marco, ¿dice usted que pasaron a ver a la niña cada media hora?

—Sí, sí. Se mostraron muy rigurosos con eso. Los padres perfectos.

—¿Cuánto tiempo tardaban en volver cuando iban a verla? —pregunta Rasbach.

—Depende.

—¿Qué quiere decir?

Se pasa la melena por encima del hombro, y endereza la espalda.

—Bueno, cuando se trataba de Marco, estaba poco tiempo. Cinco minutos o algo así. Pero Anne tardaba más. Recuerdo que en un momento dado le dije de broma a Marco que tal vez no volviera.

—¿Cuándo? —Rasbach se inclina ligeramente hacia delante, fijando los ojos en los de ella.

—Sobre las once, creo. Tardaba mucho. Cuando por fin volvió, le pregunté si todo iba bien. Dijo que sí, que simplemente le había tenido que amamantar. —Cynthia asiente con firmeza—. Sí, eran las once, porque dijo que siempre le da el pecho a las once, y que luego la niña duerme casi hasta las cinco. —De repente parece vacilar, y añade—: Cuando volvió después de darle el pecho a las once, parecía como si hubiera estado llorando.

—¿Llorando? ¿Está segura?

—Eso me pareció. Creo que se había lavado la cara después. Marco la miró como si estuviera preocupado. Recuerdo que pensé en lo aburrido que debía de ser tener que estar todo el día preocupado por Anne.

—¿Por qué cree que estaba preocupado Marco?

Cynthia se encoge de hombros.

—Anne cambia de estado de ánimo con mucha facilidad. Creo que la maternidad le está resultando más dura de lo que esperaba. —Se sonroja al darse cuenta de lo inoportuno de sus palabras, dadas las circunstancias—. Quiero decir, que la maternidad la ha cambiado.

—¿De qué modo?

Cynthia respira hondo y se acomoda más en el asiento.

—Anne y yo éramos más amigas antes. Solíamos salir a tomar café, íbamos de compras, charlábamos. De hecho, teníamos muchas cosas en común. Yo soy fotógrafa y ella trabajaba en una galería de arte en el centro. Le encanta el arte abstracto, al menos le encantaba. Era muy buena en su trabajo en la galería: buena comisaria, buena vendedora. Tiene buen ojo para la calidad y para lo que puede vender. —Hace una pausa, recordando.

—¿Y? —dice Rasbach animándola a seguir.

Cynthia prosigue.

—Entonces se quedó embarazada, y parecía como si no pudiera pensar en nada que no fueran bebés. Solo quería ir a comprar cosas de bebé. —Cynthia suelta una risilla—. Lo siento, pero acabó pareciéndome un poco aburrido. Creo que le dolió que a mí no me interesara mucho su embarazo. Ya no teníamos tanto en común. Y entonces, cuando nació la niña, ella copaba todo su tiempo. Yo lo entiendo, estaba agotada, pero dejó de ser interesante, no sé si comprende lo que quiero decir. —Cynthia hace una pausa y cruza sus largas piernas—. Siempre he creído que debería haber vuelto a trabajar cuando la niña cumplió unos meses, pero no quiso. Creo que pensaba que tenía que ser la madre perfecta.

—Y Marco ¿ha cambiado mucho desde que nació la niña?

Ladea la cabeza, pensándolo.

—No, la verdad es que no, pero tampoco le hemos visto demasiado. Me da la impresión de que él es el mismo, pero Anne le está lastrando un poco. Él sigue teniendo ganas de divertirse.

—¿Hablaron a solas Anne y Marco después de que ella volviera de ver a la niña? —pregunta Rasbach.

—¿Qué quiere decir?

—¿Fueron su marido y usted a la cocina, a recoger o algo parecido, y les dejaron solos en algún momento durante la cena? ¿Se quedaron solos en un rincón o algo así?

—No sé. Creo que no. Marco estuvo casi siempre conmigo, porque se notaba que Anne no se encontraba de muy buen humor.

—¿Así que no recuerda verles hablar entre ellos durante la velada?

Ella niega con la cabeza.

—No, ¿por qué?

Rasbach ignora su pregunta.

—Describa cómo fue el resto de la velada, si no le importa.

—Pues estuvimos casi todo el tiempo sentados en el comedor, porque tiene aire acondicionado y esa noche hacía mucho calor. Marco y yo éramos los que más hablábamos. Mi marido suele ser bastante callado, es un poco intelectual. Anne y él se parecen en eso. Se llevan bien.

—Y usted y Marco ¿se llevan bien?

—Marco y yo somos más extrovertidos, eso seguro. Yo le doy vidilla a mi marido, y Marco a Anne. Supongo que los opuestos se atraen.

Rasbach espera, dejando que el silencio inunde la habitación. Entonces pregunta:

—Cuando Anne volvió después de dar el pecho a la niña a las once, aparte de parecer como si hubiera estado llorando, ¿estaba distinta en algún modo?

—No, que yo viera. Parecía cansada, aunque últimamente siempre se encuentra así.

—¿Quién pasó a ver a la niña la siguiente vez?

Cynthia piensa.

—A ver, Anne volvió sobre las once y media, creo, así que Marco no fue; él iba a y media, y Anne a en punto. Lo habían organizado así. De modo que Anne volvió a pasar a medianoche, y luego Marco fue a las doce y media.

—¿Cuánto tiempo estuvo Anne en la casa de al lado cuando fue a medianoche? —pregunta Rasbach.

—No mucho, un par de minutos.

—Y luego Marco pasó a las doce y media.

—Sí. Yo estaba en la cocina, recogiendo un poco. Salió por la puerta de atrás diciendo que iba a ver a la niña y que volvía enseguida. Me guiñó un ojo.

—¿Le guiñó un ojo?

—Sí. Había bebido bastante. Todos lo hicimos.

—¿Y cuánto tiempo tardó en volver? —pregunta Rasbach.

—No mucho, dos o tres minutos. Tal vez cinco. —Cynthia mueve la cabeza y vuelve a cruzar las piernas—. Cuando volvió salimos a fumar un cigarrillo.

—¿Ustedes dos solos?

—Sí.

—¿De qué hablaron? —pregunta Rasbach. Recuerda la forma en la que Marco se sonrojó al decir que había salido a fumar con Cynthia y lo enfadada que estaba Anne porque su marido coqueteara con la mujer que tenía enfrente.

—No hablamos mucho —contesta Cynthia—. Me encendió un cigarrillo. —Rasbach espera, sin decir nada—. Empezó a acariciarme las piernas, yo llevaba un vestido con una abertura en un lado. —Parece incómoda—. No creo que nada de esto sea relevante, ¿no le parece? ¿Qué tiene que ver con que hayan secuestrado a la niña?

—Simplemente díganos lo que pasó, por favor.

—Pues me acarició las piernas. Y entonces se puso cachondo y me subió a su regazo. Me besó.

—Siga —dice Rasbach.

—Bueno..., pues se emocionó bastante. Los dos nos dejamos llevar un poco. Estaba oscuro, y nosotros borrachos.

—¿Cuánto duró eso?

—No sé, unos minutos.

—¿No le preocupaba que su marido o Anne salieran y les encontraran... abrazados?

—Sinceramente, no creo que ninguno de los dos pensáramos con claridad. Ya le he dicho que habíamos bebido bastante.

—Así que no salieron ni les vieron.

—No, al final le aparté, pero lo hice de manera amable. No fue fácil, porque estaba entregado. Muy insistente.

—¿Tienen una aventura usted y Marco? —pregunta Rasbach sin más rodeos.

—¿Cómo? No. No estamos teniendo una aventura. A mí me pareció un coqueteo inofensivo. Nunca me había tocado. Habíamos bebido demasiado.

—Después de apartarle, ¿qué pasó?

—Nos arreglamos la ropa y volvimos dentro.

—¿Qué hora era?

—Casi la una, creo. Anne quería irse. No le hizo gracia que Marco saliera conmigo al patio de atrás.

«Apuesto a que no», piensa Rasbach.

—¿Salió usted al patio con anterioridad esa noche?

Cynthia niega con la cabeza.

—No, ¿por qué?

—Me pregunto si tuvo la oportunidad de ver si la luz del detector de movimiento se encendió cuando Marco pasó a su casa en algún momento de la noche.

—Huy, no sé. No le vi pasar.

—Aparte de su marido y usted, y Marco y Anne, claro, ¿sabe si alguien más sabía que la niña estaba sola en la casa de al lado?

—No, que yo sepa. —Encoge sus elegantes hombros—. O sea, ¿quién más podía saberlo?

—¿Quiere añadir alguna otra cosa, señora Stillwell?

Ella niega con la cabeza.

—Lo siento, me temo que no. A mí me pareció una noche normal. ¿Cómo iba a imaginar nadie que pudiera pasar algo así? Ojalá se hubieran traído a la niña a casa.

—Gracias por su tiempo —dice Rasbach, y se levanta para marcharse. Jennings se pone de pie a su lado.

Rasbach le da su tarjeta a Cynthia—. Si recuerda algo más, cualquier cosa, llámeme, por favor.

—Claro —contesta ella.

Rasbach mira por la ventana del salón. Los periodistas están rondando fuera, esperando a que salgan.

—¿Le importa si nos escabullimos por detrás?

—En absoluto —dice Cynthia—. El garaje se encuentra abierto.

Los inspectores salen por las puertas correderas de vidrio de la cocina, atraviesan el jardín trasero y salen por el garaje de los Stillwell. Se quedan en el callejón, ocultos de la calle.

Jennings mira de reojo a Rasbach y arquea las cejas.

—¿La crees? —pregunta Rasbach.

—¿Qué parte exactamente? —pregunta el otro inspector. Ambos hablan en voz baja.

—Sobre el magreo en el jardín trasero.

—No sé. ¿Por qué iba a mentir? Y está bastante buena.

—La gente miente constantemente, eso es lo que creo —dice Rasbach.

—¿Piensas que mentía?

—No, pero hay algo en ella que no me encaja, y no sé exactamente qué. Parecía nerviosa, como si estuviera conteniéndose o escondiendo algo —dice Rasbach—. La pregunta es, asumiendo que dice la verdad, ¿por qué se le insinuó Marco poco después de las doce y media? ¿Lo hizo porque no tenía ni idea de que estaban secuestrando a su hija más o menos en ese momento, o porque acababa de entregar a la niña a un cómplice y quería parecer completamente relajado?

—O puede que sea un psicópata —sugiere Jennings—. Que entregara a la niña al cómplice y no le afectara lo más mínimo.

Rasbach niega con la cabeza.

—No lo creo.

Prácticamente todos los psicópatas que ha visto (y después de varias décadas en el cuerpo, han sido unos cuantos) tienen un cierto aire de confianza, casi de majestuosidad.

Y Marco parece a punto de venirse abajo por la presión.

11

Anne y Marco esperan en el salón junto al teléfono. Si llama el secuestrador, Rasbach o, en su ausencia, otro miembro de la policía estarán presentes para guiarles en la conversación. Pero el secuestrador no llama. Han telefoneado familiares y amigos, periodistas, pirados, pero nadie diciendo que tenga a su hija.

Marco es quien contesta el teléfono. Si el secuestrador llama, hablará él. Anne no se ve capaz de mantener la calma, nadie la ve capaz. La policía no cree que pueda mantener la cabeza fría y seguir instrucciones. Está demasiado sensible, tiene momentos que rozan la histeria. Marco es más racional, aunque es indudable que se encuentra nervioso.

Sobre las diez de la noche, suena el teléfono. Marco lo coge. Todo el mundo puede ver que le tiembla la mano.

—¿Diga? —contesta.

Al otro lado solo se oye la respiración de alguien.

—Diga... —repite Marco más alto, clavando los ojos rápidamente en Rasbach—. ¿Quién es?

La persona que llama cuelga.

—¿Qué he hecho mal? —pregunta Marco, ansioso.

Rasbach se acerca inmediatamente a él.

—No ha hecho nada mal.

Marco se levanta y empieza a dar vueltas por el salón.

—Si era el secuestrador, volverá a llamar —dice tranquilamente Rasbach—. Él también está nervioso.

El inspector Rasbach observa con atención a Marco. Se muestra alterado, y es comprensible. Está sometido a mucha presión. Si todo esto es un montaje, piensa Rasbach, es un grandísimo actor. Anne llora silenciosamente en el sofá, enjugándose las lágrimas cada cierto tiempo con un pañuelo de papel.

Tras un trabajo minucioso, la policía ha llegado a la conclusión de que ninguno de los vecinos con garaje con acceso al callejón conducía por el mismo a las 00:35 de la noche anterior. Evidentemente, el callejón también es utilizado por otras personas, no solo quienes tienen garaje allí, ya que da a calles laterales en cada extremo, y muchos conductores lo utilizan para evitar los atascos en las calles de un solo sentido. La policía está intentando encontrar al conductor del vehículo en cuestión por todos los medios. Paula Dempsey es la única persona que vio el coche a esa hora.

Si en efecto hay un secuestrador, Rasbach cree que a estas alturas ya deberían tener noticias suyas. Pero puede que no haya ninguna llamada de un secuestrador. Es posible que los padres mataran a la niña y les ayudaran a deshacerse del cadáver, y que todo esto sea una elaborada farsa para alejar de ellos cualquier sospecha. El problema es que Rasbach se ha hecho con los registros de llamadas de sus teléfonos móviles y del fijo, y aparentemente ninguno de los dos hizo ninguna llamada después de las seis de la tarde del día anterior, salvo la de emergencia al 911.

Lo cual significa que, si lo hicieron ellos, tal vez no fue algo espontáneo. Tal vez lo tenían todo premeditado y planearon que alguien les esperara en el garaje. O tal vez uno de ellos tiene un móvil de prepago ilocalizable, y lo utilizaron. La policía no ha encontrado ninguno. Pero eso no significa que no exista. Si contaron con ayuda para deshacerse del cadáver, tuvieron que llamar a alguien.

El teléfono vuelve a sonar varias veces. Para decir que son unos asesinos y que paren de jugar con la policía. Para decirles que recen. Para ofrecerles servicios de videncia, por un precio, claro. Pero nadie para decir que es el secuestrador.

Por fin, Anne y Marco suben a la cama. Ninguno de los dos ha dormido en las últimas veinticuatro horas, ni el día anterior. Anne ha intentado tumbarse, pero no ha logrado conciliar el sueño. No consigue quitarse a Cora de la cabeza y no puede creer que no pueda tocarla, que no sepa dónde está su bebé, ni si está bien.

Se echan en la cama juntos con la ropa puesta, preparados para salir disparados si suena el teléfono. Se abrazan y conversan en susurros.

—Ojalá pudiera hablar con la doctora Lumsden —comenta Anne.

Marco la aprieta contra sí. No sabe qué decir. La doctora Lumsden está de viaje en alguna parte de Europa, y no volverá hasta dentro de dos semanas. Anularon las sesiones de Anne.

—Lo sé —susurra finalmente.

—Dijo que podía ir a ver al médico que la sustituye, si lo necesitaba. Tal vez debería hacerlo.

Marco lo sopesa. Le preocupa Anne. Le preocupa que todo esto se prolongue demasiado y acabe haciéndole daño de verdad. Siempre ha sido frágil bajo presión.

—No sé, pequeña —dice Marco—. Con todos esos periodistas ahí fuera, ¿cómo vas a llegar a la consulta?

—No lo sé —contesta Anne desolada. Tampoco quiere que los periodistas la sigan hasta la consulta del psiquiatra. Teme que se enteren de su depresión posparto. Ya ha visto cómo reaccionaron con la confusión del pijama rosa. Por ahora, los únicos que lo saben son Marco y su madre, su médico y su farmacéutico. Y la policía, claro, que registró la casa después de que se llevaran a la niña y encontró la medicación.

Si no estuviera en tratamiento psiquiátrico, ¿estaría acechándoles la policía como una manada de lobos? Tal vez no. Por su culpa se encuentran bajo sospecha. Si no, la policía no tendría ningún motivo para dudar de ellos. A no ser que sospechen por el hecho de que dejaran a la niña sola en casa. Eso fue culpa de Marco. Así que la culpa es de los dos.

Tumbada sobre la cama, Anne recuerda la sensación de abrazar a su bebé contra su cuerpo, sentir el calor de su hijita regordeta en sus brazos, con solo un pañal puesto, y su piel con olor a bebé y a hora del baño. Recuerda la sonrisa de Cora y el ricito en medio de su frente, como la niña de la nana. Ella y Marco solían bromear sobre ello.

Había una chiquilla
que tenía un ricito
en medio de la frente.
Cuando era buena,
era muy, muy buena.
Cuando era mala, era terrible.

Por muy rota que se sienta —*¿qué clase de madre se deprime tras el regalo de un bebé perfecto?*— quiere a su hija con locura.

Pero el agotamiento la ha superado. Cora era un bebé nervioso, tenía muchos cólicos, y exigía más que la mayoría de los bebés. Cuando Marco volvió a trabajar, los días empezaron a hacérsele interminables. Anne llenaba las horas lo mejor que podía, pero se sentía sola. Todos los días empezaron a parecerle iguales. No creía que fueran a cambiar nunca. En la confusión por la falta de sueño, no recordaba la mujer que había sido cuando trabajaba en la galería de arte, apenas se acordaba de la sensación de ayudar a los clientes a añadir piezas a sus colecciones, ni de la emoción de dar con un nuevo artista prometedor. De hecho, casi no podía recordar cómo era antes de tener a la niña y quedarse en casa para cuidar de ella.

A Anne no le gustaba llamar a su madre para pedirle que viniera a ayudarla: ella ya estaba ocupada con sus amigos, el club de campo y sus obras benéficas. Tampoco coincidió con que alguna de sus amigas estuviera también en casa criando un bebé. Anne lo pasaba mal. Se sentía avergonzada de lo mucho que le estaba costando. Marco sugirió contratar a alguien para ayudarles, pero eso le hacía sentirse como una inepta.

Su único alivio era el grupo de mamás, que se reunía tres horas una vez por semana, los miércoles por la mañana. Pero tampoco había conectado lo suficiente con ninguna de las otras madres como para compartir sus sentimientos. Todas parecían muy felices, y más competentes que ella en la maternidad, aunque todas fueran también primerizas.

Y luego venía la sesión semanal con la doctora Lumsden, a última hora de la tarde, mientras Marco se quedaba con Cora.

Ahora mismo, lo único que Anne desearía es retroceder veinticuatro horas. Mira el reloj digital de la mesilla de noche. 23:31. Hace veinticuatro horas, acababa de dejar a Cora en su cuna para volver a la fiesta. No había pasado nada; todo estaba bien. Si pudiera dar marcha atrás, si pudiera recuperar a su niña, se mostraría tan agradecida, tan feliz, que sería imposible seguir deprimida. Atesoraría cada minuto con su hija. Nunca, nunca más se quejaría de nada.

Tumbada en la cama, Anne hace un trato secreto con Dios, aunque no cree en Dios, y llora contra su almohada.

Finalmente, Anne se queda dormida, pero Marco continúa despierto a su lado durante mucho tiempo. Su cabeza echa humo, y no puede evitarlo.

Mira a su mujer, que duerme intranquila de costado, con la espalda hacia él. Es su primer sueño en más de treinta y seis horas. Sabe que necesita dormir para soportar todo esto.

Contempla su espalda y piensa en lo mucho que ha cambiado desde que nació la niña. No lo esperaba en absoluto. Tenían tantas ganas de tener un hijo juntos: decorar su habitación, comprar cosas de bebé, ir a las clases de preparación para el parto, sentir las patitas en su tripa. Aquellos meses fueron los más felices en la vida de Marco. No se le pasó por la cabeza que después fuera a hacerse tan duro. No lo vio venir.

El parto fue largo y difícil; tampoco estaban preparados para eso. En las clases nunca te hablan de eso, de todo lo que puede salir mal. Al final, Cora nació con una cesárea de urgencia, pero nació sana. Era perfecta.

Madre e hija se encontraban bien y volvieron del hospital para emprender una vida nueva.

La recuperación fue más larga y difícil para Anne por la cesárea. Parecía decepcionada por no haber tenido un parto natural. Marco intentó quitárselo de la cabeza. Tampoco había sido como él imaginaba, pero no le dio tanta importancia. Cora era perfecta, Anne estaba sana, y eso era lo único que importaba.

Al principio, a Anne le costó dar el pecho: no conseguía que la niña se agarrara. Tuvieron que buscar ayuda profesional. Ni siquiera su madre podía ayudarla, porque ella le había dado biberón cuando nació.

Marco quiere estirar el brazo y acariciar la espalda de Anne, pero teme despertarla. Siempre ha sido emotiva, sensible. Es una de las mujeres más sofisticadas que ha conocido. Solía encantarle dejarse caer por la galería. A veces le daba una sorpresa a la hora de comer, o después de trabajar, solo porque quería verla. Le fascinaba contemplarla mientras trataba con sus clientes, la manera en la que se iluminaba al hablar de un cuadro o de un nuevo artista. La observaba y pensaba: «No puedo creer que sea mía».

Cada vez que inauguraban una nueva exposición, Anne le invitaba; había champán y canapés, mujeres con vestidos elegantes y hombres trajeados. Anne pululaba por la sala, se paraba a hablar con la gente que se apiñaba delante de los cuadros —salvajes salpicones abstractos de color u obras más tonales y sombrías—. Marco no entendía de esas cosas. La obra más bella e impresionante de la sala siempre era Anne. Se quedaba a cierta distancia de ella, junto a la barra comiendo queso, o a un lado, y la veía en acción. Se había formado para hacer ese trabajo, con una licenciatura en historia del arte y arte moderno, pero además tenía instinto, tenía pasión. Marco no había crecido con el arte, pero para Anne el arte formaba parte de su vida, y la amaba por ello.

Por su boda, le regaló un cuadro de la galería que Anne deseaba fervientemente, pero que decía que nunca podrían permitirse: una obra abstracta muy grande y temperamental de un pintor emergente al que admiraba mucho. Está colgado sobre la chimenea, en el salón. Pero ella ni siquiera lo mira ya.

Marco se tumba boca arriba y se queda mirando el techo, con los ojos escocidos. Tiene que ayudarla a mantener la calma. No puede dejar que la policía sospeche de ella, de los dos, más de lo que ya sospechan. Lo que Anne ha dicho sobre la doctora Lumsden le ha dejado intranquilo. El miedo en sus ojos. ¿Le dijo algo a la psiquiatra sobre querer hacer daño a la niña? Las mujeres con depresión posparto a veces piensan en esas cosas.

Dios. Dios. Joder.

El ordenador de su oficina. Había estado buscando «depresión posparto» en Google y pinchando en los enlaces de «psicosis posparto»; leyó unos casos horribles de mujeres que habían asesinado a sus bebés. Una que asfixió a sus dos niños. Otra que ahogó a sus cinco hijos en la bañera. Y otra que los ahogó en su coche en un lago. ¡Santo Dios! Si la policía se mete en su ordenador del trabajo verá todo eso.

Marco rompe a sudar. Se siente pegajoso, mareado. ¿Qué pensaría la policía si lo encontrara? ¿Creen ya que Anne mató a Cora? ¿Y que él la ayudó a encubrirlo? Si revisan el historial de su ordenador, ¿creerán que lleva semanas preocupado por Anne?

Se queda tumbado boca arriba, con los ojos abiertos de par en par. ¿Debería contárselo a la policía antes de que lo encuentren? No quiere que parezca que esconde nada. Se preguntarán por qué lo buscó en el trabajo, en lugar de hacerlo desde el ordenador de casa.

El corazón le late desbocado al levantarse. Baja las escaleras a oscuras, y deja a Anne en el piso de arriba roncando suavemente. El inspector Rasbach está en el sillón del salón que parece haber elegido como su preferido; hace algo con su ordenador portátil. Marco se pregunta si dormirá alguna vez. Se pregunta cuándo se irá de su casa. Anne y él no pueden echarle sin más, aunque a los dos les gustaría hacerlo.

El inspector Rasbach levanta la mirada cuando Marco entra en el salón.

—No puedo dormir —murmura Marco. Se sienta en el sofá, y trata de pensar en cómo empezar. Puede notar la mirada del inspector sobre él. ¿Debería decírselo o no? ¿Han estado ya en su oficina? ¿Han mirado en su ordenador? ¿Han descubierto lo mal que está su negocio? ¿Saben que corre el riesgo de perder la empresa? Si no lo saben ya, pronto lo averiguarán. No tiene duda de que sospechan de él, de que están investigando su pasado. Pero el hecho de tener problemas económicos no le convierte a uno en un criminal.

—Hay algo que me gustaría contarle —dice Marco nervioso.

Rasbach le mira tranquilo, y deja su portátil a un lado.

—No quiero que lo malinterprete —añade Marco.

—De acuerdo —contesta el inspector Rasbach.

Marco respira hondo antes de empezar.

—Cuando a Anne le diagnosticaron una depresión posparto hace meses, me asusté bastante.

Rasbach asiente.

—Es comprensible.

—Bueno, yo no tenía ninguna experiencia con esa clase de cosas. Anne se encontraba cada vez más deprimida, ¿sabe? Lloraba mucho. Parecía perdida. Estaba preocupado por ella, pero creí que solo se hallaba exhausta, que era algo temporal. Supuse que lo superaría en cuanto la niña empezara a dormir toda la noche. Hasta le sugerí que volviera a trabajar a tiempo parcial, porque le encantaba su trabajo en la galería, y pensé que eso le daría un respiro. Pero no quiso. Me miró como si yo creyera que era un fracaso como madre. —Marco niega con la cabeza—. ¡Claro que no lo creía! Le sugerí que buscara algo de ayuda durante el día, tal vez una chica que viniera a casa, para que ella pudiera echarse una siesta, pero no quería ni oír hablar del asunto.

Rasbach asiente, escuchando con atención.

Marco prosigue. Se nota cada vez más nervioso.

—Cuando me dijo que su médico le había diagnosticado una depresión posparto, no quise darle demasiada importancia, ¿sabe? Quería ser comprensivo. Pero estaba preocupado, y ella tampoco me explicaba gran cosa. —Empieza a frotarse las manos sobre los muslos—. Así que lo busqué por internet, pero no aquí. Porque no quería que ella supiera que estaba preocupado. Así que utilicé el ordenador de mi oficina. —Nota que se sonroja. Lo está explicando mal. Parece como si sospechase de Anne, como si no confiase en ella. Parece que se ocultaran secretos el uno al otro.

Rasbach le observa, inescrutable. Marco no sabe lo que piensa el inspector. Es desesperante.

—Bueno, solo quería que lo supiera. Que, si registran el ordenador de mi oficina, supiera por qué estuve mirando todas esas páginas sobre depresión posparto. Intentaba comprender por lo que Anne estaba pasando. Quería ayudar.

—Entiendo. —Rasbach asiente, como si comprendiera perfectamente. Pero Marco no sabe lo que está pensando—. ¿Por qué quiere contarme que estuvo mirando cosas sobre la depresión posparto en su oficina? Parece algo natural en su situación —añade.

Marco siente un escalofrío. ¿Ha empeorado las cosas? ¿Les ha dado un motivo para registrar el ordenador de su oficina? ¿Debería añadir más explicaciones sobre por qué rastreó los enlaces sobre los asesinatos, o tendría que dejarlo estar? Por un instante, siente pánico; no sabe qué hacer. Al final, decide que ya la ha fastidiado bastante.

—Solo pensé que debía contárselo, eso es todo —dice bruscamente, y se levanta para marcharse, cabreado consigo mismo.

—Espere —le pide el inspector—. ¿Le importa que le haga una pregunta?

Marco vuelve a sentarse.

—Adelante. —Cruza los brazos sobre el pecho.

—Es sobre anoche, cuando volvió a casa de los vecinos después de pasar a ver a la niña, a las doce y media.

—¿Qué hay?

—¿De qué hablaron Cynthia y usted allí atrás?

La pregunta incomoda a Marco. ¿Que de qué estuvieron hablando? ¿Por qué lo pregunta?

—¿Por qué quiere saber de qué hablamos?

—¿Lo recuerda? —pregunta Rasbach.

Marco no lo recuerda. No recuerda que hablaran en absoluto.

—No sé. Cosas sin importancia. Charlamos. Nada trascendente.

—Es una mujer muy atractiva, ¿no cree?

Marco se queda en silencio.

—¿No cree? —repite Rasbach.

—Sí, supongo —contesta Marco.

—Dice usted que no recuerda haber oído ni visto nada mientras estaban en el jardín anoche entre las doce y media y casi la una, cuando volvieron a entrar.

Marco deja caer la cabeza, sin mirar al inspector. Sabe adónde quiere ir a parar. Empieza a sudar.

—Dijo... —y entonces el inspector abre su cuaderno un momento—, dijo que «no estaba prestando atención». ¿Por qué no estaba prestando atención?

¿Qué demonios debería hacer? Sabe lo que el inspector está sugiriendo. Como un cobarde, Marco no dice nada. Pero siente la vena de su frente latiendo, y se pregunta si el inspector también lo está notando.

—Cynthia dice que usted se le insinuó, sexualmente, en el patio.

—¿Cómo? No, no hice tal cosa. —Marco levanta la cabeza bruscamente y mira al inspector.

Este vuelve a consultar sus notas, pasa varias hojas.

—Dice que le acarició los muslos, que la besó, que se la subió al regazo. Dice que usted insistió bastante, que se dejó llevar.

—¡Eso no es verdad!

—¿No es verdad? ¿No la besó? ¿No se dejó llevar?

—¡No! Bueno, yo no me insinué: *ella* se me insinuó *a mí*. —Marco siente cómo se va sonrojando y se enfurece consigo mismo. El inspector no dice nada. Marco se atasca con las palabras tratando de defenderse, mientras piensa: «Puta mentirosa».

—Eso no es lo que pasó —insiste Marco—. Empezó ella. —Se estremece al oír cómo suena, lo infantil que parece. Respira hondo tratando de calmarse—. Ella se me insinuó a mí. Recuerdo que se me subió al regazo.

123

Le dije que no debería hacerlo y traté de apartarla. Pero me cogió la mano y se la metió bajo la falda. Llevaba un vestido largo con una abertura a un lado. —Marco está sudando mucho, pensando en cómo debe de sonar todo esto. Intenta relajarse. Se dice a sí mismo que, aunque el inspector le tenga por un sinvergüenza, esto no tiene por qué estar relacionado con Cora—. *Ella* me besó *a mí.* —Marco se detiene, vuelve a sonrojarse. Puede ver que Rasbach no cree ni una sola palabra de lo que le está contando—. Yo no paraba de protestar, de decirle que no deberíamos hacer eso, pero no se me quitaba de encima. Me bajó la cremallera. Temía que nos vieran.

—Bebió usted mucho —comenta Rasbach—. ¿Hasta qué punto son fiables sus recuerdos de lo que pasó?

—Estaba borracho, pero no *tan* borracho. Sé lo que pasó. Yo no empecé nada con ella. Prácticamente se me tiró encima.

—¿Y por qué iba a mentir Cynthia? —pregunta simplemente Rasbach.

¿Por qué iba a mentir? Marco se hace la misma pregunta. ¿Por qué querría Cynthia joderle de esta manera? ¿Estaría cabreada porque él le dijo que no?

—Puede que esté enfadada porque la rechacé.

El inspector aprieta los labios mirando a Marco.

—Está mintiendo —añade Marco, desesperado.

—Bueno, uno de los dos desde luego lo hace —replica Rasbach.

—¿Por qué iba a mentir yo sobre algo así? —dice Marco sin pensar—. No me pueden detener por besar a una mujer.

—No —conviene el inspector. Espera un segundo o dos, y añade—: Dígame la verdad, Marco. ¿Están Cynthia y usted teniendo una aventura?

—¡No! En absoluto. Quiero a mi mujer. Yo no haría algo así, se lo juro. —Marco mira furioso al inspector—. ¿Es eso lo que dice Cynthia? ¿Le ha dicho que tenemos una aventura? ¡Es una puta mentira!

—No, no ha dicho eso.

Anne se encuentra sentada a oscuras en lo alto de las escaleras, y lo oye todo. Se queda helada. Ahora ya sabe que anoche, mientras alguien se llevaba a su hija, su marido estaba besando y toqueteando a Cynthia en la casa de al lado. No sabe quién empezó; por lo que vio aquella noche, pudo ser cualquiera de los dos. Ambos son culpables. Nota que se le revuelve el estómago, se siente traicionada.

—¿Hemos acabado? —pregunta Marco.

—Sí, claro —contesta el inspector.

Anne se pone de pie rápidamente en lo alto de las escaleras, y vuelve descalza a su habitación a toda prisa. Está temblando. Se mete en la cama y bajo el edredón y finge estar dormida, pero teme que su respiración irregular la delate.

Marco entra en el dormitorio, con paso pesado. Se sienta en el borde de la cama, de espaldas a ella, mirando a la pared. Ella entreabre los ojos y observa su espalda. Se lo imagina montándoselo con Cynthia en la silla del patio mientras ella se moría de aburrimiento con Graham en el comedor. Y mientras él tenía sus manos en las bragas de Cynthia, y Anne fingía escuchar a Graham, alguien se estaba llevando a Cora.

Nunca más podrá confiar en él. Se da la vuelta y se cubre más con el edredón, derramando lágrimas silenciosas que van formando un charco alrededor de su cuello.

Cynthia y Graham están en su dormitorio, en la casa de al lado, discutiendo acaloradamente, aunque procuran mantener la voz baja. No quieren que les oigan. Hay un ordenador portátil abierto sobre su cama *queen size*.

—No —dice Graham—. Deberíamos ir directamente a la policía.

—¿Y contarles qué? —pregunta Cynthia—. Ya es un poco tarde para eso, ¿no crees? Ya han estado aquí, haciéndome preguntas, mientras tú estabas fuera.

—No es tan tarde —contesta Graham—. Les contamos que teníamos una cámara en el jardín trasero. No hace falta decir nada más que eso. No tienen que saber por qué la instalamos.

—Ya. ¿Y cómo explicamos exactamente por qué no lo hemos mencionado hasta ahora?

—Les decimos que nos habíamos olvidado de ello. —Graham está apoyado contra la cabecera, con gesto preocupado.

Cynthia se ríe, pero no hay nada de humor en su risa.

—Claro. El lugar está lleno de policías porque han secuestrado a una niña y a nosotros se nos olvida que tenemos una cámara oculta en el jardín trasero. —Se levanta y empieza a quitarse los pendientes—. Nunca se lo creerían.

—¿Por qué no? Podemos decir que nunca la revisamos, o que creíamos que estaba rota o que se había agotado la batería. Podemos decir que creíamos que no funcionaba y que solo era para aparentar que teníamos seguridad.

—Para *aparentar*, claro, para ahuyentar a los ladrones. Cuando está tan bien escondida que la policía ni siquiera la vio. —Suelta un pendiente en un joyero con espejo sobre el tocador. Le lanza una mirada asesina y murmura—: Tú y tus putas cámaras.

—A ti también te gusta ver las grabaciones —dice Graham.

Cynthia no le contradice. Sí, a ella también le gusta ver las grabaciones. Le gusta verse montándoselo con tipos que no son su marido. Le gusta cómo le calienta a Graham verla con ellos. Pero lo que más le gusta es que le da margen para coquetear y tener sexo con otros hombres. Hombres más atractivos y emocionantes que su esposo, que últimamente le resulta bastante decepcionante. Sin embargo, con Marco tampoco fue muy lejos. Graham esperaba que Cynthia pudiera llegar a hacerle una buena mamada, o que él le levantara la falda y se la follara por detrás. Cynthia sabía exactamente cómo estaba colocada la cámara para coger el mejor ángulo.

El trabajo de Graham consistía en mantener a la esposa ocupada. Ese es su trabajo siempre. Es aburrido, pero merece la pena.

Aunque ahora tienen un problema.

12

Es domingo por la tarde. No hay ninguna pista nueva. Nadie ha llamado para decir que tenga a Cora. El caso parece estar en punto muerto, pero Cora sigue en algún lugar. *¿Dónde?*

Anne se acerca a la ventana del salón. Las cortinas están echadas para tener intimidad y filtran la luz de la habitación. Se coloca a un lado y entreabre la cortina para mirar fuera sin ser vista. Hay muchos periodistas en la acera y ocupando la calzada.

Vive en una pecera, y todo el mundo da golpecitos en el vidrio.

Ya hay indicios de que la prensa no adora a los Conti. Anne y Marco no les han acogido; es evidente que ven a los periodistas como intrusos, como un mal necesario. Tampoco son especialmente fotogénicos, aunque Marco es guapo y Anne antes era bastante mona. Pero no basta con ser guapo, es preferible que tengan carisma, o al menos simpatía. Ahora mismo, Marco no tiene nada de carismático. Parece un fantasma extenuado. Los dos parecen abatidos por la culpa y la vergüenza. Marco ha sido frío en sus contactos con los medios; Anne no ha dicho ni una sola palabra. No han sido amables con la prensa, así que la prensa tampoco lo está siendo con ellos. Anne se da cuenta de que, probablemente, sea un fallo estratégico del que pueden acabar arrepintiéndose.

El problema es que no estuvieran en casa. Se ha sabido que, cuando se llevaron a Cora de su cuna, ellos estaban con los vecinos. Anne se horrorizó al ver los titulares de la mañana: SE LLEVAN A UNA NIÑA MIENTRAS SUS PADRES NO ESTÁN EN CASA. LA BEBÉ RAPTADA ESTABA SOLA. Si hubieran estado profundamente dormidos en casa cuando se llevaron a su hija de su habitación, habrían tenido muchas más posibilidades de encontrar algo de simpatía, tanto en la prensa como en el público. El hecho de que estuvieran en una cena en la casa de al lado les ha quemado. Y, por supuesto, también se ha hecho público lo de la depresión posparto. Anne no sabe cómo pueden pasar esas cosas. Evidentemente, ella no se lo dijo a la prensa. Sospecha que Cynthia pudo ser la fuente que filtró que habían dejado sola a la niña en casa, pero no sabe cómo los medios han averiguado lo de su depresión. La policía no dejaría que se difundieran datos médicos privados. De hecho, se lo ha preguntado, y aseguran que de ellos no salió. Pero Anne no confía en la policía. Sea quien sea el responsable, las filtraciones no han hecho sino dañar aún más su imagen ante todos: la gente, la prensa, sus padres, sus amigos, todos. Ha sido avergonzada públicamente.

Anne observa el montón de juguetes y otros restos coloridos que se está formando en la acera, al pie de los escalones de la entrada. Hay ramos de flores marchitas, animales de peluche de todos los colores y tamaños —puede ver ositos, hasta una jirafa enorme— con notas y tarjetas pegadas. Una montaña de clichés. Qué derroche de empatía. Y de odio.

Esa misma mañana, Marco salió fuera y volvió a entrar con un montón de juguetes y mensajes para ella, pensando que podría animarla. Ya no volverá a cometer ese error. Muchos de los mensajes estaban llenos de odio, resultaban estremecedores. Anne leyó unos pocos, se quedó sin respiración, los hizo un gurruño y los tiró al suelo.

Aparta un poco las cortinas con los dedos y vuelve a mirar. Esta vez, un escalofrío de terror le recorre la espalda. Un grupo de mujeres se acerca en fila india hacia la casa, empujando cochecitos de bebé. Anne las reconoce: son tres, no, cuatro mujeres de su grupo de mamás. Los periodistas se apartan para dejarlas pasar, intuyendo un buen espectáculo. Anne observa sin dar crédito. No habrán venido a verla *con sus bebés...*

Ve que la mujer que va delante, Amalia —madre del pequeño Theo, un bebé monísimo de ojos marrones—, saca de debajo del carrito lo que parece ser un recipiente lleno de comida preparada. Las otras hacen lo propio: ponen el freno a sus cochecitos y cogen platos cubiertos de la bandeja que hay bajo el asiento.

Qué amabilidad, y qué inconsciente crueldad. No puede soportarlo. Se le escapa un gemido y se retira de la ventana.

—¿Qué pasa? —dice Marco, acercándose a ella, asustado.

Aparta la cortina y mira por la ventana hacia la acera.

—¡Deshazte de ellas! —susurra Anne—. *Por favor.*

El lunes, a las nueve de la mañana, el inspector Rasbach pide a Marco y a Anne que le acompañen a la comisaría para tomarles declaración oficialmente.

—No están detenidos —les asegura, al ver su consternación—. Solo queremos tomar una declaración escrita de cada uno y hacerles unas cuantas preguntas más.

—¿Por qué no pueden hacerlo aquí? —pregunta Anne, claramente angustiada—. Es como lo han estado haciendo hasta ahora.

—¿Por qué tenemos que ir a comisaría?— repite Marco, con gesto horrorizado.

—Es el procedimiento habitual —contesta Rasbach—. ¿Quieren un poco de tiempo para arreglarse? —sugiere.

Anne niega con la cabeza, como si no le importara el aspecto que pueda tener.

Marco no hace nada, solo se queda con los ojos clavados en el suelo.

—De acuerdo. Vamos entonces —dice Rasbach, y encabeza la marcha.

Cuando abre la puerta, hay un enorme revuelo. Los periodistas se apiñan alrededor de los escalones de entrada, disparando los flashes de sus cámaras.

—¿Están detenidos? —pregunta alguien.

Rasbach no contesta a ninguna pregunta y se mantiene callado como una tumba mientras dirige a Marco y a Anne a través de la multitud y hasta el coche patrulla que hay aparcado delante de la casa. Abre la puerta trasera, Anne se mete primero y se desliza por el asiento de atrás. Marco entra después de ella. Nadie habla, salvo los reporteros, que claman tras ellos con preguntas. Rasbach se sube al asiento del copiloto y el coche se pone en marcha. Los fotógrafos corren detrás de él tomando fotos.

Anne observa por la ventanilla. Marco intenta coger su mano, pero ella la aparta. Contempla los lugares familiares que van pasando por la ventana: el puesto de comida de la esquina, el parque donde Cora y ella se sientan sobre una manta a la sombra y ven a los niños chapoteando en la piscina infantil. Atraviesan la ciudad; ahora están bastante cerca de la galería donde ella trabajaba, junto al río. Luego pasan por delante del edificio art déco donde Marco tiene su oficina, y de repente ya han salido del centro. Todo parece muy distinto desde el asiento trasero de un coche patrulla, de camino a un interrogatorio por la desaparición de tu propia hija.

Cuando llegan a la comisaría, un edificio moderno de cemento y vidrio, el coche se detiene delante de las puertas de entrada y Rasbach les conduce al interior. No hay periodistas, porque no ha habido ningún aviso de que se fueran a llevar a Anne y a Marco para tomarles declaración.

Al entrar en la comisaría, un policía de uniforme tras un mostrador circular levanta la vista con interés. Rasbach entrega a Anne a una agente.

—Llévela a la sala de interrogatorios número tres —le indica Rasbach.

Anne mira alarmada a Marco.

—Espere. Quiero estar con Marco. ¿No podemos permanecer juntos? —pregunta Anne—. ¿Por qué nos separan?

—Está bien, Anne —la tranquiliza Marco—. No te preocupes. Todo irá bien. No hemos hecho nada. Solo quieren hacernos unas preguntas, y luego nos dejarán ir, ¿verdad? —añade dirigiéndose a Rasbach, con un tono ligeramente desafiante.

—Así es —contesta el inspector con tono amable—. Como dije, no están detenidos. Se encuentran aquí por propia voluntad. Pueden irse cuando lo deseen.

Marco se queda quieto y ve a Anne alejarse por el pasillo con la agente de policía. Se vuelve a mirarle. Está aterrada.

—Venga conmigo —dice Rasbach. Se lleva a Marco a una sala de interrogatorios al final del pasillo. El inspector Jennings ya está allí. Hay una mesa de metal con una silla a un lado y dos en el otro para los inspectores.

Marco no sabe si será capaz de sonar coherente, de mantener la mente clara. Siente cómo el cansancio está pasándole factura. Se dice a sí mismo que debe hablar despacio y pensar antes de contestar.

Rasbach lleva un traje pulcro y se ha cambiado de camisa y corbata. Se ha afeitado. Jennings también. Marco lleva vaqueros viejos y una camiseta arrugada que sacó del cajón por la mañana. No sabía que le iban a llevar a comisaría. Ahora comprende que debería haber aceptado la oferta de arreglarse un poco. Se habría duchado, afeitado y cambiado de ropa. Ahora se sentiría más alerta, más controlado. Y no tendría este aspecto de criminal en la grabación del interrogatorio para la posteridad; se acaba de dar cuenta de que probablemente le graben en vídeo.

Marco toma asiento y observa con nerviosismo a los dos inspectores al otro lado de la mesa. Es distinto estar aquí que en su propia casa. Da miedo. Siente cómo el control cambia de manos.

—Si le parece bien, vamos a grabar este interrogatorio en vídeo —dice Rasbach. Señala una cámara situada justo debajo del techo, que apunta a la mesa y a ellos.

Marco no sabe si tiene elección. Duda una fracción de segundo, y contesta:

—Sí, claro, no hay problema.

—¿Le apetece un café? —ofrece Rasbach.

—Sí, vale, gracias —responde Marco. Intenta relajarse. Se dice a sí mismo que está allí para ayudar a la policía a encontrar a su hija desaparecida.

Rasbach y Jennings salen a por el café, dejándole solo e inquieto.

Cuando los inspectores vuelven, Rasbach pone el vaso de plástico de Marco sobre la mesa delante de él. Marco ve que le ha traído dos sobres de azúcar y un recipiente con leche: recuerda cómo toma el café. Al intentar abrir los sobres de azúcar, le tiemblan las manos. Todos lo notan.

—Por favor, diga su nombre y la fecha de hoy —dice Rasbach, y empiezan.

El inspector le hace una serie de preguntas directas que confirman la versión de Marco de lo ocurrido la noche del secuestro. Es lo mismo que han hecho antes, nada nuevo. Conforme avanza la entrevista, Marco se nota más relajado hasta que por fin cree que han terminado y están a punto de dejarle marchar. Siente un alivio inmenso, aunque procura no mostrarlo. Y entonces piensa en lo que estará pasando en la otra sala, donde se encuentra Anne.

—Bien, gracias —dice Rasbach, una vez han terminado de tomarle declaración—. Ahora, si no le importa, tengo unas preguntas más.

Marco, que había empezado a levantarse de la silla metálica, se vuelve a sentar.

—Háblenos de su empresa, Conti Software Design.

—¿Por qué? —pregunta Marco—. ¿Qué tiene que ver mi empresa con todo esto? —Mira a Rasbach, tratando de ocultar su consternación. Pero sabe adónde quieren ir a parar. Le han estado investigando, claro.

—Creó usted la empresa hace unos cinco años, ¿no es así? —insiste Rasbach.

—Sí —contesta Marco—. Poseo un título en empresariales e informática. Siempre he querido tener un negocio propio. Vi una oportunidad en el diseño de software, concretamente diseñando interfaces de usuario para software médico. Así que monté mi propia empresa. Tengo varios clientes importantes y un equipo pequeño de diseñadores de software profesionales, que trabajan a distancia. Generalmente vamos a ver a los clientes in situ, así que viajo bastante por negocios. La oficina está en el centro. Hemos tenido bastante éxito.

—Sí que lo han tenido —asiente Rasbach—. Es impresionante. No debe de haber sido fácil. ¿Es caro? ¿Montar un negocio como ese?

—Depende. Empecé con algo muy pequeño, solo yo y un par de clientes. Era el único diseñador al principio, trabajaba desde casa y le dedicaba muchas horas. Mi plan era construir el negocio de manera gradual.

—Continúe —dice Rasbach.

—La empresa empezó a tener mucho éxito, muy deprisa. Creció rápidamente. Se hizo necesario contratar a más diseñadores para cubrir la demanda y llevar el negocio a otro nivel. Así que me expandí. Era el momento idóneo. Entonces aumentaron los costes. Equipo, personal, espacio de oficinas. Hace falta dinero para crecer.

—¿Y de dónde sacó el dinero para expandir su negocio? —pregunta el inspector.

Marco le mira, molesto.

—No veo que le incumba, pero pedí un préstamo a mis suegros, los padres de Anne.

—Entiendo.

—¿Qué es lo que entiende?— replica Marco, irritado. Tiene que mantener la calma. No puede permitirse mostrarse agitado. Es probable que Rasbach solo esté haciendo esto para cabrearle.

—No quería decir nada en especial —responde el inspector con tono amable—. ¿Cuánto dinero le prestaron los padres de su esposa?

—¿Me lo pregunta o lo sabe ya? —dice Marco.

—Yo *no* lo sé. Se lo estoy preguntando.

—Quinientos mil —contesta Marco.

—Eso es mucho dinero.

—Sí que lo es —conviene Marco. Rasbach le está provocando. Tiene que mantenerse a su altura.

—¿Y ha sido rentable el negocio?

—En general, sí. Tenemos años buenos y años no tan buenos, como todo el mundo.

—¿Qué hay de este año? ¿Diría que ha sido un año bueno o no tan bueno?

—Ha sido un año bastante malo, ya que lo pregunta —responde Marco.

—Lo lamento —dice Rasbach. Y espera.

—Hemos tenido algunos contratiempos —continúa Marco finalmente—. Pero estoy seguro de que las cosas volverán a su cauce. Los negocios siempre pasan por altibajos. No se puede tirar la toalla sin más cuando viene un mal año. Hay que aguantar.

Rasbach asiente reflexionando.

—¿Cómo describiría su relación con los padres de su mujer?

Marco sabe que el inspector les ha visto a su suegro y a él en la misma habitación. No tiene sentido mentir.

—No nos caemos bien.

—¿Y aun así le prestaron quinientos mil dólares? —El inspector arquea las cejas.

—Su madre y su padre nos lo prestaron a los dos. Tienen dinero. Y quieren a su hija. Quieren que tenga una buena vida. Mi plan de negocio era impecable. Era una inversión sólida para ellos. Y una inversión en el futuro de su hija. Ha sido un acuerdo satisfactorio para todas las partes.

—Pero ¿no es cierto que su negocio necesita una inyección de efectivo urgente? —pregunta Rasbach.

—Ahora mismo a cualquier negocio le vendría bien una inyección de efectivo —responde Marco, casi con amargura.

—¿Está usted a punto de perder la empresa que tanto le ha costado construir? —dice Rasbach, inclinándose un poco hacia delante.

—No lo creo, no —contesta Marco. No va a dejarse intimidar.

—¿No lo cree?

—No.

Marco se pregunta de dónde habrá sacado toda esa información el inspector. Es verdad: su empresa está en peligro. Pero, que él sepa, no tienen ninguna orden judicial para revisar los documentos del negocio y del banco. ¿Son solo suposiciones de Rasbach? ¿Con quién ha hablado?

—¿Sabe su mujer los problemas que atraviesa su negocio?

—No del todo. —Marco se retuerce en la silla.

—¿Qué quiere decir con eso? —pregunta el inspector.

—Sabe que el negocio no ha ido muy bien últimamente —admite Marco—. Tampoco he querido agobiarla con los detalles.

—¿Por qué?

—¡Acabamos de tener una niña, por Dios! —salta Marco, levantando la voz—. Ha estado deprimida, como usted ya sabe. ¿Por qué iba a decirle que el negocio está en peligro? —Se pasa los dedos por el pelo, que cae desordenado sobre sus ojos.

—Entiendo —dice Rasbach—. ¿Ha pedido ayuda a sus suegros?

Marco evita la pregunta.

—Creo que las cosas volverán a su cauce.

Rasbach desiste.

—Hablemos un poco de su mujer —prosigue—. Dice usted que ha estado deprimida. Antes me comentó que su médico le había diagnosticado una depresión posparto. Su psiquiatra. La doctora... —consulta sus notas— Lumsden. —Levanta la vista—. Que está fuera de la ciudad.

—Sí, eso ya lo sabe —responde Marco—. ¿Cuántas veces tenemos que repetir esto?

—¿Me puede describir los síntomas de Anne?

Marco se mueve inquieto en la incómoda silla de metal. Se siente como un gusano clavado a una tabla.

—Como ya le he explicado, lloraba mucho, estaba apática. A veces parecía sobrepasada. No dormía lo suficiente. Cora es una niña bastante nerviosa. —Al decirlo, recuerda que ha desaparecido, y tiene que hacer una pausa para recobrar el autocontrol—. Sugerí contratar a alguien que la ayudara, para que pudiera echarse una siesta durante el día, pero ella no quiso. Creo que sentía que debía ser capaz de arreglárselas sola, sin ninguna ayuda.

—¿Tiene su mujer un historial de enfermedad mental?

Marco levanta los ojos, asustado.

—¿Cómo? No. Solo algo de historial de depresión, como mucha gente. —Su voz suena firme—. Pero no de enfermedad mental. —A Marco no le gusta lo que el inspector está insinuando. Se prepara para lo que le espera.

—La depresión posparto se considera una enfermedad mental, pero no nos detengamos en nimiedades. —Rasbach se apoya en el respaldo de la silla y mira a Marco como diciendo: «¿Puedo hablarle sinceramente?»—. ¿Le preocupaba que Anne pudiera hacer daño a la niña? ¿O hacerse daño a sí misma?

—No, nunca.

—¿Aunque buscara la depresión posparto en internet?

O sea que *sí* han revisado su ordenador. Han visto lo que buscó, los casos de mujeres que asesinaron a sus hijos. Marco nota el sudor apareciendo en diminutas gotitas sobre su frente. Se recoloca en la silla de metal.

—No. Ya se lo he dicho. Cuando a Anne le dieron el diagnóstico, yo quería saber más sobre ello, así que investigué sobre la depresión posparto. Ya sabe cómo es internet, una cosa lleva a la otra. Vas siguiendo los enlaces. Solo tenía curiosidad. No leí esas historias sobre mujeres que enloquecieron y mataron a sus hijos porque me preocupara Anne. Ni de broma.

Rasbach le observa atentamente sin decir nada.

—Mire, si me preocupara la posibilidad de que Anne hiciera daño a nuestra hija, no la hubiera dejado sola con ella en casa todo el día, ¿no?

—No lo sé, ¿lo haría?

Se acabaron los miramientos. Rasbach le observa, esperando.

Marco le aguanta la mirada.

—¿Nos van a acusar de algo? —pregunta Marco.

—Por ahora, no —responde el inspector—. Puede irse.

Marco se levanta lentamente, empujando la silla hacia atrás. Quiere echar a correr, pero va a tomarse su tiempo, va a aparentar que controla sus emociones, aunque no sea cierto.

—Solo una cosa más —dice Rasbach—. ¿Sabe de alguien que tenga un coche eléctrico, o quizás un híbrido?

Marco duda.

—Creo que no —contesta.

—Nada más —dice el inspector, levantándose de su silla—. Gracias por venir.

Marco querría gritarle a la cara: «¿Por qué no hace su maldito trabajo y encuentra a nuestra hija?», pero en su lugar sale de la habitación, con paso demasiado acelerado. Una vez fuera, se da cuenta de que no sabe dónde está Anne. No puede marcharse sin ella. Rasbach sale detrás de él.

—Si quiere esperar a su esposa, no debería tardar mucho —dice, se va por el pasillo y abre la puerta de otra sala, donde, Marco imagina, espera su mujer.

13

Anne se encuentra sentada en la fría sala de interrogatorios, temblando. Lleva vaqueros y solo una camiseta fina. El aire acondicionado está demasiado alto. Hay una agente junto a la puerta, vigilándola discretamente. Le han dicho que ha venido por voluntad propia, que se puede ir cuando quiera, pero tiene la sensación de que la mantienen retenida.

Anne se pregunta qué pasará en la otra sala, donde están tomando declaración a Marco. Es una estratagema para separarles. Eso le pone nerviosa y le hace sentir insegura. Es evidente que la policía sospecha de ellos. Van a intentar enfrentarles.

Tiene que prepararse para lo que le espera, pero no sabe cómo.

Se plantea comentarles que quiere hablar con un abogado, pero teme que eso le haga parecer culpable. Sus padres podrían pagarle el mejor de la ciudad, pero le da miedo decírselo. ¿Qué pensarían si les pidiera que le buscaran un abogado? ¿Y Marco? ¿Necesitarán abogados distintos? Eso la enfurece, porque sabe que ellos no han hecho ningún daño a la niña; la policía está perdiendo el tiempo. Y, mientras tanto, Cora está sola en algún lugar, aterrada, maltratada o incluso... A Anne le entran ganas de vomitar.

Para evitarlo, se pone a pensar en Marco. Pero entonces le imagina otra vez besando a Cynthia, con sus manos sobre el cuerpo de ella, ese cuerpo que es mucho más deseable que el suyo. Se dice a sí misma que estaba borracho, que probablemente Cynthia se le insinuó, como decía él, y no al revés. Había visto a Cynthia coquetear toda la noche. Pero, aun así, Marco decidió salir a fumar un cigarrillo con ella. Era igualmente culpable. Los dos han negado que estén teniendo una aventura, pero Anne ya no sabe qué creer.

La puerta se abre, haciéndola saltar en la silla. Entra el inspector Rasbach, seguido del inspector Jennings.

—¿Dónde está Marco? —pregunta Anne, con voz temblorosa.

—Esperándola en la entrada —responde Rasbach, y sonríe brevemente—. No tardaremos —añade con tono amable—. Por favor, relájese.

Anne le sonríe de manera poco convincente.

Rasbach señala la cámara montada cerca del techo.

—Vamos a grabar este interrogatorio en vídeo.

Anne mira hacia la cámara, impactada.

—¿Tiene que haber una cámara? —pregunta. Y mira nerviosa a los dos inspectores.

—Grabamos todos nuestros interrogatorios —le explica Rasbach—. Es para proteger a todas las partes.

Anne se arregla el pelo con nerviosismo e intenta erguirse en el asiento. La agente sigue de pie junto a la puerta, como si temieran que fuera a salir corriendo.

—¿Le puedo traer alguna cosa? —pregunta Rasbach—. ¿Café? ¿Agua?

—No, gracias.

—Bueno, pues empecemos —dice Rasbach—. Por favor, diga su nombre y la fecha de hoy. —El inspector la hace remontarse a la noche en la que desapareció la niña—. Cuando vio que su hija no estaba en su cuna, ¿qué hizo? —pregunta Rasbach. Su voz suena amable, alentadora.

—Ya se lo dije. Creo que grité. Vomité. Y luego llamé al 911.

Rasbach asiente.

—¿Qué hizo su marido?

—Se puso a buscar por el piso de arriba mientras yo hacía la llamada.

Rasbach la mira con más dureza, clavando los ojos en ella.

—¿Cómo estaba él?

—Aturdido, horrorizado, como yo.

—¿No encontraron nada fuera de sitio, nada trastocado, aparte de que la niña había desaparecido?

—Exacto. Buscamos por toda la casa antes de que llegara la policía, pero no encontramos nada. Lo único distinto o extraño, aparte de que Cora no estuviera, ni su mantita tampoco, era que la puerta de entrada se hallaba abierta.

—¿Qué pensó al ver la cuna vacía?

—Pensé que alguien se la había llevado —susurra Anne, bajando la mirada a la mesa.

—Usted nos dijo que, después de descubrir que la niña no estaba, y antes de que llegara la policía, golpeó el espejo del baño. ¿Por qué lo hizo? —pregunta Rasbach.

Anne respira hondo antes de contestar.

—Estaba furiosa. Estaba furiosa porque la habíamos dejado sola en casa. Fue culpa nuestra. —Su voz suena seca, le tiembla el labio inferior—. Pensándolo bien, ¿podrían traerme un poco de agua? —pregunta, alzando la vista.

—Voy a por ella —dice Jennings ofreciéndose. Sale de la habitación y vuelve rápidamente con una botella de agua que deja delante de Anne.

Agradecida, Anne desenrosca el tapón y bebe.

Rasbach sigue con sus preguntas.

—Dijo que había bebido vino. También está tomando medicación antidepresiva, cuyos efectos se ven aumentados con el consumo de alcohol. ¿Cree que sus recuerdos de lo que ocurrió aquella noche son fiables?

—Sí —contesta con voz firme. El agua parece haberla revivido.

—¿Está segura de su versión de los hechos? —pregunta Rasbach.

—Segura —dice ella.

—¿Cómo explica que encontraran el pijama rosa debajo de la colchoneta del cambiador? —La voz de Rasbach ya no es tan amable.

Anne siente que empieza a perder la compostura.

—Yo... Creí que lo había echado a la cesta, pero estaba muy cansada. Debió de acabar ahí debajo de algún modo.

—¿Pero no puede explicar cómo?

Anne sabe lo que está insinuando. ¿Hasta qué punto se puede confiar en su versión de los hechos si ni siquiera es capaz de explicar algo tan sencillo como de qué forma acabó el pijama rosa, que ella recordaba haber metido en la cesta de la ropa, debajo de la colchoneta del cambiador?

—No, no lo sé. —Empieza a retorcerse las manos sobre el regazo, bajo la mesa.

—¿Cabe alguna posibilidad de que se le cayera la niña?

—¿Qué? —Sus ojos se clavan inmediatamente en los del inspector. Tiene una mirada desconcertante, y Anne siente que puede leer su pensamiento.

—¿Cabe alguna posibilidad de que se le cayera accidentalmente la niña y se hiciera daño?

—No, de ninguna manera. Me acordaría de algo así.

Rasbach ya no está tan simpático. Se reclina en la silla y ladea la cabeza mirándola, como si no la creyera.

—Tal vez se le cayó en algún momento anterior ese día, y se golpeó la cabeza, o tal vez la zarandeó, y cuando volvió a verla por la noche ya no respiraba.

—¡No! Eso no pasó —dice Anne desesperada—. Estaba bien cuando la dejé a medianoche. Y cuando Marco pasó a verla a las doce y media, también.

—Usted no sabe realmente si la niña se encontraba bien cuando Marco pasó a verla a las doce y media. Porque no se hallaba allí, en la habitación de la niña. Solo tiene la palabra de su marido —señala Rasbach.

—Él no mentiría —replica Anne angustiada, retorciéndose las manos.

Rasbach deja que el silencio inunde la habitación. Entonces, inclinándose hacia delante, dice:

—¿Hasta qué punto se fía de su marido, señora Conti?

—Me fío de él. No mentiría sobre algo así.

—¿No? ¿Y si pasó a ver a la niña y vio que no respiraba? ¿Y si pensó que usted le había hecho daño, ya fuera por accidente o asfixiándola con una almohada? ¿Y luego hizo que alguien viniera a llevarse el cadáver para intentar protegerla?

—¡No! Pero ¿qué está diciendo? ¿Que la maté yo? ¿Es eso lo que creen? —Su mirada va de Rasbach a Jennings, a la agente junto a la puerta, y de vuelta al inspector.

—Su vecina, Cynthia, nos contó que, cuando volvió usted a la mesa después de dar el pecho a la niña a las once, parecía haber estado llorando, y que se había lavado la cara.

Anne se sonroja. Había olvidado ese detalle. *Sí que lloró.* A las once, dio el pecho a Cora sentada en su sillón a oscuras, llorando. Porque se encontraba deprimida, porque se veía gorda y repulsiva, porque Cynthia estaba seduciendo a su marido como ella ya no era capaz de seducirle, y se sentía inútil, sobrepasada y desesperada. Claro que Cynthia lo notaría, y también que se lo contaría a la policía.

—Está siendo tratada por una psiquiatra, la doctora Lumsden, ¿no? —Rasbach se incorpora y coge una carpeta de la mesa. La abre y mira en su interior.

—Ya le he hablado de la doctora Lumsden —dice Anne, preguntándose qué estará mirando—. La veo por mi leve depresión posparto, como ya sabe. Me prescribió un antidepresivo que es seguro para la lactancia. Nunca he pensado en hacer daño a mi hija. No la zarandeé ni la asfixié ni le hice daño de ningún modo. Y tampoco se me cayó por accidente. No estaba borracha. Lloré mientras le daba el pecho porque me entristecía sentirme gorda y poco atractiva, y Cynthia, que se supone que es mi amiga, llevaba toda la noche ligando con mi marido. —Anne saca fuerzas de la rabia que siente al recordarlo. Se yergue y mira a los ojos al inspector—. Tal vez debería informarse un poco más sobre la depresión posparto, inspector. Depresión posparto no es lo mismo que psicosis posparto. Es evidente que yo no estoy psicótica, inspector.

—Muy bien —dice Rasbach. Hace una pausa, deja la carpeta y pregunta—: ¿Diría usted que su matrimonio es feliz?

—Sí —responde Anne—. Tenemos nuestros problemas, como todas las parejas, pero los resolvemos.

—¿Qué clase de problemas?

—¿Esto es relevante? ¿Cómo le va a ayudar a encontrar a Cora? —Anne se mueve intranquila en la silla.

—Tenemos a todos los agentes disponibles tratando de encontrar a su hija —contesta Rasbach—. Estamos haciendo todo cuanto podemos para dar con ella. —Y luego añade—: Tal vez usted nos pueda ayudar.

Anne se hunde en la silla.

—No sé cómo.

—¿Qué clase de problemas tienen en su matrimonio? ¿Dinero? Es importante en la mayoría de las parejas...

—No —dice Anne, con tono cansado—. No discutimos por dinero. Lo único por lo que discutimos es por mis padres.

—¿Sus padres?

—Mis padres y Marco no se llevan bien. Ellos nunca han aprobado nuestra relación. Creen que no es lo bastante bueno para mí. Pero lo es. Es perfecto para mí. No ven en él nada positivo porque no quieren. Simplemente son así. Nunca les ha gustado ningún hombre con el que haya salido. Ninguno era suficiente. Pero a Marco le odian porque me enamoré y me casé con él.

—Seguro que no le odian —replica Rasbach.

—A veces da esa impresión —dice Anne. Baja la mirada a la mesa—. A mi madre no le gusta básicamente porque no viene de una familia rica, pero mi padre sí que parece odiarle. Siempre le está provocando. Y no entiendo por qué.

—¿No tiene ningún motivo para despreciarle?

—No, en absoluto. Marco nunca ha hecho nada malo. —Suspira con tristeza—. Mis padres son muy exigentes, muy controladores. Nos dieron dinero cuando estábamos empezando, y ahora creen que les pertenecemos.

—¿Les dieron dinero?

—Para la casa. —Se sonroja.

—¿Quiere decir como un regalo?

Anne asiente.

—Sí, fue un regalo de boda, para que pudiéramos comprar una casa. No hubiéramos podido permitírnoslo por nuestra cuenta, sin ayuda. Son muy caras, al menos las casas bonitas en barrios buenos.

—Entiendo.

—A mí me encanta la casa —admite Anne—. Pero Marco odia sentirse en deuda con ellos. No quería aceptar su regalo. Habría preferido ganarlo todo él: es un poco orgulloso. Dejó que nos ayudaran por mí. Sabía que yo quería vivir allí. A él no le hubiera importado empezar en un apartamentucho diminuto. A veces creo que me equivoqué. —Se retuerce las manos sobre el regazo—. Tal vez deberíamos haber rechazado el dinero, y habernos mudado a cualquier sitio destartalado, como hace la mayoría de las parejas. Puede que aún estuviéramos allí, pero a lo mejor seríamos más felices. —Empieza a llorar—. Y ahora creen que es culpa de Marco que

Cora haya desaparecido, porque fue idea suya dejarla en casa sola. Y no paran de recordármelo.

Rasbach desliza la caja de pañuelos de papel por encima de la mesa hasta ponerla al alcance de Anne. Ella coge uno y se seca los ojos.

—Y, la verdad, ¿qué voy a decir? Intento defenderle ante ellos, pero es cierto que fue idea suya que la niña se quedara. A mí no me parecía bien. Aún no puedo creer que accediera. Nunca me lo perdonaré.

—Anne, ¿qué piensa que le pasó a Cora? —pregunta Rasbach.

Aparta los ojos de él y se queda mirando la pared.

—No lo sé. No paro de darle vueltas, una y otra vez. Tenía la esperanza de que alguien se la hubiera llevado para pedir un rescate, porque mis padres son ricos, pero nadie se ha puesto en contacto con nosotros, así que... no sé, cuesta mantenerse optimista. Eso es lo que Marco creía al principio, pero él también está perdiendo las esperanzas. —Vuelve a mirarle, con la cara pálida—. ¿Y si está muerta? ¿Y si nuestra hijita ya está muerta? —Se derrumba y empieza a llorar—. ¿Y si no la encontramos nunca?

14

Rasbach ha examinado el ordenador de Marco en el trabajo. No es de extrañar que estuviera preocupado. Aunque es comprensible que alguien en su situación buscara información sobre la depresión posparto en internet, su historial de navegación muestra que había investigado bastante en el tema de la psicosis posparto. Leyó sobre una madre que fue declarada culpable por ahogar a sus cinco hijos en una bañera en Texas. Leyó el caso de una mujer que asesinó a los suyos sumergiendo el coche en un lago, y el de la señora inglesa que estranguló a sus dos niños pequeños en un armario. Y leyó sobre otras mujeres que habían ahogado, apuñalado, asfixiado y estrangulado a sus propios críos. Lo cual, en opinión del inspector, significa que o bien Marco temía que su esposa desarrollara una psicosis, o bien le interesaba esa información por alguna otra razón. A Rasbach se le ocurre que puede que Marco lo estuviera preparando todo para la gran caída de Anne. Es posible que la niña solo sea un daño colateral. ¿Simplemente quería dejar la relación?

Pero esta no es su teoría favorita. Como bien señaló Anne, ella no está psicótica. Esas mujeres que mataron a sus bebés eran claramente víctimas de la psicosis. Si mató a su hija, probablemente fuera de forma accidental.

No, su teoría favorita es que Marco organizó el secuestro para conseguir el dinero urgente del rescate. A pesar de lo que dijo de que las cosas se arreglarían, es evidente que su negocio corre un serio peligro.

No han podido dar con el vehículo. Nadie se ha presentado ante la policía para informar de que conducía por el callejón a las 00:35 la noche del secuestro. La policía ha solicitado la ayuda de los ciudadanos en el asunto del automóvil misterioso. Si alguien de la zona hubiera estado conduciendo inocentemente por el callejón a esa hora, dada la amplia cobertura que se ha dado en la televisión y en la prensa, a estas alturas ya debería haberse presentado ante la policía. Pero nadie lo ha hecho, probablemente porque quienquiera que fuese es cómplice del crimen. El inspector Rasbach cree que la persona que iba en ese coche se llevó al bebé.

Rasbach piensa que o bien la niña murió accidentalmente a manos de sus padres, y un cómplice se llevó el cadáver, o bien todo es un secuestro fingido y Marco la entregó a alguien que se ha echado atrás y no ha dado los pasos esperados para recibir el dinero del rescate y devolverla. Si es así, es posible que la mujer esté o no esté involucrada; Rasbach tiene que observarla de cerca. Si sus sospechas son ciertas, Marco debe de estar volviéndose loco.

Ahora bien, el tema de la canguro sigue sin encajarle. ¿Habría fingido Marco un secuestro cuando se suponía que iba a haber una canguro en la casa?

Rasbach no ve sentido a que la policía se quede en casa de los Conti esperando una llamada para pedir el rescate que, probablemente, nunca se produzca. Toma una decisión estratégica. Van a retirarse; sacar a todos los agentes de policía de la casa para ver qué pasa cuando la pareja se quede sola. Si está en lo cierto, y algo ha ido mal, para averiguar de qué se trata debe dar un paso atrás, y así darle cuerda a Marco para que acabe ahorcándose.

¿Y la niña? Rasbach se pregunta si Marco sabe siquiera si su hija está viva todavía. Recuerda el famoso caso de secuestro de los Lindbergh, en que parece que el bebé murió, de forma accidental, durante o poco después del secuestro. Es posible que sea lo que ha ocurrido en este caso. Casi siente lástima por Marco. Casi.

Es martes por la mañana, cuarto día desde la desaparición de Cora. El último policía abandona la casa. Anne no puede creer que les vayan a dejar solos.

—¿Y si llama el secuestrador? —protesta a Rasbach con incredulidad.

Marco no dice nada. Para él es evidente que el secuestrador no va a llamar. Y también que la policía no cree que haya ningún secuestrador.

—Lo harán bien —contesta Rasbach—. Marco puede ocuparse de ello. —Ella le mira recelosa—. Quizá nuestra presencia aquí le esté ahuyentando; si nos vamos, tal vez llame. —Se vuelve hacia Marco—. Si llama alguien diciendo que tiene a Cora, mantenga la calma, trate de quedarse con sus instrucciones y consiga que hable todo el tiempo posible. Cuanto más revele, mejor. Todavía tenemos el teléfono pinchado, así que quedará grabado. Pero es poco probable que podamos localizar la llamada. Hoy en día todo el mundo utiliza teléfonos de prepago ilocalizables. Nos complica mucho el trabajo.

Entonces Rasbach se va. Marco sí se alegra de que lo haga.

Ahora Anne y él están solos en casa. El número de periodistas en la calle también ha disminuido. Al no haber novedades, los medios tienen poco que contar, y están perdiendo el entusiasmo. El montón de flores marchitas y peluches ha dejado de crecer.

—Creen que yo la maté —dice Anne— y que tú me has encubierto.

—No pueden creer eso —replica Marco, tratando de tranquilizarla.

No hay mucho más que pueda decir. *O eso, o piensan que me la he llevado yo y he fingido un secuestro para quedarme con el dinero del rescate.* No quiere que

Anne sepa lo mal que están las cosas económicamente. Así que no dice nada.

Marco sube a tumbarse. Está exhausto. Su dolor y su angustia son tales que casi no puede mirar a su mujer.

Anne se queda deambulando por la casa, aliviada después de todo por haberse librado de la policía, recogiendo. Se mueve en una nube de confusión por la falta de sueño, guardando cosas, lavando tazas de café. Suena el teléfono de la cocina y se queda parada. Mira la pantalla. Es su madre. Anne duda, no sabe si quiere hablar con ella. Por fin, al tercer tono, responde.

—Anne —dice Alice. Inmediatamente siente una opresión en el corazón. ¿Por qué lo ha cogido? Ahora mismo no puede lidiar con ella. Ve a Marco bajando las escaleras a toda prisa y con los ojos alerta. Articula las palabras «Mi madre» con los labios haciendo un gesto para que se vuelva arriba. Él da media vuelta y regresa al dormitorio.

—Hola, mamá.

—Anne, estoy muy preocupada por ti. ¿Cómo estás?

—¿Cómo voy a estar? —Anne sujeta el teléfono, va hacia la parte de atrás de la cocina y se asoma a la ventana que da al jardín trasero.

Su madre se queda callada un momento.

—Solo quiero ayudar.

—Lo sé.

—No puedo imaginar lo que estarás pasando. Tu padre y yo también estamos sufriendo, pero nada comparado a lo que debes de sentir tú.

Anne empieza a llorar, las lágrimas se deslizan silenciosas por sus mejillas.

—Tu padre sigue muy disgustado por el hecho de que la policía os hiciera ir a la comisaría para interrogaros.

—Ya lo sé, me lo dijiste ayer —comenta Anne, con voz cansada.

—Lo sé, pero no para de hablar de ello. Opina que deberían centrarse en encontrar a Cora, no en acosaros.

—Dicen que solo están haciendo su trabajo.

—No me gusta ese inspector —afirma su madre, inquieta. Anne se desploma en una de las sillas de la cocina—. Creo que debería ir hacia allá para que tú y yo nos tomemos un té y tengamos una conversación en privado. Solo las dos, sin tu padre. ¿Está Marco en casa?

—No, mamá —contesta Anne. La ansiedad inunda su garganta—. Hoy no puedo. Me encuentro demasiado cansada.

Su madre suspira.

—Sabes que tu padre es muy protector contigo —comenta. Hace una pausa y añade vacilante—: A veces me pregunto si hicimos lo correcto ocultándole cosas, cuando eras más pequeña.

Anne se queda helada.

—Te tengo que dejar —dice. Y cuelga.

Permanece de pie junto a la ventana mirando el jardín trasero, temblando, durante un buen rato.

Los inspectores Rasbach y Jennings van en el coche patrulla. Jennings está al volante. Hace calor y Rasbach reajusta el aire acondicionado. Al poco tiempo llegan al colegio St. Mildred, un selecto centro privado femenino al noroeste de la ciudad. Anne Conti pasó allí toda su etapa escolar hasta que entró en la universidad, así que deberían saber algo de ella.

Por desgracia para los inspectores, están en plenas vacaciones escolares, pero Rasbach ha llamado con antelación y ha concertado una cita con la directora del colegio, una tal señorita Beck, que al parecer tiene mucho trabajo, incluso en verano.

Jennings deja el coche en el aparcamiento vacío. El colegio es un hermoso edificio de piedra que recuerda un poco a un castillo, rodeado de vegetación. El lugar destila dinero. Rasbach puede imaginar los coches de lujo desfilando para dejar a niñas privilegiadas de uniforme en las puertas de entrada. Sin embargo, ahora reina un silencio absoluto, salvo el ruido del tractor de jardín con el que un hombre está cortando el césped.

Rasbach y Jennings suben los bajos escalones de piedra y llaman al timbre de la entrada. La puerta de vidrio se abre con un fuerte clic, y los dos inspectores entran y siguen las señales por el amplio vestíbulo hacia el despacho principal, haciendo chirriar el suelo lustroso con sus zapatos al caminar. Rasbach puede sentir el olor a cera y abrillantador.

—No echo de menos el colegio, ¿y tú? —dice Jennings.

—Nada en absoluto.

Llegan al despacho principal, donde les recibe la señorita Beck. Rasbach se queda inmediatamente decepcionado al ver que es una mujer bastante joven, de poco más de cuarenta años. La posibilidad de que ella estuviera en St. Mildred durante la época en que Anne Conti estudió allí es remota. Pero Rasbach espera que haya algún empleado capaz de recordarla.

—¿En qué puedo ayudarles? —dice la señorita Beck, mientras les hace entrar en su espacioso despacho privado.

Rasbach y Jennings se sientan en cómodas sillas delante del escritorio mientras ella toma posición al otro lado.

—Estamos interesados en una exalumna suya —contesta Rasbach.

—¿De quién se trata? —pregunta ella.

—De Anne Conti. Aunque cuando estudiaba aquí su nombre sería Anne Dries.

La señorita Beck hace una pausa y asiente levemente.

—Entiendo.

—Supongo que usted no estaba aquí cuando ella era alumna —dice Rasbach.

—No, me temo que eso fue antes de mi época. Pobre mujer. La vi en televisión. ¿Qué edad tiene?

—Treinta y dos —responde Rasbach—. Al parecer, estuvo en St. Mildred desde el parvulario hasta acabar bachillerato.

La señorita Beck sonríe.

—Muchas de nuestras chicas llegan aquí de niñas y no se van hasta entrar en una buena universidad. Tenemos una excelente tasa de retención.

Rasbach le devuelve la sonrisa.

—Nos gustaría echar un vistazo a sus archivos y, si fuera posible, hablar con alguien que la conociera cuando estuvo aquí.

—Veré lo que puedo hacer —dice la señorita Beck, y sale del despacho.

A los pocos minutos, vuelve con una carpeta de color pardo.

—Como dice usted, estuvo aquí desde el jardín de infancia hasta el fin del bachillerato. Era una alumna excelente. Y luego fue a Cornell.

El trabajo de esta mujer debe de consistir sobre todo en las relaciones públicas, piensa Rasbach mientras coge la carpeta. Jennings se acerca para mirarla con él. Rasbach está seguro de que ahora mismo la señorita Beck desearía que Anne Conti, con su actual más que probable notoriedad, nunca hubiera honrado a St. Mildred con su presencia.

Jennings y él revisan la carpeta en silencio, mientras la señorita Beck no para quieta en su mesa. No hay gran cosa aparte de libretas de calificaciones con resultados excelentes. Nada les llama la atención.

—¿Sigue enseñando alguna de sus antiguas profesoras? —pregunta Rasbach.

La señorita Beck medita un instante, y finalmente contesta:

—La mayoría se fueron a otros centros, salvo la señorita Bleeker, que se retiró el año pasado. Fue profesora de Inglés de Anne en los últimos cursos. Podrían hablar con ella. No vive muy lejos de aquí. —Anota el nombre y la dirección en un papel.

Rasbach lo coge y dice:

—Gracias por su tiempo.

Jennings y él vuelven al sofocante coche patrulla.

—Vamos a ver a Bleeker —anuncia Rasbach—. Compraremos un sándwich de camino.

—¿Qué esperas averiguar?

—Nunca esperes nada, Jennings.

15

Cuando llegan a casa de la profesora jubilada, se encuentran con una mujer de espalda recta y mirada penetrante. Tiene justo el aspecto que uno esperaría en una profesora de Inglés retirada de un colegio femenino privado, piensa Rasbach.

La señorita Bleeker estudia sus placas con atención, y luego mira de arriba abajo a los inspectores, antes de dejarles entrar.

—Toda precaución es poca —dice.

Jennings lanza una mirada a Rasbach mientras la mujer les conduce por un estrecho pasillo hasta la sala de estar.

—Siéntense, por favor.

Rasbach y Jennings toman asiento en dos sillones tapizados. Ella se sienta lentamente en el sofá enfrente de ellos. Sobre la mesa baja hay una gruesa novela —una edición de Penguin Clásicos de *Las torres de Barchester*, de Trollope— y, al lado un iPad.

—¿Qué puedo hacer por ustedes, caballeros? —pregunta, y luego añade—: Aunque puedo imaginar por qué están aquí.

Rasbach le dedica su sonrisa más encantadora.

—¿Por qué cree que estamos aquí, señorita Bleeker?

—Quieren hablar de Anne. La reconocí. Sale en todas las noticias. —Rasbach y Jennings se miran rápidamente—. Cuando le di clase se llamaba Anne Dries.

—Sí —confirma Rasbach—. Queremos hablar con usted sobre Anne Dries.

—Es terrible. Me entristecí mucho cuando lo vi en la televisión. —Deja escapar un profundo suspiro—. No sé qué puedo decirles sobre lo que ocurrió entonces, porque no sé nada. Intenté averiguar, pero nadie quiso contármelo.

Rasbach nota un cosquilleo en la nuca.

—¿Por qué no empieza por el principio? —dice, conteniendo su impaciencia.

Ella asiente.

—Me caía bien Anne. Era una buena estudiante de Inglés. No brillante, pero sí trabajadora. Seria. Bastante callada. Resultaba difícil saber qué pasaba por su cabeza. Le gustaba dibujar. Y yo sabía que las otras chicas se metían con ella. Intenté ponerle freno.

—¿Cómo se metían con ella?

—Las típicas cosas de niñas ricas mimadas. Chicas con más dinero que cabeza. Le decían que estaba gorda. Lo cual era mentira, claro está. Las otras chicas eran delgadas como alambres. Algo insano.

—¿Cuándo fue esto?

—Probablemente cuando se encontraba en el penúltimo curso o el anterior. Había tres chicas que se creían la octava maravilla del mundo. Fueron a juntarse las tres chicas más guapas del colegio y crearon un club privado al que nadie podía unirse.

—¿Recuerda sus nombres?

—Por supuesto. Debbie Renzetti, Janice Foegle y Susan Givens. —Jennings anota los nombres en su cuaderno—. Nunca olvidaré a esas tres.

—¿Y qué ocurrió?

—No lo sé. Se dedicaban a acosar a Anne, como de costumbre, y de un día para otro una estaba en el hospital y las otras empezaron a mantener mucha distancia con ella. Susan no vino al colegio durante un par de semanas. La versión oficial fue que se había caído de la bicicleta y tenía una contusión cerebral.

Rasbach se inclina ligeramente hacia delante.

—Pero usted no se cree esa versión, ¿verdad? ¿Qué piensa que pasó en realidad?

—No lo sé exactamente. Hubo varias reuniones en privado con los padres. Todo se mantuvo en la intimidad. Pero yo apostaría a que Anne se hartó.

Una vez de vuelta en la comisaría, Rasbach y Jennings indagan en profundidad y descubren que dos de las chicas que mencionó la profesora jubilada, Debbie Renzetti y Susan Givens, se mudaron con sus respectivas familias al terminar el instituto. Afortunadamente, Janice Foegle aún vive en la ciudad. Rasbach la llama por teléfono, y sigue su racha de suerte: Janice está en casa, y parece dispuesta a ir a comisaría para hablar con ellos, esa misma tarde.

Cuando Janice Foegle llega, muy puntual, dan aviso a Rasbach desde el mostrador de recepción. Sale a recibirla. Ya sabía qué esperar, pero, aun así, encuentra una mujer imponente. Rasbach se pregunta cómo sería poseer esa clase de belleza en el instituto, mientras a la mayoría de adolescentes le cuesta hacerse a su decepcionante aspecto. Le intriga pensar cómo la habrá marcado eso. Por un momento, le recuerda a Cynthia Stillwell.

—Señorita Foegle —dice Rasbach—, soy el inspector Rasbach. Este es el inspector Jennings. Gracias por venir. Si no le importa, tenemos unas pocas preguntas que hacerle.

Ella responde frunciendo el ceño, resignada.

—Para ser sincera, esperaba que alguien me llamase —dice. La conducen hasta una de las salas de interrogatorios.

Aunque parece tensa cuando mencionan la cámara de vídeo, no se queja.

—Usted conoció a Anne Conti, en aquella época Anne Dries, en el colegio, cuando estaban en St. Mildred

—empieza a decir Rasbach, una vez pasados los preliminares.

—Sí —contesta ella con voz suave.

—¿Cómo era?

Janice hace una pausa, como si no supiera qué decir.

—Buena chica.

—¿Buena chica? —Rasbach espera a que diga más.

De pronto, su cara se arruga y rompe a llorar. Rasbach desliza suavemente la caja de pañuelos de papel hacia ella, y espera.

—La verdad es que era una chica agradable, y yo una cabrona. Susan, Debbie y yo éramos horribles. Ahora me arrepiento. Cuando recuerdo cómo era entonces, no me lo puedo creer. Nos portamos muy mal con ella, y sin motivo.

—¿En qué sentido, mal?

Janice aparta la mirada y se suena con delicadeza. Entonces alza la vista al techo e intenta recobrar la compostura.

—Nos burlábamos. De su aspecto, de su ropa. Nos creíamos superiores a ella, a todo el mundo en realidad. —Les lanza una mirada irónica—. Teníamos quince años, aunque eso no es excusa.

—¿Y qué pasó?

—La cosa duró varios meses, y Anne simplemente lo aguantaba. Siempre era amable con nosotras, hacía como si no le importara, pero a nosotras nos parecía patética. Aunque, a decir verdad, yo lo percibía como una muestra de fortaleza, el ser capaz de fingir que le daba igual, día tras día, cuando en realidad no era así, pero esto no lo comenté con nadie.

Rasbach asiente, animándola a seguir.

Baja la mirada hacia el pañuelo de papel en sus manos, suelta un profundo suspiro y vuelve a levantar los ojos.

—Un día perdió los papeles. Las tres, Debbie, Susan y yo, nos encontrábamos en el colegio después de las clases, por alguna razón. Estábamos en el baño de chicas y entró Anne. Nos vio y se quedó paralizada. Después nos dijo «hola», hizo un pequeño saludo con la mano y se metió en uno de los cubículos a hacer pis. Debo admitir que se necesitan bastantes agallas para eso. —Hace una pausa y continúa—. En fin, nosotras empezamos a decir cosas. —Se detiene.

—¿Qué clase de cosas?

—Me da vergüenza contarlo. Cosas como: «¿Qué tal va esa dieta? Porque parece que has engordado»... Ese tipo de cosas. Éramos verdaderamente malas con ella. Entonces salió del cubículo y fue directa hacia Susan. No nos lo esperábamos. Anne la cogió del cuello y la empotró contra la pared. Era uno de esos muros de cemento pintados de color crema brillante, y Susan se golpeó fuerte en la cabeza. Cayó al suelo deslizándose por la pared y dejando una mancha enorme de sangre. —Se le encoge la cara, como si volviera a estar en el baño de chicas, viendo a su amiga hecha un ovillo en el suelo, y el rastro de la sangre en la pared—. Creí que la había matado.

—Continúe —dice Rasbach, animándola.

—Debbie y yo nos pusimos a gritar, pero Anne se mantuvo completamente callada. Debbie se encontraba más cerca de la puerta, así que corrió a pedir ayuda. Yo estaba aterrada de quedarme sola con Anne, pero ella permanecía delante de la salida y a mí me daba demasiado miedo moverme. Anne me miró, pero tenía los ojos en blanco. Como si no estuviera allí. Ni siquiera sé si me veía. Asustaba. Finalmente vino una de las profesoras, y luego la directora. Llamaron a una ambulancia. —Janice se calla.

—¿Llamó alguien a la policía?

—¿Está de broma? —Le mira sorprendida—. Así no se hacen las cosas en los colegios privados. La directora quería controlar al máximo los posibles daños. Sé que lo arreglaron de algún modo. Vino la madre de Anne, y nuestros padres, y todo quedó... *resuelto*. Verá, nos lo merecíamos, y todo el mundo lo sabía.

—¿Qué ocurrió después de llamar a la ambulancia? —pregunta Rasbach con tono amable.

—Cuando llegó, pusieron a Susan en una camilla y la bajaron hasta el vehículo. Debbie, yo y la otra profesora seguimos a Susan. Debbie y yo estábamos llorando, histéricas. La directora condujo a Anne a su despacho para esperar allí a su madre. La ambulancia se llevó a Susan, y Debbie y yo nos quedamos en el aparcamiento con la otra profesora, esperando a que llegaran nuestros padres.

—¿Recuerda alguna otra cosa? —pregunta Rasbach.

Asiente.

—Antes de que la directora se la llevara, Anne me miró, como si estuviera completamente normal, y dijo: «¿Qué ha pasado?».

—¿Y qué pensó usted cuando dijo eso?

—Pensé que estaba loca.

El cartero está en la puerta de entrada tratando de meter los fajos de cartas en la ranura de la puerta. Anne está en la cocina, observando. Podría abrir y cogérselas para facilitarle el trabajo, pero no quiere. Sabe que todo el correo es para ella. En ese momento el cartero levanta la mirada a través de la ventana y la ve. Sus ojos apenas se encuentran un instante, y entonces baja otra vez la mirada y sigue tratando de empujar sobres a través de la ranura. Hasta hace menos de una semana, Anne y el cartero solían intercambiar bromas. Pero ahora todo ha cambiado. Las cartas caen en el suelo delante de la puerta, en una pila desordenada. Él intenta meter un sobre grande y grueso por la ranura, pero no cabe. Lo empuja hasta la mitad, da media vuelta y se va a la casa de al lado.

Anne se queda mirando el montón junto a la entrada, y el paquete metido en la ranura, que la mantiene abierta. Va hasta la puerta y trata de cogerlo. Es uno de esos sobres con burbujas. Está encajado, y no lo puede sacar. Tendrá que abrir e intentarlo desde fuera. Mira por la ventana para ver si hay alguien. Los periodistas que había allí por la mañana mientras la policía recogía sus cosas ya se han ido también. Anne abre la puerta y saca el paquete de la ranura, vuelve a meterse rápidamente y cierra con pestillo.

Sin pensárselo dos veces, abre el sobre.

En su interior hay un pijama verde menta.

16

Anne grita.

Marco oye su voz y baja corriendo desde el dormitorio. La ve de pie junto a la puerta de entrada, con un montón de cartas sin abrir a sus pies y un sobre en la mano. Advierte el pijama verde asomando del paquete.

Anne se vuelve a mirarle, pálida.

—Acaba de venir con el correo —dice, con voz extraña y hueca.

Marco se acerca y ella le tiende el envoltorio. Los dos se quedan mirándolo, casi con miedo a tocarlo. ¿Y si es una broma? ¿Y si alguien ha creído que sería divertido enviar un pijama verde menta a la horrible pareja que dejó a su hija sola en casa?

Marco le coge el sobre a Anne y con cuidado lo abre un poco más. Parece el mismo. Le da la vuelta. Ahí está el conejito bordado en la parte de delante.

—Dios mío —dice Anne con un grito ahogado, y rompe a llorar, llevándose las manos a la cara.

—Es el suyo —dice Marco con voz ronca—. Es el de Cora.

Anne asiente, pero no puede hablar.

Hay una nota sujeta al interior de la prenda. Está escrita a máquina, en letra pequeña.

La niña está bien. El rescate son cinco millones de dólares. NO se lo digan a la policía. Traigan el dinero el jueves a las 2 de la tarde. Cualquier indicio de policía y no la volverán a ver.

También hay un mapa detallado al pie de la nota.

—¡Vamos a recuperarla, Anne! —exclama Marco.

Anne está a punto de desmayarse. Después de todo lo que han pasado, parece demasiado bueno para ser verdad. Vuelve a coger el pijama, se lo acerca a la cara y aspira. Puede oler a su niña. *Puede olerla.* Es sobrecogedor. Vuelve a aspirar, y le fallan las rodillas.

—Vamos a hacer exactamente lo que dice —señala Marco.

—¿No deberíamos contárselo a la policía?

—¡No! Dice que no lo hagamos. No podemos joderla. ¿No lo ves? Es demasiado arriesgado involucrar a la policía. ¡Si piensa que le van a coger, puede que mate a Cora y se deshaga de ella! Tenemos que hacerlo a su manera. Nada de policía.

Anne asiente. Le asusta hacerlo solos. Pero Marco tiene razón. ¿Qué ha hecho la policía? Nada. Únicamente se ha dedicado a sospechar de ellos. La policía no es su amiga. Van a tener que recuperar a Cora por sí mismos.

—Cinco millones —dice Marco, con la voz tensa. Alza la mirada hacia ella, de repente preocupado—. ¿Crees que a tus padres les parecerá bien?

—No lo sé. —Anne se muerde el labio, angustiada—. Tienen que hacerlo.

—No disponemos de mucho tiempo. Dos días —dice Marco—. Hay que preguntarles. Deben empezar a reunir ya el dinero.

—Voy a llamarles. —Va hacia el teléfono de la cocina.

—Usa tu móvil. Y Anne, diles claramente que nada de policía. Nadie puede saberlo.

Ella asiente y va en busca de su teléfono.

Anne y Marco están sentados en el sofá del salón, uno junto al otro. La madre de Anne se encuentra elegantemente colocada en el borde del sillón, mientras el padre camina de la ventana al sofá y vuelta. Todos le observan.

—¿Estás segura de que es el mismo pijama? —dice otra vez, deteniendo sus pasos.

—Sí —contesta Anne bruscamente—. ¿Por qué no me crees?

—Es que tenemos que estar seguros. Cinco millones de dólares es mucho dinero —replica Richard con tono irascible—. Debemos asegurarnos de que estamos tratando con la persona que tiene a Cora. Esto ha salido en todos los periódicos. Alguien podría intentar aprovecharse.

—Es el pijama de Cora —dice Marco con firmeza—. Lo reconocemos.

—¿Puedes conseguirnos el dinero o no? —pregunta Anne; su voz suena estridente. Mira a su madre angustiada. Justo cuando empezaba a tener esperanzas otra vez, parece que todo puede echarse a perder. ¿Cómo puede estar haciéndole esto su padre?

—Claro que podemos conseguir el dinero —dice su madre con firmeza.

—Yo no he dicho que no podamos conseguirlo —responde su padre—. He dicho que puede que sea difícil. Pero, si hace falta que mueva montañas, las moveré.

Marco observa a su suegro, tratando de ocultar su desprecio. Todos saben que la mayoría del dinero es de la madre de Anne, pero él tiene que actuar como si fuera todo suyo. Como si lo hubiera ganado él. Menudo imbécil.

—Dos días no es mucho tiempo para conseguir tanto dinero. Tendremos que liquidar algunas inversiones —dice Richard dándose importancia.

—Eso no es ningún problema —señala la madre de Anne. Mira a su hija—. No te preocupes por el dinero, Anne.

—¿Podéis gestionarlo discretamente, sin que nadie se entere? —pregunta Marco.

Richard Dries exhala con fuerza, mientras piensa.

—Hablaremos con nuestro abogado para ver cómo lo manejamos. Lo solucionaremos.

—Gracias a Dios —dice Anne, aliviada.

—¿Y exactamente cómo se va a hacer? —pregunta Richard.

—Tal y como dice la nota —contesta Marco—. Nada de policía. Iré yo, con el dinero. Se lo doy y ellos me entregan a Cora.

—Tal vez debería ir contigo, para que no lo eches todo a perder —dice el padre de Anne.

Marco le observa con visible malicia.

—No. —Y añade—: Si ven a alguien más, puede que no cumplan lo acordado.

Ambos se sostienen fijamente la mirada.

—El que tiene el talonario soy yo —señala Richard.

—En realidad, la que tiene el talonario *soy yo* —puntualiza Alice bruscamente.

—Papá, *por favor* —interviene Anne, aterrada ante la idea de que su padre lo estropee todo. Su mirada vuela angustiada entre él y su madre.

—Ni siquiera tenemos pruebas de que Cora siga viva —dice Richard—. Podría ser una trampa.

—Si Cora no está allí, no les daré el dinero —replica Marco, mientras vigila cómo su suegro sigue con sus paseos hasta la ventana.

—No me gusta —insiste Richard—. Deberíamos decírselo a la policía.

—¡No! —exclama Marco. Los dos hombres vuelven a observarse mutuamente. Richard es el primero en apartar los ojos.

—¿Qué otra opción nos queda? —pregunta Anne, con voz chillona.

—Ya, pero no me gusta.

—Haremos exactamente lo que dice la nota —zanja la madre de Anne con tono firme, lanzando una mirada severa a su marido.

El padre de Anne la mira.

—Lo siento, hija. Llevas razón. No tenemos elección. Más vale que tu madre y yo nos pongamos a reunir el dinero.

Marco observa cómo sus suegros se meten en su Mercedes y desaparecen. Desde que todo esto empezó, apenas ha comido. Los vaqueros se le caen.

Ha sido un momento espantoso, cuando Richard se resistía a conseguir el dinero. Pero solo estaba llamando la atención. Quería asegurarse de que todos supieran lo gran tipo que es. Tenía que asegurarse de que todo el mundo aprecia su importancia.

—Sabía que lo harían por nosotros —afirma Anne de pronto.

¿Cómo logra decir siempre la frase equivocada? Al menos cuando se trata de sus padres. ¿Por qué no es capaz de ver a su padre tal cual es? ¿Es que no entiende que es un manipulador? Pero Marco se queda callado.

—Todo va a ir bien —añade Anne, cogiendo la mano de Marco—. Vamos a recuperarla. Y todo el mundo verá que nosotros hemos sido las víctimas. —Le aprieta la mano—. Y entonces deberíamos hacer que la policía nos pida perdón.

—Tu padre nunca nos dejará olvidar que nos ha sacado de esta.

—¡No lo verá así! Pensará que ha sido la manera de salvar a Cora, estoy segura. No nos lo tendrá en cuenta.

Su mujer puede ser tan ingenua... Marco le devuelve el apretón a Anne.

—¿Por qué no te tumbas e intentas descansar? Voy a salir un rato.

—No creo que pueda dormir, pero lo intentaré. ¿Adónde vas?

—Voy a pasarme por la oficina a comprobar un par de cosas. No he ido desde..., desde que se llevaron a Cora.

—Vale.

Marco rodea a Anne con sus brazos y la estrecha.

—Me muero por volver a verla, Anne —susurra.

Ella asiente contra su hombro. Marco la suelta.

Ve cómo Anne sube las escaleras. Entonces coge las llaves del coche del cuenco que hay sobre la mesa del vestíbulo y sale.

Anne tiene la intención de tumbarse. Sin embargo, está demasiado nerviosa. Se debate entre alimentar la esperanza de recuperar a su hija pronto y el miedo de que todo pueda salir terriblemente mal. Como ha dicho su padre, ni siquiera tienen pruebas de que Cora siga con vida.

Pero Anne se niega a creer que su hija esté muerta.

Lleva el pijama verde en la mano, lo aprieta contra su cara y aspira el olor de la niña. La echa tanto de menos que le hace daño físicamente. Le duelen los pechos. Al llegar al rellano del piso de arriba, se detiene, se apoya contra la pared y se desliza hasta el suelo al otro lado del cuarto del bebé. Si cierra los ojos y se aprieta el pijama contra el rostro, puede hacer como si Cora estuviera allí todavía, en la casa, al otro lado del rellano. Por unos instantes, se lo permite. Pero luego abre los ojos.

Sea quien sea quien les haya mandado el pijama, ha exigido cinco millones de dólares. Sea quien sea, sabe que su hijita vale esa cantidad para ellos, y es obvio que tiene una idea bastante clara de que Anne y Marco pueden conseguir el dinero.

Tal vez se trate de alguien que conocen, aunque sea superficialmente. Se pone de pie con lentitud, se detiene de camino a su dormitorio. Tal vez incluso sea alguien que conocen muy bien.

Cuando todo esto haya pasado, piensa, una vez que recuperen a Cora, dedicará su vida a la niña y a encontrar a la persona que se la llevó. Quizá nunca deje de mirar a sus conocidos preguntándose si fueron ellos quienes se llevaron a su niña o si saben quién lo hizo.

De pronto se da cuenta de que no debería estar manoseando de ese modo el pijama. Si todo sale mal, y no consiguen recuperar a Cora, tendrán que entregar el pijama —y la nota— a la policía, como prueba, y para convencerles de su inocencia. Pero es imposible que la policía siga sospechando de ellos a estas alturas. Sin embargo, si había alguna prueba en el pijama, probablemente la haya borrado de tanto tocarlo, respirar contra él y hasta enjugarse las lágrimas con la tela. Lo deja sobre su tocador en el cuarto, extendido. Lo observa ahí, solitario, y lo pone allí, con la nota sujeta con las instrucciones. No pueden permitirse cometer ningún error.

Anne se da cuenta de que es la primera vez que está sola en casa desde la noche en la que se llevaron a Cora. Ojalá pudiera volver atrás en el tiempo. Los últimos días han sido una nube borrosa de miedo, dolor, horror y desesperación. Y traición. Le dijo a la policía que confía en Marco, pero mintió. No se fía de él en lo que respecta a Cynthia. Cree que puede estar ocultando otros secretos. Al fin y al cabo, ella también le oculta alguno.

Va de su tocador al de Marco y abre el cajón de arriba. Rebusca al azar entre sus calcetines y sus calzoncillos. Cuando termina con el cajón superior, abre el segundo. No sabe qué está buscando, pero lo sabrá cuando lo encuentre.

17

Marco se sube al Audi y arranca. Pero no va a la oficina, sino que coge la primera salida y deja atrás la ciudad. Va esquivando el tráfico; el Audi responde a su tacto. Pasados veinte minutos, toma una carretera secundaria. Pronto llega a un camino de tierra que conoce bien y que lleva hasta un lago bastante apartado.

Se mete en un aparcamiento de gravilla. Hay una pequeña playa de piedras con varias mesas de madera viejas y destartaladas para hacer pícnic, que no ha visto utilizar prácticamente nunca. Un muelle largo se adentra en el lago, pero ya nadie bota barcos desde aquí. Marco lleva años viniendo. Viene solo, cada vez que necesita pensar.

Aparca el coche a la sombra de un árbol, mirando al agua, y se baja. El día es caluroso y soleado, pero una brisa corre desde la superficie. Se sienta en el capó y observa el lago. No hay nadie más; el sitio parece desierto.

Se dice a sí mismo que todo va a ir bien. Cora está perfectamente, tiene que estarlo. Los padres de Anne conseguirán el dinero. Su suegro no dejará pasar la oportunidad de ser un héroe y de hacerse el importante, aunque le cueste una fortuna. Especialmente si da la impresión de que está salvando de un apuro a Marco. Ni siquiera echarán de menos el dinero.

Inspira profundamente el aire del lago y lo exhala, tratando de calmarse. Huele a pescado muerto, pero da igual. Necesita aire fresco en los pulmones. Los últimos días han sido un infierno. Marco no está hecho para estas cosas. Tiene los nervios destrozados.

Ahora mismo siente algo de remordimiento, pero merecerá la pena. Una vez haya recuperado a Cora y tenga dinero, todo irá bien. Tendrán a su hijita. Y él dispondrá de dos millones y medio de dólares para reencauzar su negocio. El mero hecho de pensar en quitarle el dinero a su suegro le hace sonreír. Odia a ese cabrón.

Con este dinero podrá solucionar sus problemas de liquidez y llevar a su empresa a otro nivel. Tendrá que canalizarlo a la compañía por medio de un inversor anónimo y discreto, vía las Bermudas. Nadie se enterará. Su cómplice, Bruce Neeland, cogerá su mitad, desaparecerá y mantendrá el pico cerrado.

Marco estuvo a punto de echarse atrás. Cuando la canguro llamó para cancelar la cita en el último momento, le entró pánico. Casi aborta el plan. Sabía que Katerina siempre se queda dormida con los cascos puestos cuando cuida de Cora. En dos ocasiones en que llegaron a casa antes de la medianoche se la encontraron fuera de combate en el sofá del salón. Y tampoco les fue fácil despertarla. A Anne eso no le gusta, cree que Katerina no es buena canguro, pero cuesta encontrar alternativas con la cantidad de niños pequeños que hay en el barrio.

El plan era que Marco saldría a fumar un cigarro a las doce y media, entraría en su casa sigilosamente, cogería a Cora y la sacaría por la puerta de atrás mientras Katerina estaba dormida. Si se despertaba y le veía entrar, le diría que había pasado a ver al bebé, ya que se encontraban en la casa de al lado. Y, si se despertaba y le veía llevándose a su hija, le diría que iba a enseñársela un minuto a los vecinos para presumir de niña. En cualquiera de los dos casos, el plan se habría abortado.

Si le salía bien, la noticia sería que un bebé había sido secuestrado en su habitación mientras la canguro dormía en el piso de abajo.

Pero, cuando Katerina canceló, Marco se vio desesperado y tuvo que improvisar. Convenció a Anne de dejar a Cora sola a condición de pasar a verla cada media hora. No habría sido posible si todavía hubiera funcionado el vídeo del monitor para bebés, pero contando solo con el sonido pensó que no habría problema. Se llevaría a Cora por la parte de atrás hasta el coche que le esperaba cuando pasara a verla. Sabía que dejar a la niña en casa hablaría muy mal de ellos, pero el plan podía funcionar.

De haber creído que Cora corría algún riesgo, nunca lo habría hecho. Ni por todo el dinero del mundo.

Estos días sin ver a su hija han sido brutalmente duros. No poder abrazarla, besarla en lo alto de la cabeza, oler su piel. No poder llamar y preguntar por ella, asegurarse de que esta bien.

No saber qué demonios está pasando.

Marco se dice a sí mismo otra vez que Cora está perfectamente. Solo tiene que aguantar. Pronto, todo habrá pasado. Tendrán a su hija *y* el dinero. Sobre todo lamenta lo duro que está siendo para Anne, pero se consuela pensando que será tan feliz al recuperar al bebé que empezará a ver las cosas de otra manera. Estos últimos meses han sido un puto horror, entre lidiar con sus problemas económicos y ver cómo su mujer se le escapaba perdida en su propia espiral descendente.

Todo ha sido mucho más difícil de lo que esperaba. Cuando pasaron las primeras horas y Bruce Neeland no llamaba, Marco se puso frenético. Habían acordado que se pondría en contacto antes de que transcurrieran doce horas. Cuando llegó el sábado por la tarde y aún no sabía nada de él, empezó a temer que Bruce se hubiera rajado. El caso había acaparado mucha atención. Y, lo que era peor, Bruce no contestaba al móvil al que Marco debía llamarle en caso de emergencia. Y no tenía otro modo de localizarle.

Marco ha entregado a su hija a un conspirador que no ha seguido el plan y a quien no puede localizar. Se está volviendo loco de preocupación. *No le hará daño, ¿verdad?*

Llegó a barajar la posibilidad de confesar todo a la policía, decirles lo que sabía de Bruce Neeland, con la esperanza de que los encontraran a él y a Cora. Pero luego pensó que supondría un riesgo demasiado grande para su hija. Así que al final decidió esperar su momento.

Y entonces llegó el pijama con el correo. El alivio que sintió cuando lo recibieron fue increíble. Pensó que Bruce se había rajado en lo de llamar a la casa como habían planeado, aun teniendo el móvil ilocalizable de prepago. Le preocuparía la policía. Y buscó otra forma.

Ahora, dos días más y todo habrá pasado. Marco llevará el dinero al punto de encuentro, el que eligieron juntos, y recuperará a Cora. Y, cuando todo haya pasado, llamará a la policía y se lo dirá. Les dará una descripción falsa de Bruce y del coche que lleve.

No se le ha ocurrido una manera más fácil de conseguir un par de millones rápido. Y Dios sabe que lo ha intentado.

Los padres de Anne vienen con el dinero el jueves por la mañana. Fajos de cientos de dólares. Cinco millones en billetes sin marcar. Los bancos han utilizado máquinas para contarlo. Han tenido que sudar para conseguir tanto efectivo en tan poco tiempo; no ha sido fácil. Richard se asegura de que lo sepan. Ocupa una sorprendente cantidad de espacio. Richard lo ha metido en tres bolsas de deporte grandes.

Marco mira preocupado a su mujer. Ella y su madre están sentadas en el sofá juntas, Anne recogida bajo el ala protectora de su madre. Parece pequeña y vulnerable. Marco quiere que sea fuerte. Necesita que lo sea.

Se dice a sí mismo que se encuentra sometida a una enorme presión. Más que él, si cabe. Porque él sabe lo que está pasando y, aun así, se halla a punto del colapso por el estrés. Ella no. No sabe que hoy van a recuperar a Cora, solo tiene la esperanza. Sin embargo, él sabe que su bebé estará de vuelta en casa en dos o tres horas. Pronto todo esto habrá acabado.

Bruce depositará la parte del dinero que le corresponde a Marco en una cuenta *offshore* tal y como planearon. Nunca más se pondrán en contacto. No habrá ningún vínculo entre ellos. Marco quedará a salvo. Recuperará a su hija y, además, tendrá el dinero que necesita.

De pronto, Anne aparta el brazo de su madre y se levanta.

—Quiero ir contigo —dice.

Marco la mira, desconcertado. Tiene los ojos vidriosos, le tiembla todo el cuerpo. Y esa manera extraña en que le observa le hace preguntarse, por un segundo, si le habrá descubierto. Imposible.

—No, Anne —contesta—. Voy a ir solo. —Añade firmemente—: Ya lo hemos hablado. No podemos cambiar los planes ahora. —Necesita que ella se quede.

—Puedo esperarte en el coche —insiste.

Marco la abraza con fuerza y le susurra al oído:

—Shhh... Todo va a ir bien. Volveré con Cora, te lo prometo.

—No puedes prometerlo. ¡No puedes! —exclama con voz chillona. Marco, Alice y Richard la miran alarmados.

Marco la abraza hasta que se tranquiliza, y por una vez sus padres se quedan a un lado y le dejan ejercer de esposo. Finalmente la suelta, la mira a los ojos y dice:

—Anne, me tengo que ir. Tardaré sobre una hora en llegar allí. Te llamaré desde mi móvil en cuanto la tenga, ¿vale?

Anne asiente, un poco más calmada, pero con la cara rígida por la tensión.

Richard acompaña a Marco a cargar el dinero en el coche, que está aparcado en el garaje. Llevan las bolsas por la puerta de atrás, las meten en el maletero del Audi de Marco y lo cierran con llave.

—Buena suerte —dice Richard, con gesto tenso—. No le des el dinero hasta que tengas a tu hija. Es nuestra única baza.

Marco asiente y se mete en el coche. Levanta la mirada hacia Richard y le advierte:

—Recuerda, nada de policía hasta que os dé noticias.

—Vale.

Marco no se fía de Richard. Teme que llame a la policía en cuanto se ponga en marcha. Ha dado instrucciones a Anne de que no le pierda de vista en ningún momento —acaba de recordárselo ahora susurrándole al oído— y de que no le deje ponerse en contacto con la policía hasta que sepa que Marco ya tiene a Cora. Cuando les llame, Bruce ya se habrá ido. Pero Marco sigue preocupado. Anne no parece estar bien, no puede confiar en ella. Richard podría ir a la cocina y llamar desde su móvil sin que ella se diera cuenta. Incluso es capaz de telefonear a la policía directamente delante de ella una vez que él salga de la casa, piensa con inquietud. Anne no podría detenerle.

Marco saca el coche del garaje, sale por el callejón y emprende el largo camino hacia el punto de encuentro. Cuando está a punto de coger el desvío a la autopista, empieza a sentir escalofríos.

Qué estúpido ha sido.

Es posible que Richard ya le haya contado lo del intercambio a la policía. Puede que le estén vigilando. Puede que todos lo sepan, menos Anne y él. ¿Lo permitiría Alice? ¿Se lo habrá dicho Richard siquiera?

Le empiezan a sudar las manos sobre el volante. El corazón le late a golpes mientras intenta pensar. Richard ha defendido que deberían involucrar a la policía. Y ellos le han ignorado. ¿Alguna vez ha permitido su suegro que le ignoren? Richard quiere recuperar a Cora, pero es de esa clase de hombres que necesita ir a lo seguro. Y también querrá tener alguna posibilidad de recuperar su dinero. A Marco le entran náuseas.

¿Qué debería hacer? No puede ponerse en contacto con Bruce. No tiene forma de hacerlo, porque Bruce no contesta a su móvil. Y es probable que le esté conduciendo a una trampa. Cuando entra en la autopista, ya tiene la camisa pegada a la espalda del sudor.

18

Marco intenta tranquilizarse, respirando hondo mientras conduce, con los nudillos blancos de apretar el volante.

Podría arriesgarse e ir al intercambio como planearon. Es posible que Richard no haya llamado a la policía. Cora estará en el garaje abandonado en el asiento de bebés del coche. La cogerá, dejará el dinero y saldrá corriendo.

Pero, si Richard *sí* ha avisado a la policía, ¿qué? En ese caso, en cuanto Marco coja a Cora, deje el dinero y se vaya, Bruce aparecerá en busca del dinero y le cogerá la policía. ¿Y si Bruce habla? Marco pasaría mucho tiempo en la cárcel.

También podría abortar la operación; dar media vuelta y no presentarse en el intercambio, con la esperanza de que Bruce vuelva a mandarles un mensaje por correo. Pero ¿cómo explicarle eso a la policía? ¿Cómo puede no presentarse según lo acordado para recoger a su hija secuestrada? Podría haber un problema con el coche, o llegar demasiado tarde y perder la oportunidad. En ese caso, si Bruce volviera a contactar con ellos, Marco tendría la posibilidad de intentarlo sin contarle los detalles a Richard. Pero Richard no le dejaría guardar el dinero mientras tanto. Joder. No puede hacer nada sin que su suegro se entere, porque Alice le deja controlar el dinero.

No, tiene que recuperar a Cora hoy. Debe ir a buscarla. Pase lo que pase, no puede dejar que esto se prolongue más.

Mientras su mente daba vueltas a toda velocidad ha pasado media hora. Y ya está a mitad de camino. Tiene que tomar una decisión. Mira el reloj y se desvía de la autopista en la siguiente salida. Se detiene en el arcén, pone las luces de emergencia y coge su teléfono, con las manos temblando. Llama al móvil de Anne.

Su mujer contesta de inmediato.

—¿Ya la tienes? —pregunta angustiada.

—Todavía no, aún no es la hora —contesta Marco—. Quiero que le preguntes a tu padre si le ha contado todo esto a la policía.

—No lo haría —dice Anne.

—Pregúntaselo.

Marco oye voces de fondo, y Anne vuelve al teléfono.

—Dice que no se lo ha contado a nadie. No se lo ha contado a la policía. ¿Por qué?

¿Debería creer a Richard?

—Que se ponga tu padre —dice Marco.

—¿Qué pasa? —pregunta Richard, ya al teléfono.

—Necesito poder confiar en ti —contesta Marco—. Tengo que saber que no has avisado a la policía.

—No lo he hecho. Dije que no lo haría.

—Dime la verdad. Si la policía está vigilando, no voy. No puedo correr el riesgo de que se huelan una trampa y maten a Cora.

—Te juro que no se lo he dicho. Ve a por ella, ¡por Dios! —Richard parece tan angustiado como él.

Marco cuelga y arranca de nuevo.

Richard Dries camina de un lado a otro en el salón de su hija, con el corazón golpeándole el pecho. Mira a su mujer y a Anne, acurrucadas en el sofá, y vuelve a apartar la mirada. Está con el alma en vilo y profundamente frustrado con su yerno.

Marco nunca le ha gustado. Y, ahora, por Dios, ¿cómo ha podido siquiera pensar en no ir a la cita? ¡Podría echarlo todo a perder! Richard vuelve a mirar preocupado a su esposa y a su hija y sigue andando.

Al menos puede entender por qué Marco se ha planteado que pudiera llamar a la policía. Desde el principio, cuando Marco insistió en no decírselo, Richard se puso del otro lado, defendiendo que sí debían contarles lo del intercambio, pero le han ignorado. Les dijo que cinco millones de dólares es mucho dinero, hasta para ellos. Les dijo que no está convencido de que Cora siga viva. Pero también les dijo que no llamaría a la policía y no lo ha hecho. No esperaba que Marco dudara de él en el último instante y pusiera todo en peligro no yendo al intercambio.

Más le vale presentarse allí. Hay demasiado en juego para que ahora se eche atrás.

Treinta minutos después, Marco llega al lugar designado. Está a media hora de la ciudad por la autopista, más otra media hacia el noroeste por una autovía y una carretera rural desierta. Eligieron una granja abandonada con un viejo garaje al final de un largo camino de entrada. Marco va hasta el garaje y aparca el coche delante. La puerta del garaje está cerrada. El lugar parece desierto, pero Bruce tiene que estar cerca, en alguna parte, observándole.

Cora estará en el garaje. Marco se encuentra un poco mareado: la pesadilla casi ha terminado.

Se baja del coche. Deja el dinero en el maletero y va hacia la puerta del garaje. Está dura, pero tira fuerte de ella hasta que cede y sube con mucho estruendo. Dentro está oscuro, especialmente en contraste con un día tan luminoso. Escucha con atención. Nada. Puede que Cora duerma. Entonces ve un asiento para bebés sobre el suelo de tierra, en la esquina del fondo, con una mantita blanca doblada sobre el asa. Reconoce la manta, es la de Cora. Corre hacia el asiento, se agacha y la retira.

El asiento se encuentra vacío. Se incorpora horrorizado, y se tambalea hacia atrás. Es como si le hubieran quitado todo el aire de golpe. El asiento de bebé está ahí, y la manta también, pero Cora no. ¿Es una broma? ¿O una puñalada por la espalda? Siente el corazón latiéndole en los oídos. Oye un ruido detrás y se da media vuelta, pero no lo suficientemente rápido. Siente un dolor punzante en la cabeza y cae de golpe sobre el suelo del garaje.

Cuando recobra el conocimiento unos minutos más tarde —no sabe cuántos—, se pone lentamente a cuatro patas y luego de pie. Está atontado y mareado, siente zumbidos de dolor en la cabeza. Sale afuera a trompicones. Su coche sigue ahí, delante del garaje, con el maletero abierto. Se acerca tambaleándose para mirar en su interior. El dinero, cinco millones de dólares, ha desaparecido. Por supuesto. Marco se queda allí con un asiento de bebé vacío y la mantita de Cora. Y sin Cora. Su móvil sigue en el coche, en el asiento delantero, pero no puede soportar la idea de telefonear a Anne.

Debería llamar a la policía, pero tampoco quiere hacerlo.

Es un imbécil. Ruge de dolor y se derrumba en el suelo.

Anne espera con una impaciencia febril. Aparta a su madre, se retuerce las manos por la angustia. ¿Qué está pasando? ¿Por qué tarda tanto? Marco debería haberles llamado hace veinte minutos. Algo debe de ir mal.

Sus padres también están nerviosos.

—¿Qué demonios está haciendo Marco? —dice su padre gruñendo—. Si no ha ido a buscarla por miedo a que yo haya mandado a la policía, le estrangulo con mis propias manos.

—¿Llamamos a su móvil? —propone Anne.

—No sé —contesta Richard—. Démosle cinco minutos más.

Cinco minutos después, ninguno puede soportar más la tensión.

—Voy a llamarle —dice Anne—. Tendría que haberla recogido hace media hora. ¿Y si algo ha ido mal? Ya habría telefoneado si pudiera. ¿Y si le han matado? ¡Ha pasado algo espantoso!

La madre de Anne se levanta de un salto e intenta abrazar a su hija, pero esta la aparta de forma casi violenta.

—¡Voy a llamarle! —repite, y aprieta bruscamente la tecla de llamada rápida con el número de Marco.

El teléfono de su marido suena y suena. Salta el buzón de voz. Anne está tan aturdida que lo único que hace es quedarse mirando a la nada.

—No contesta. —Le tiembla todo el cuerpo.

—Ahora sí que hay que llamar a la policía —dice Richard, agobiado—. Da igual lo que haya dicho Marco.

Puede que esté en peligro. —Saca su propio móvil y busca a Rasbach en su lista de contactos.

El inspector contesta al segundo tono.

—Rasbach.

—Soy Richard Dries. Mi yerno ha ido a hacer un intercambio con los secuestradores. Se suponía que debía llamarnos hace más de media hora. Y no contesta a su móvil. Tememos que algo haya ido mal.

—¡Dios! ¿Por qué no se nos ha informado de esto? —exclama Rasbach—. Es igual. Cuénteme los detalles.

—Richard le pone al corriente rápidamente y le dice el lugar del intercambio. Ellos tienen la nota original pidiendo el rescate. Marco hizo una fotocopia para guiarse—. Voy para allá. Mientras tanto mandaremos a la policía local lo antes posible. Estamos en contacto. —Y cuelga.

—La policía se encuentra de camino —le dice Richard a su hija—. Ahora solo podemos esperar.

—Yo no voy a esperar. Llévanos en tu coche —exige Anne.

Marco sigue sentado en el suelo, tirado contra uno de los neumáticos delanteros del Audi, cuando llega el coche patrulla. Ni siquiera levanta la cabeza. Todo ha acabado. Cora debe de estar muerta. Le han traicionado. Quienquiera que se haya llevado el dinero ya no tiene motivos para mantenerla con vida.

¿Cómo puede haber sido tan estúpido? ¿Por qué confió en Bruce Neeland? Ya no se acuerda de por qué decidió confiar en él, su mente se ha apagado por el dolor y el miedo. Ahora ya no le queda otra elección que confesar. Anne le odiará. Lo siente tanto... Por Cora, por Anne, todo lo que les ha hecho. A las dos personas a las que más quiere en este mundo.

Ha sido codicioso. Se convenció de que no era robar tratándose del dinero de los padres de Anne: de todas formas ella iba a heredarlo en algún momento, pero necesitaban parte de él ya. Se suponía que nadie saldría mal parado. Cuando Bruce y él lo planearon, a Marco ni se le pasó por la cabeza que Cora pudiera estar en peligro de verdad. Se suponía que iba a ser un delito sin víctimas.

Pero ahora su hija ha desaparecido. No sabe qué ha hecho Bruce con ella. Y no sabe cómo encontrarla.

Dos policías uniformados se bajan lentamente del coche patrulla. Se acercan a donde Marco está tirado contra el Audi.

—¿Marco Conti? —pregunta uno de los policías.

Marco no responde.

—¿Está solo?

Le ignora. El agente se acerca la radio a la boca mientras su compañero se agacha junto a él.

—¿Está usted herido? —le pregunta.

Pero Marco ha entrado en shock. No dice nada. Es evidente que ha estado llorando. El policía que está de pie guarda el walkie, saca su arma y entra en el garaje, temiéndose lo peor. Ve el asiento de bebé vacío, la mantita blanca tirada delante en el suelo, pero ningún rastro de un bebé. Vuelve a salir rápidamente.

Marco sigue sin hablar.

Llegan más vehículos de policía, con las luces puestas. Aparece una ambulancia, y el personal médico atiende a Marco del shock.

Poco después, el inspector Rasbach llega con su coche por el largo camino de entrada. Se baja a toda prisa y habla con el policía al mando.

—¿Qué ha pasado?

—No estamos seguros. No habla. Hay un asiento infantil en el garaje pero ni rastro de ningún bebé. El maletero está abierto, vacío.

Rasbach contempla la escena.

—Dios mío—murmura.

Sigue al agente hasta el garaje y ve el asiento de bebé y la mantita en el suelo. Su primera reacción es sentir una enorme lástima por el hombre tirado junto a su coche afuera, sea o no culpable. Parece claro que esperaba recuperar a su hija. Si en efecto es un criminal, es un amateur. Rasbach vuelve a salir a plena luz, se agacha y trata de mirar a los ojos a Marco. Pero este no alza la vista.

—Marco —dice Rasbach con urgencia—. ¿Qué ha pasado?

El hombre ni siquiera le mira.

De todos modos, Rasbach ya se ha formado una idea bastante aproximada de lo que ha sucedido. Parece que Marco se bajó del coche, entró en el garaje esperando recoger al bebé y el secuestrador, que nunca tuvo intención de devolvérsela, le dejó inconsciente y se llevó el dinero, abandonándole solo con su dolor.

Es probable que la cría ya esté muerta.

Rasbach se levanta, saca su teléfono y, a regañadientes, llama a Anne a su móvil.

—Lo siento —dice—. Su marido se encuentra bien, pero la niña no está aquí.

Oye un grito ahogado que se convierte en sollozos histéricos al otro lado de la línea.

—Nos vemos en comisaría —añade.

Hay días en que odia su trabajo.

19

Marco está en la comisaría, en la misma sala de interrogatorios que la vez anterior, en la misma silla. Rasbach se encuentra sentado enfrente de él, igual que cuando Marco fue a prestar declaración hace unos días, con Jennings a su lado. La cámara está grabándoles, también como la última vez.

La prensa se ha enterado de algún modo del intercambio fallido. Cuando llegaron con Marco, había una multitud de periodistas esperando a la entrada de la comisaría. Saltaron los flashes y le pusieron micrófonos en la cara.

No le han esposado. Y a Marco le sorprende, porque en su cabeza él ya ha confesado. Se sentía tan culpable que no entendía que no lo vieran. Pensó que el hecho de no reducirle era una mera cortesía, o no lo vieron necesario. Al fin y al cabo, es evidente que ya no le quedan fuerzas para luchar. Es un hombre derrotado. No iba a huir. ¿Adónde podría ir? Dondequiera que fuese, la culpa y el dolor le acompañarían.

Antes de entrar en la sala de interrogatorios le han dejado ver a Anne. Ella y sus padres ya estaban en la comisaría. Al verla, Marco se sintió conmocionado. La cara de ella evidenciaba que había perdido toda esperanza. Cuando le vio, le rodeó con sus brazos y lloró sobre su cuello como si Marco fuera lo último a lo que se podía agarrar en este mundo, lo único que le quedaba. Se quedaron abrazados, llorando. Dos personas destrozadas; uno de los dos, un mentiroso.

Luego lo llevaron a la sala para tomarle declaración.

—Lo siento —dice Rasbach. Y lo lamenta de verdad.

Marco levanta la cara muy a su pesar.

—La policía científica está analizando el asiento de bebé y la mantita. Puede que encontremos algo útil.

Marco sigue en silencio, hundido en su silla.

Rasbach se echa ligeramente hacia delante.

—Marco, ¿por qué no nos cuenta qué está pasando?

Marco observa al inspector, que desde el primer momento le ha estado hostigando. Al mirarle, todo su deseo de confesar desaparece. Se yergue en el asiento.

—Llevé el dinero. Cora no estaba. Alguien me atacó cuando me encontraba en el garaje y se llevó el dinero del maletero.

El verse interrogado por Rasbach en esta habitación, la sensación de jugar al gato y al ratón, le han aguzado la mente. Y piensa con más claridad que hace cerca de una hora, cuando todo se torció. La adrenalina le fluye por las venas. De repente, piensa en la supervivencia. Comprende que, si dice la verdad, no solo se destruirá por completo a sí mismo, sino también a Anne. Ella no aguantaría la traición. Debe seguir con la farsa de su inocencia. No hay nada en su contra, ninguna prueba. Es evidente que Rasbach tiene sus sospechas, pero no son más que eso.

—¿Vio al hombre que le golpeó? —pregunta Rasbach, dándose golpecitos en la mano con el bolígrafo. Un signo de impaciencia que Marco no había visto antes.

—No. Me dio por detrás. No vi nada.

—¿Solo una persona?

—Creo que sí. —Marco hace una pausa—. No lo sé.

—¿Puede contarme algo más? ¿Dijo algo? —Rasbach está claramente frustrado con él.

Marco niega con la cabeza.

—No, nada.

Rasbach aleja la silla de la mesa y se levanta. Empieza a caminar por la sala, frotándose la nuca, como si la tuviera tensa. Se vuelve y mira a Marco desde el otro extremo.

—Parece que había otro coche aparcado entre la maleza detrás del garaje, fuera de la vista. ¿Lo vio o lo oyó?

Marco niega con la cabeza.

Rasbach vuelve hacia la mesa, apoya las manos en ella y se inclina hacia delante, mirándole a los ojos.

—Tengo que decírselo, Marco. Creo que su hija está muerta.

Marco deja caer la cabeza. Empiezan a brotarle las lágrimas.

—Y creo que usted es el responsable.

Marco levanta la cara de golpe.

—¡No tengo nada que ver con esto!

Rasbach no dice nada. Espera.

—¿Qué le hace creer que yo tengo alguna relación con lo que ha pasado? —pregunta Marco—. Mi niña ha desaparecido. —Empieza a llorar. No le hace falta fingir. El dolor es real, demasiado.

—Es por la secuencia de los hechos, Marco —contesta Rasbach—. Pasó a ver a la niña a las doce y media. Todos están de acuerdo en eso.

—¿Y? —dice Marco.

—Y tengo huellas de neumático que demuestran que un coche desconocido ha estado recientemente en su garaje. Y un testigo que dice haber visto un vehículo circular por el callejón, alejándose de su garaje, a las doce y treinta y cinco de la madrugada.

—Pero ¿por qué piensa que eso tiene algo que ver conmigo? —pregunta Marco—. ¿Cómo sabe que existe alguna conexión entre ese coche y quien se llevó a Cora? Es posible que la sacaran por la puerta delantera, a la una. —Pero Marco ya sabe que no sirvió de nada dejar abierta la puerta de la entrada; al inspector no le engañó. Ojalá no se hubiera olvidado de volver a enroscar la bombilla del detector de movimiento.

Rasbach se vuelve a apartar de la mesa de un empujón y se queda de pie mirándole.

—El detector de movimiento estaba desactivado. Usted se encontraba en la casa a las doce y media. Un coche se alejó de su garaje a las doce y treinta y cinco. *Con las luces delanteras apagadas.*

—¿Y qué? ¿Eso es todo lo que tiene?

—No hay ninguna prueba física de que hubiera un intruso en la casa ni en el jardín trasero. Si un desconocido hubiera entrado por su jardín para llevársela, habría huellas, algo. Pero no. Las únicas huellas del jardín son suyas, Marco. —Se vuelve a inclinar sobre la mesa para hacer hincapié en su argumentación—. Creo que usted sacó a la niña de la casa y la llevó hasta el coche del garaje.

Marco no dice nada.

—Sabemos que su negocio está en peligro.

—¡Sí, lo admito! ¿Y cree que eso es motivo suficiente para secuestrar a mi propia hija? —exclama Marco, desesperado.

—Hay gente que ha secuestrado por menos —contesta el inspector.

—Pues deje que le diga una cosa —replica Marco, inclinándose hacia delante y levantando la vista para mirar a Rasbach a los ojos—. Quiero a mi hija más que a nada en este mundo. Quiero a mi mujer, y estoy muy preocupado por el bienestar de las dos. —Vuelve a reclinarse en la silla. Piensa cuidadosamente, y por fin añade—: Y tengo unos suegros muy ricos que han sido muy generosos. Probablemente nos darían todo el dinero que necesitáramos si Anne se lo pidiera. Así que ¿por qué demonios iba a secuestrar a mi propia hija?

Rasbach le observa, entornando los ojos.

—Voy a tomar declaración a sus suegros. Y a su esposa. Y a todo el que le conozca.

—Pues hágalo hasta que se aburra —dice Marco. Sabe que no está llevando demasiado bien la conversación, pero tampoco consigue evitarlo—. ¿Puedo irme ya?

—Sí, puede irse. Por ahora.

—¿Debería buscar un abogado? —pregunta Marco.

—Eso depende de usted —contesta el inspector.

Rasbach vuelve a su despacho para pensar. Si se trata de un secuestro fingido, y lo ha montado Marco, es evidente que ha dado con criminales de verdad que se han aprovechado de él. Casi siente lástima por Marco. Desde luego, la siente por su desconsolada esposa. Si en efecto el marido planeó todo esto, y le han timado, es probable que su hija ya esté muerta. El dinero ha desaparecido y la policía sospecha de él por el secuestro. Cómo logra mantener la compostura es todo un misterio.

Sin embargo, sigue preocupado. Por una parte, está la canguro, ese problema que le ha incomodado desde el principio. También una pregunta de puro sentido común: ¿por qué una persona que podría conseguir dinero fácil con solo pedirlo lo arriesgaría todo llevando a cabo algo tan estúpido y peligroso como un secuestro?

Y, luego, esa información inquietante que acaban de descubrir sobre Anne y su propensión a la violencia. Cuanto más se mete en el caso, más complicado le parece. Tiene que averiguar la verdad.

Es hora de tomar declaración a los padres de Anne.

Y por la mañana volverá a hablar con ella.

Lo va a resolver. La verdad está ahí. Siempre lo está. Solo hace falta destaparla.

Anne y Marco se encuentran en casa, solos. La vivienda permanece vacía, excepto por ellos dos, su pavor, su dolor y sus oscuras suposiciones. Sería difícil decir cuál de los dos está más destrozado. A ambos les atenaza no saber qué ha sido de su hija. Los dos anhelan desesperadamente que siga viva, pero les queda tan poco para alimentar esa esperanza... Cada uno intenta fingir ante el otro. Y Marco tiene aún más razones para hacerlo.

Anne no sabe por qué no culpa más a Marco de lo que lo hace. Al principio, cuando se llevaron a su niña, sentía en su corazón que él era el culpable por haberla convencido de dejar a Cora sola. Si se la hubieran llevado a la casa de al lado, nada de esto habría ocurrido. Se dijo a sí misma que, si Cora no volvía sana y salva, nunca se lo perdonaría.

Sin embargo, aquí están. No sabe por qué sigue aferrándose a él, pero así es. Tal vez porque no tiene nada más a lo que agarrarse. Ni siquiera sabe si le quiere ya. Tampoco le perdonará nunca lo de Cynthia.

Quizá se aferre a él porque nadie más puede compartir ni entender su dolor. O porque al menos él la cree. Sabe que ella no mató a su hija. Hasta su madre sospechó de ella antes de que llegara el pijama verde con el correo. No tiene ninguna duda.

Se van a la cama y se quedan tumbados, despiertos, mucho tiempo. Finalmente, Marco sucumbe a un sueño agitado. Pero Anne está demasiado inquieta para dormir. Acaba por levantarse y bajar al piso de abajo. Se pone a deambular por la casa mientras su intranquilidad crece.

Empieza a peinar las habitaciones, pero no sabe qué es lo que busca, y se siente más y más alterada. Cada vez se mueve y piensa más rápido. Busca algo que incrimine a su marido infiel, pero también busca a su hija. El contorno de las cosas comienza a desdibujársele.

Sus pensamientos se aceleran y son cada vez menos lógicos; su mente da saltos irreales. Y no es que las cosas no tengan sentido para ella cuando se halla así. De hecho, tienen *más* sentido. Tienen sentido igual que los sueños. Solo ves lo extraño que es cuando el sueño termina: solo entonces ves que no tenía ningún sentido.

No ha encontrado ninguna carta, ni ningún correo de Cynthia en el portátil de Marco, ni ropa interior desconocida en la casa. No ha encontrado recibos de habitaciones de hotel ni cajas de cerillas de algún bar escondidas. Lo que sí ha encontrado es información financiera bastante preocupante, pero ahora mismo eso no le interesa. Quiere saber qué está pasando entre Marco y Cynthia y qué tiene eso que ver con la desaparición de Cora. *¿Se llevó Cynthia a la niña?*

Cuantas más vueltas le da a esa idea en su frenético estado, más sentido parece cobrar. A Cynthia no le gustan los niños. Es de esa clase de personas capaces de hacerles daño. Es fría. Y Anne ya no le cae bien. Quiere hacerle daño. Cynthia quiere quedarse con el marido y la hija de Anne y ver cómo reacciona, porque puede.

Anne acaba entrando en tal estado de estupor y agotamiento que se queda dormida en el sofá del salón.

A la mañana siguiente, temprano, Anne despierta y se ducha antes de que Marco se dé cuenta de que ha pasado la noche en el sofá. Se pone unas mallas negras y una camisa larga, como si estuviera en trance, aterrada.

Cada vez que piensa en la policía y en Rasbach interrogándola otra vez, se queda paralizada. El inspector no tiene ni idea del paradero de la niña, pero parece creer que ellos sí lo saben. Después de tomarle declaración a Marco, le pidió que acudiera hoy por la mañana. No sabe por qué quiere volver a hablar con ella. ¿Qué sentido tiene hacerle las mismas preguntas una y otra vez?

—¿Tengo que ir? —pregunta a Marco. Si pudiera, no lo haría. Pero tampoco sabe cuáles son sus derechos. ¿Debería negarse?

—No creo que estés obligada —responde Marco—. No sé. Puede que sea hora de hablar con un abogado.

—Pero eso dará mala imagen —replica Anne preocupada—. ¿No?

—No sé —dice él con voz apagada—. Ya tenemos una imagen bastante mala.

Anne se acerca a la cama, le mira. Verle así, tan desgraciado, le rompería el corazón, si no fuera porque ya lo tiene roto.

—Tal vez debería hablar con mis padres. Nos pueden conseguir un buen abogado. Aunque es ridículo pensar que necesitemos uno.

—Quizá sea buena idea —comenta Marco intranquilo—. Ya te lo dije anoche, parece que Rasbach sigue sospechando de nosotros. Aparentemente cree que nos lo hemos inventado todo.

—¿Cómo puede pensar eso ahora, después de lo de ayer? —pregunta Anne, con la voz cada vez más nerviosa—. ¿Por qué? ¿Solo porque un coche pasaba por el callejón a la misma hora que viniste a ver a Cora?

—Ese parece ser el quid de la cuestión.

—Voy a ir —decide Anne finalmente—. Quiere que esté allí antes de las diez.

Marco asiente cansado.

—Voy contigo.

—No tienes por qué hacerlo —dice Anne sin convicción—. Puedo llamar a mi madre.

—Claro que voy. No puedes enfrentarte a la multitud de ahí fuera sola. Deja que me ponga algo de ropa y te llevo —contesta Marco, levantándose de la cama.

Anne le ve ir al vestidor en bóxers. Está mucho más delgado, hasta se distingue el perfil de sus costillas. Menos mal que va a acompañarla a la comisaría. No quiere llamar a su madre y tampoco cree que pueda hacerlo sola. Además, considera importante que les vean a Marco y a ella, juntos, que parezcan unidos.

Hay más periodistas frente a su casa después del fiasco de ayer. Anne y Marco tienen que quitárselos de encima para llegar a su taxi —la policía se ha quedado con el Audi por ahora— y no hay agentes para ayudarles. Finalmente alcanzan el vehículo que les espera en la calle. Una vez dentro, Anne cierra el pestillo rápidamente. Se siente atrapada con todos esos rostros balbuceantes acechándoles a través de las ventanas. Se encoge, pero no aparta la mirada de ellos. Marco maldice entre dientes.

Anne mira silenciosamente por la ventanilla mientras la multitud se evapora. No es capaz de entender cómo los periodistas pueden ser tan crueles. ¿Es que ninguno de ellos tiene hijos? ¿No pueden imaginar por un momento lo que es no saber dónde está tu bebé? ¿Quedarte despierta toda la noche echándola de menos, y viendo su cuerpecito, quieto, muerto, cuando cierras los ojos?

Van hacia el centro siguiendo el río hasta que llegan a la comisaría. En cuanto Anne ve el edificio, nota que se le tensan las entrañas. Quiere echar a correr. Pero Marco está a su lado. La ayuda a bajar del taxi y a llegar hasta la comisaría, guiándola con una mano sobre su codo.

Mientras esperan en el mostrador de recepción, Marco le susurra al oído:

—Todo va a ir bien. Puede que intenten ponerte nerviosa, pero tú sabes que no hemos hecho nada malo. Estaré aquí esperándote. —Esboza una leve sonrisa de ánimo. Ella asiente. Marco pone sus manos sobre los hombros de Anne con suavidad, y la mira a los ojos—. Puede que intenten ponernos a uno en contra del otro, Anne. Puede que digan cosas sobre mí, cosas malas.

—¿Qué cosas malas?

Él se encoge de hombros y aparta la mirada.

—No lo sé. Tú solo ten cuidado. No dejes que te afecte.

Ella asiente, pero ahora está más preocupada, si cabe.

En ese instante se les acerca el inspector Rasbach. No sonríe.

—Gracias por venir. Por aquí, por favor.

Conduce a Anne hacia una sala de interrogatorios distinta a la de la última vez, la misma que han estado usando para Marco. Él se queda solo en la zona de espera. A la puerta de la sala, Anne se detiene y se vuelve a mirarle. Él le sonríe, con una sonrisa nerviosa.

Anne entra.

20

Anne toma asiento en la silla que le indican. Al hundirse en ella, nota cómo le fallan las rodillas. Jennings le ofrece una taza de café, pero la rechaza con un gesto de cabeza porque no confía en que no acabe derramándolo. Está más nerviosa que la última vez que la interrogaron. Se pregunta por qué la policía desconfía tanto de Marco y de ella. Si acaso, deberían sospechar *menos* después de recibir el paquete con el pijama, y después de que se llevaran el dinero. Es evidente que alguien tiene a su hija.

Los inspectores se sientan enfrente de Anne.

—Lo siento mucho —empieza el inspector Rasbach—. Por lo que pasó ayer.

Ella permanece callada. Tiene la boca seca. Se agarra las manos sobre el regazo.

—Por favor, relájese —dice Rasbach con tono amable.

Asiente con nerviosismo, pero no puede relajarse. No se fía de él.

—Solo tengo unas preguntas sobre lo que ocurrió ayer —prosigue.

Anne vuelve a asentir, humedeciéndose los labios.

—¿Por qué no nos llamaron cuando recibieron el paquete con el correo? —pregunta el inspector. Su tono es bastante amable.

—Creímos que era demasiado arriesgado —responde Anne. Su voz suena temblorosa. Se aclara la garganta—. La nota decía que nada de policía. —Coge la botella de agua que le han dejado sobre la mesa. Intenta abrir la tapa con torpeza. Al llevarse la botella a los labios, le tiembla un poco la mano.

—¿Lo creía usted? —pregunta Rasbach—. ¿O lo creía Marco?

—Los dos.

—¿Por qué manoseó tanto el pijama? Por desgracia cualquier posible pista se ha contaminado.

—Sí, ya lo sé. Lo siento. No pensaba. Me olía a Cora, así que me lo quedé, para tenerlo cerca. —Empieza a llorar—. Me la devolvía. Era como si casi pudiera fingir que estaba en su cuna, durmiendo. Como si nada de esto hubiera pasado.

Rasbach asiente.

—Lo comprendo. Haremos todas las pruebas que podamos con la prenda y la nota.

—Usted cree que está muerta, ¿verdad? —dice Anne inexpresivamente, mirándole a los ojos.

El inspector le devuelve la mirada.

—No lo sé. Puede que aún viva. No vamos a dejar de buscarla.

Anne coge un pañuelo de la caja sobre la mesa y se seca los ojos.

—He estado pensando —dice Rasbach, reclinándose con aire despreocupado en la silla— en su canguro.

—¿Nuestra canguro? ¿Por qué? —pregunta Anne, sorprendida—. Ni siquiera vino esa noche.

—Lo sé. Simplemente tengo curiosidad. ¿Es buena canguro?

Ella se encoge de hombros; no sabe adónde lleva todo esto.

—Es buena con Cora. Está claro que le gustan los bebés, y a muchas chicas no les gustan en realidad. Solo lo hacen para sacar dinero. —Piensa en Katerina—. Suele ser fiable. Y no se le puede culpar porque muriera su abuela. Aunque, si no hubiera muerto, quizás Cora seguiría con nosotros.

—Dígame una cosa: ¿usted la recomendaría? —pregunta Rasbach.

Anne se muerde el labio.

—No, no lo creo. Suele quedarse dormida con los cascos puestos, escuchando música. Cuando volvemos a casa, tenemos que despertarla. Así que no, no la recomendaría.

Rasbach asiente y anota algo. Luego alza la vista y dice:

—Hábleme de su marido.

—¿De mi marido?

—¿Qué clase de persona es?

—Es un buen hombre —responde Anne con firmeza, irguiéndose en la silla—. Es cariñoso y humano. Es inteligente, atento y trabajador. —Hace una pausa, y añade apresuradamente—: Es lo mejor que me ha pasado, aparte de Cora.

—¿Cuida bien de la economía familiar?

—Sí.

—¿Por qué dice eso?

—Porque es verdad —contesta Anne bruscamente.

—Pero ¿no es cierto que fueron sus padres quienes le montaron el negocio? Y usted misma me dijo que también pagaron su casa.

—Un momento —replica Anne—. Mis padres no «le montaron el negocio», como dice usted. Marco tiene títulos de informática y empresariales. Fundó su propia compañía y tuvo mucho éxito. Mis padres solo invirtieron en él más tarde. Ya le iba muy bien. No se le puede sacar ningún defecto como empresario. —Mientras habla, Anne recuerda vagamente la información financiera que encontró en el ordenador de Marco el otro día. No se detuvo a mirarla con atención, ni interrogó a su marido acerca de ella; ahora se pregunta si acaba de mentir a la policía.

—¿Cree que es sincero con usted?

Anne se sonroja. Y se odia por haberse delatado. Se toma su tiempo para contestar.

—Sí, creo que es sincero conmigo —vacila— casi siempre.

—¿*Casi* siempre? ¿No sería lo correcto que lo fuera «siempre»? —pregunta Rasbach, inclinándose levemente hacia delante.

—Les oí —confiesa de pronto Anne—. La noche después del secuestro. Estaba en lo alto de las escaleras. Oí cómo acusaba a Marco de enrollarse con Cynthia. Ella dijo que Marco se le había insinuado, y él lo negó.

—Lo siento, no sabía que estuviera usted escuchando.

—Yo también lo siento. Ojalá no lo supiera. —Baja la mirada a sus manos, que agarran con fuerza el pañuelo sobre el regazo.

—¿Cree que le hizo insinuaciones sexuales a Cynthia, o fue al revés, como dice Marco?

Anne retuerce el pañuelo.

—No lo sé. Los dos tienen la culpa. —Levanta la mirada hacia el inspector—. Nunca se lo perdonaré a ninguno de los dos —zanja precipitadamente.

—Volvamos atrás —propone Rasbach—. Dice usted que su marido cuida bien de la economía familiar. ¿Habla con usted de cómo le va el negocio?

Anne hace trizas el pañuelo.

—Últimamente no me he interesado demasiado por la empresa —confiesa—. He estado absorbida por la niña.

—¿Marco no le ha ido contando cómo está todo?

—Últimamente, no.

—¿No le parece un poco extraño? —pregunta Rasbach.

—En absoluto —responde Anne, aunque por dentro piensa que lo es—. He estado realmente ocupada con el bebé. —Se le quiebra la voz.

—Las huellas de neumático en su garaje: no se corresponden con las de su coche —dice Rasbach—. Alguien usó su garaje poco antes del secuestro. Usted vio a su hija en la cuna a medianoche. Marco se encontraba en casa con ella a las doce y media. Tenemos un testigo que vio un coche alejándose de su garaje por el callejón a las doce y treinta y cinco. No hay pruebas de que hubiera nadie más dentro de la casa o del jardín. Puede ser que a las doce y media Marco sacara a la niña y se la llevara a un cómplice que le esperaba en el garaje.

—¡Eso es ridículo! —exclama Anne, alzando la voz.

—¿Tiene idea de quién podría ser ese cómplice? —insiste Rasbach.

—Se equivoca —dice Anne.

—Ah, ¿sí?

—Sí. Marco no se llevó a Cora.

—Deje que le diga algo —replica Rasbach, inclinándose hacia delante—. La empresa de su marido está en peligro. En serio peligro.

Anne nota cómo se va poniendo pálida.

—¿Lo está?

—Me temo que sí.

—Para serle sincera, inspector, me da igual que el negocio esté en peligro. Nuestra hija ha desaparecido. ¿Qué más nos da ya el dinero a ninguno de los dos?

—Es solo que... —Rasbach hace una pausa, como si cambiase de idea sobre lo que va a decir. Mira a Jennings.

—¿Qué? —Anne observa angustiada a los dos policías.

—Es que yo veo cosas de su marido que puede que usted no vea —dice Rasbach.

Anne no quiere caer en la trampa. Pero el inspector espera, dejando que el silencio crezca. No le queda otra elección.

—¿Como cuál?

—¿No cree que es un poco manipulador por su parte no ser sincero con usted sobre el negocio? —pregunta Rasbach.

—No, si yo no mostraba ningún interés. Probablemente estuviera intentando protegerme, porque he estado deprimida. —Rasbach no dice nada, solo la mira con sus penetrantes ojos azules—. Marco no es manipulador —insiste Anne.

—¿Y qué hay de la relación entre Marco y sus padres?

—Ya le he dicho que no se llevan bien. Se toleran, por mí. Pero es culpa de mis padres. Haga lo que haga Marco, para ellos nunca es suficiente. Habría sido igual si me hubiera casado con cualquier otro hombre.

—¿Por qué cree que son así?

—No lo sé. Simplemente son así. Sobreprotectores y exigentes. Tal vez sea porque soy hija única. —El pañuelo ha quedado reducido a migajas—. En fin, lo de la empresa no importa, la verdad. Mis padres tienen mucho dinero. Si lo necesitamos, siempre nos podrían ayudar.

—Pero ¿lo harían?

—Claro que sí. No tengo más que pedírselo. Mis padres nunca me han negado nada. Han conseguido cinco millones de dólares para Cora así, sin más.

—Cierto. —El inspector hace una pausa, y luego dice—: He intentado ver a la doctora Lumsden, pero al parecer está fuera.

Anne siente cómo el color se le va del rostro, pero se obliga a mantener la compostura. Sabe que, incluso cuando vuelva, es imposible que su médico hable con el inspector sobre ella.

—No le dirá nada de mí —señala Anne—. No puede. Es mi doctora, y usted lo sabe. ¿Por qué está jugando conmigo de esta forma?

—Tiene razón. No puedo hacer que rompa el secreto profesional.

Anne se reclina en la silla y mira al inspector, molesta.

—Pero ¿hay algo que *quiera usted* contarme? —pregunta este.

—¿Por qué le iba a hablar de las sesiones con mi psiquiatra? No es asunto suyo —contesta amargamente Anne—. Tengo una leve depresión posparto, como muchas otras madres primerizas. Eso no significa que hiciera daño a mi hija. Lo único que quiero es recuperarla.

—No puedo evitar pensar en la posibilidad de que Marco hiciera que se llevaran a la niña para encubrirla a usted, si usted la mató.

—¡Qué tontería! ¿Y cómo explica entonces que recibiéramos el pijama con el correo y que se llevaran el dinero del rescate?

—Es posible que Marco fingiera el secuestro cuando la niña ya estaba muerta. Y puede que el asiento de bebé vacío y el golpe en la cabeza sean puro teatro.

Ella le mira incrédula.

—Eso es absurdo. Yo no hice daño a mi hija, inspector.

Rasbach juega con el bolígrafo, observándola.

—Esta mañana vino su madre a prestar declaración.

A Anne empieza a darle vueltas la habitación.

21

Rasbach observa atentamente a Anne, temiendo que vaya a desmayarse. Espera mientras ella extiende el brazo para coger la botella de agua, espera a que recupere el color.

No hay nada que pueda hacer respecto a lo de la psiquiatra. Sus manos están atadas. Tampoco ha avanzado nada con la madre, pero es evidente que Anne teme que le haya contado algo. Y Rasbach está bastante seguro de qué es.

—¿Qué piensa que me ha contado? —pregunta Rasbach.

—No creo que le haya contado nada —contesta Anne bruscamente—. No hay nada que contar.

Rasbach se queda mirándola unos instantes. Piensa en lo distinta que es de su madre, una mujer muy serena, ocupada con sus comités sociales y sus obras benéficas, y mucho más cauta que la hija. Claramente menos emocional, y con la cabeza más despejada. Alice Dries entró en la sala de interrogatorios, le sonrió fríamente, dijo su nombre y luego añadió que no tenía nada que comentar. Fue una entrevista muy corta.

—No mencionó que fuera a venir esta mañana —dice Anne.

—¿No lo hizo?

—¿Qué le ha contado? —pregunta Anne.

—Tiene razón, no me ha dicho nada —admite Rasbach.

Anne sonríe por primera vez en toda la entrevista, pero es una sonrisa de amargura.

—Con quien sí he hablado es con una compañera suya de colegio. Una tal Janice Foegle.

Anne se queda completamente inmóvil, como un animal que presiente a un depredador en plena jungla. Y entonces se pone en pie de golpe, haciendo que la silla rechine contra el suelo detrás de ella, cogiendo por sorpresa a Rasbach y a Jennings.

—No tengo nada más que añadir —les informa.

Anne se reúne con Marco en el vestíbulo. Él ve que se encuentra alterada, y la rodea con el brazo en un gesto protector. Anne siente la mirada de Rasbach sobre ellos, observándolos mientras se van. Calla al salir de la comisaría, pero, una vez en la calle, cuando están parando un taxi, dice:

—Creo que es hora de buscar un abogado.

Rasbach les está presionando, y no parece que vaya a parar. Han llegado a un punto en que, a pesar de que no les han acusado, saben que les están tratando como sospechosos.

Marco está preocupado por lo que ha ocurrido en la entrevista entre Anne y el inspector. Cuando salió, vio pánico en sus ojos. Algo pasó en esa conversación que la removió lo suficiente como para querer buscar un abogado lo antes posible. Marco intentó averiguar qué era, pero Anne respondió vagamente, con evasivas. *¿Qué me está ocultando?* Todo esto le está llevando todavía más al límite.

Cuando llegan a casa y consiguen abrirse paso entre los periodistas a la entrada, Anne sugiere decir a sus padres que vengan para hablar de contratar a un abogado.

—¿Por qué tienen que venir tus padres? —pregunta Marco—. Podemos buscarnos un abogado sin su ayuda.

—Un buen abogado esperará un anticipo considerable —señala Anne. Marco se encoge de hombros, y Anne llama a sus padres.

Richard y Alice acuden poco después. Como era de esperar, ya habían buscado a los mejores abogados que el dinero puede comprar.

—Siento que hayamos llegado a este punto, Anne —dice su padre.

Están sentados alrededor de la mesa de la cocina; el sol del mediodía entra en ángulo por la ventana y se proyecta sobre la mesa de madera. Anne ha preparado una cafetera.

—Nosotros también creemos que es buena idea buscar un abogado —añade Alice—. No os podéis fiar de la policía.

—¿Por qué no me dijiste que esta mañana ibas a prestar declaración en comisaría?

—No había ninguna necesidad, y no quería preocuparte —responde Alice, extendiendo el brazo para dar una palmadita en la mano de Anne—. Lo único que les he dicho ha sido mi nombre y que no tenía nada que añadir. No voy a dejar que me acosen —asegura—. Solo estuve cinco minutos allí.

—A mí también me tomaron declaración —comenta Richard—. Y tampoco me sacaron nada. —Sus ojos se vuelven hacia Marco—. Quiero decir, ¿qué les podía contar yo?

Marco siente una punzada de miedo. No se fía de Richard. Pero ¿sería capaz de soltar algo a la policía para traicionarle?

—No os han acusado de nada —dice Richard a Anne—, y tampoco creo que lo hagan; no veo cómo pueden hacerlo. Pero estoy de acuerdo con tu madre: si os representa un abogado defensor de los mejores, puede que dejen de avasallaros y de llamaros para tomaros declaración constantemente, y se centren en quién se llevó a Cora.

Durante toda la reunión en la mesa de la cocina, Richard está más frío que de costumbre con Marco. Apenas le mira. Todos lo han notado. Pero nadie tanto como Marco. «Qué estoico se muestra», piensa Marco, «después de perder sus cinco millones de dólares. No lo ha mencionado ni una sola vez. No hace falta». Pero también sabe lo que piensa: «Mi inútil yerno la ha vuelto a cagar». Marco se imagina a Richard sentado en el salón de su club de campo, bebiendo un licor caro y contándoselo a sus amigos. Que su yerno es un fracasado. Y que ha perdido a su adorada y única nieta y cinco millones de sus duramente ganados dólares por culpa de Marco. Y, lo que es peor, Marco sabe que esta vez es verdad.

—De hecho —prosigue Richard—, nos hemos tomado la libertad de contratar uno esta mañana.

—¿A quién? —pregunta Anne.

—Aubrey West.

Marco levanta la vista, claramente descontento.

—¿En serio?

—Es uno de los mejores abogados criminalistas del país, maldita sea —dice Richard, levantando un poco la voz—. Y lo vamos a pagar nosotros. ¿Algún problema?

Anne mira a Marco, pidiéndole silenciosamente que lo deje estar, que acepte el regalo.

—Tal vez —responde Marco.

—¿Qué hay de malo en tener el mejor abogado que podemos conseguir? —pregunta Anne—. Marco, no te preocupes por el dinero.

—No es el gasto lo que me preocupa —replica Marco—. Creo que es una exageración. Va a parecer que somos culpables y necesitamos un abogado que se ha hecho famoso por llevar grandes casos de asesinato que han recibido mucha atención pública. ¿No nos coloca eso con el resto de sus clientes? ¿No nos deja en mal lugar?

Se hace el silencio en torno a la mesa mientras lo sopesan. Anne se muestra preocupada. No lo había considerado desde ese punto de vista.

—Consigue que muchos culpables salgan libres, ¿y qué? Ese es su trabajo —contraataca Richard.

—¿Qué quieres decir con eso? —pregunta Marco, con un tono ligeramente amenazador. Anne parece estar a punto de vomitar—. ¿Crees que lo hicimos nosotros?

—No seas absurdo —contesta Richard, sonrojándose—. Solo estoy siendo práctico. Más vale buscar el mejor abogado que puedas permitirte. Porque la policía no te va a hacer ningún favor.

—Por supuesto que no creemos que tengáis nada que ver con la desaparición de Cora —interviene Alice, mirando a su marido en vez de a ellos—. Pero la prensa os está denigrando. Puede que este abogado sea capaz de poner fin a eso. Y creo que estáis siendo acosados por la policía, que no os ha acusado, pero os hace ir constantemente a comisaria con el pretexto de que son declaraciones voluntarias. Esto tiene que parar. Es acoso.

—La policía no tiene nada en vuestra contra —añade Richard—, así que puede que empiecen a recular un poco. Pero, si lo necesitáis, el abogado está ahí.

Anne se vuelve hacia Marco.

—Creo que deberíamos quedarnos con él.

—Vale —dice Marco—. Como quieras.

Cynthia y Graham llevan días discutiendo. Ya hace una semana de la nefasta cena, y siguen discutiendo. Graham no quiere hacer nada, prefiere fingir que el vídeo no existe o, mejor aún, destruirlo. Es lo más seguro que pueden hacer. Está intranquilo, porque sabe que lo correcto sería entregarle la grabación a la policía. Pero no es legal filmar a gente teniendo relaciones sexuales sin su consentimiento, y eso es lo que han estado haciendo. El vídeo muestra a Cynthia sobre el regazo de Marco, y se lo están pasando bien. Si Graham y Cynthia fueran acusados, supondría una catástrofe para la carrera de Graham. Es auditor de una compañía muy grande y muy conservadora. Si esto se supiera, sería el fin de su carrera.

Cynthia no parece interesada en hacer lo correcto. Lo que le importa es que el vídeo muestra a Marco entrando en su casa a las 00:31 la noche del secuestro, saliendo por la puerta trasera a las 00:33 con la niña en brazos y llevándola al garaje. Está allí alrededor de un minuto, y luego reaparece y se encamina al jardín de los Stillwell. Poco después es cuando empieza la parte del porno suave.

A Graham le horrorizó el hecho de que el tipo se llevara a su propia hija, pero se quedó indeciso, vacilante. Quería hacer lo correcto, pero no quería problemas. Y ahora ya es demasiado tarde para acudir a la policía. Les preguntarían por qué han tardado tanto. Cynthia y él se enfrentarían a problemas más serios que haber utilizado una cámara oculta para grabar actos sexuales clandestinamente: ahora podrían acusarles de ocultar pruebas de un secuestro o de obstrucción a la justicia, o algo así. De modo que Graham quiere hacer como si el vídeo no existiera. Quiere destruirlo.

Cynthia tiene sus propias razones para no ir a la policía con la grabación. Posee información sobre Marco, y seguro que eso vale dinero.

Le contará lo del vídeo. Seguro que pagará generosamente por él. No hace falta mencionárselo a Graham.

Sí, es una maniobra desalmada, pero ¿qué clase de hombre secuestra a su propia hija? Se lo tiene merecido.

22

Marco y Anne están sentados a la mesa de la cocina, intentando desayunar. Apenas han tocado las tostadas. Los dos viven esencialmente a base de café y desesperación.

Marco lee el diario en silencio. Anne mira por la ventana hacia el jardín trasero, sin ver nada. Hay días en que no soporta leer el periódico y se pregunta cómo Marco puede hacerlo. Otros días, lo recorre de la primera página a la última buscando cualquier noticia sobre el secuestro. Pero al final se lo acaba leyendo entero. No puede evitarlo. Es una costra que no puede dejar de tocarse.

Es muy extraño, piensa Anne, leer sobre uno mismo en el periódico.

De repente, Marco salta asustado.

—¿Qué pasa? —pregunta Anne.

No contesta.

Ella pierde el interés. Hoy es uno de sus días de odio a las noticias. No quiere saberlo. Se levanta y tira el café frío por el fregadero.

Marco contiene la respiración mientras lee. La noticia no es sobre el secuestro, pero sí lo es. Es el único que puede saber que guarda relación, y ahora piensa frenéticamente, tratando de decidir qué hacer al respecto.

Mira la foto del diario. Es él. No cabe duda.

Bruce Neeland, su cómplice, ha sido hallado muerto —salvajemente asesinado— en una cabaña en las montañas de Catskill. La noticia da muy pocos detalles, pero se sospecha de un robo con violencia. Tenía la cabeza destrozada a golpes. De no ser por la foto del hombre asesinado, Marco no se habría fijado en la breve noticia y toda la valiosa información que contiene. El periódico dice que su nombre es en realidad Derek Honig.

El corazón le late con violencia y trata de controlarlo. Bruce —cuyo nombre real no es Bruce— está muerto. El artículo no dice cuándo pudo ser asesinado. Eso podría explicar por qué no se puso en contacto con él cuando debía, y por qué tampoco contestaba a su móvil. Pero ¿quién le asesinó? ¿Y dónde está Cora? Marco se da cuenta horrorizado de que quienquiera que le mató también tuvo que llevarse a la niña. Y de que quien lo hiciera además debe de tener todo el dinero. Ha de llamar a la policía. ¿Pero cómo se lo cuenta sin revelar su terrible papel en todo esto?

Comienza a sudar. Levanta la vista hacia su esposa, que se encuentra delante del fregadero de espaldas a él. Hay una tristeza indescriptible en la caída de sus hombros.

Debe ir a la policía.

¿O está siendo estúpido? ¿Qué probabilidades hay de que Cora siga viva? Los cabrones tienen el rescate. A estas alturas ya la habrán matado.

Tal vez pidan más dinero. Si cabe la más mínima posibilidad de que su hija esté viva, debe informar a Rasbach de todo esto. ¿Cómo demonios puede hacerlo sin incriminarse?

Intenta pensar un modo. Bruce está muerto, así que ya no puede contar nada a nadie. Y él era el único que lo sabía. Si encuentran a su asesino o asesinos, aunque Bruce les hubiera confiado la participación de Marco, eso no sería prueba suficiente. Solo una habladuría infundada. No hay ninguna evidencia de que Marco sacara a Cora de su cuna y se la entregara en el garaje.

Puede que hasta sea bueno que Bruce haya muerto.

Tiene que decírselo a Rasbach, pero ¿cómo? Al mirar la fotografía del difunto, se le ocurre una idea. Le dirá al inspector que vio su imagen en el periódico y le reconoció. Le había visto rondando su casa. Se le había olvidado hasta que encontró la foto. Puede que no le crean, pero no se le ocurre nada más.

Está bastante seguro de que nadie le vio en ningún momento con Bruce. No cree que nadie pueda relacionarlos.

No podría vivir consigo mismo si no hace todo lo posible para encontrar a Cora.

Primero tiene que comentárselo a Anne. Piensa un minuto más, aún dudando, y luego dice:

—Anne.

—¿Qué?

—Mira esto.

Ella se acerca y, por encima de su hombro, busca con los ojos lo que él señala con el dedo. Observa la foto.

—¿Qué pasa? —pregunta.

—¿Le reconoces?

Vuelve a mirarla.

—Creo que no. ¿Quién es?

—Estoy seguro de que le he visto —dice Marco—. Por aquí.

—¿Por aquí, dónde?

—No sé decirte, pero me suena. Sé que le he visto hace poco, en el barrio, cerca de casa.

Anne se fija con más atención.

—¿Sabes? Creo que yo también le he visto antes, pero no sé dónde.

«Mejor todavía», piensa Marco.

Antes de ir a comisaría, Marco coge su portátil y busca más datos sobre el asesinato de Derek Honig en varios periódicos online. No quiere ninguna sorpresa.

No hay mucha información. El caso ha atraído poca atención. Derek Honig se había tomado una excedencia del trabajo para irse a su cabaña. Le encontró una mujer que la limpiaba una vez al mes. Vivía solo. Divorciado, sin hijos. Marco siente un escalofrío al leerlo. El hombre que conoció como Bruce le dijo que tenía tres niños y que sabía cómo cuidar de un bebé, y Marco le creyó. Ahora le asombra lo que ha hecho. Entregar a su hija a alguien que ha resultado ser un completo desconocido, creyendo que él la cuidaría. ¿Cómo pudo hacerlo?

Anne y Marco se presentan en comisaría sin avisar. Les devolvieron el Audi la tarde anterior. Marco lleva el periódico fuertemente agarrado en la mano y pregunta por el inspector Rasbach en el mostrador de la entrada. Está allí, aunque sea sábado.

—¿Tiene un minuto? —pregunta Marco a Rasbach.

—Claro —contesta el inspector, y les acompaña a la sala que ya les es familiar. Jennings va inmediatamente detrás de él y coge otra silla. Los cuatro toman asiento, unos frente a otros.

Marco deja el periódico sobre la mesa delante de Rasbach y señala la fotografía del hombre asesinado.

El inspector observa la imagen, lee por encima el breve artículo. Luego levanta la vista del diario y dice:

—¿Sí?

—Le reconozco —explica Marco. Sabe que parece nervioso, aunque está intentando evitarlo por todos los medios. Mira al inspector deliberadamente a los ojos—. Creo que le vi merodeando las últimas dos semanas antes de que Cora fuera secuestrada.

—¿Dónde le vio? —pregunta Rasbach.

—Ese es el problema —contesta Marco, evasivo—. No estoy seguro. Pero, en cuanto lo encontré en la foto, supe que le había visto hace poco, y más de una vez. Creo que fue cerca de nuestra casa, en el barrio. En nuestra calle.

Rasbach observa atentamente a Marco, apretando los labios.

—Anne también le reconoce —añade Marco asintiendo con la cabeza hacia su mujer.

Rasbach mira a Anne.

Anne asiente.

—Le he visto antes, pero no sé dónde.

—¿Está segura?

Ella vuelve a asentir.

—Esperen aquí un momento —dice Rasbach. Jennings y él salen de la sala.

Anne y Marco esperan en silencio. No desean hablar entre ellos delante de la cámara. Marco tiene que hacer un esfuerzo consciente para dejar de moverse nerviosamente. Quiere levantarse y ponerse a caminar por la habitación, pero se obliga a quedarse sentado.

Por fin, Rasbach vuelve.

—Subiré hoy mismo. Si encuentro algo relevante para su caso, me pondré en contacto con ustedes.

—¿Cuánto cree que tardaremos en tener noticias suyas? —pregunta Marco.

—No lo sé. Les llamaré tan pronto como pueda —promete Rasbach.

Lo único que pueden hacer Marco y Anne es irse a casa y esperar.

23

Ya en casa, Marco está intranquilo. Camina de un lado a otro, poniendo nerviosa a Anne. Empiezan a hablarse con aspereza.

—Creo que iré a la oficina —dice él bruscamente—. Tengo que quitarme todo esto de la cabeza y recuperar el contacto con algunos de mis clientes. Antes de que ya no me quede ninguno.

—Buena idea —contesta Anne, deseando que se vaya. Ojalá pudiera tener una larga conversación con la doctora Lumsden. La doctora contestó rápidamente al mensaje urgente que Anne le dejó en su buzón de voz, y, aunque fue muy comprensiva y la ayudó mucho, aquella conversación ni de lejos ha sido suficiente. Lumsden le sugirió que acudiera al sustituto que estaba llevando a sus pacientes durante su ausencia.

Pero Anne no quiere hablar con un médico al que no conoce.

Le da vueltas a la idea de plantarle cara a Cynthia. No cree que ella se llevara a su hija, hoy no. Pero sí le gustaría saber qué está pasando entre ella y su marido. Y es posible que se esté centrando en lo que podría haber entre su esposo y su vecina, porque no es tan doloroso como pensar en lo que le ha ocurrido a su hija.

Anne sabe que Cynthia se encuentra en casa. De vez en cuando la oye al otro lado de la pared común. También sabe que Graham está fuera de nuevo, porque esta mañana le vio subiéndose con maletas a una limusina negra del aeropuerto desde la ventana del dormitorio. Podría ir allí, leerle la cartilla a Cynthia y decirle que se mantenga alejada de su marido. Anne deja de caminar de un lado a otro y mira el muro que comparten en el salón, tratando de decidir qué hacer. Cynthia se halla justo al otro lado.

Pero no se atreve. Está demasiado alterada. Le dijo al inspector que había oído la conversación, pero todavía no se ha enfrentado a Marco. Y él tampoco le ha dicho nada al respecto. Parecen tener la nueva norma de evitar hablar de cosas difíciles. Antes se contaban todo; bueno, casi todo. Pero, desde que tuvieron a la niña, las cosas han sido distintas.

La depresión le hizo perder interés. Al principio, Marco le compraba flores, bombones, tenía detalles con ella para animarla, pero nada de eso funcionaba. Entonces empezó a dejar de contarle cómo le había ido el día, o cómo marchaba la empresa. Ella tampoco podía charlar de su trabajo, porque ya no tenía uno. Ya casi no sabían de qué hablar, salvo de la niña. Tal vez Marco tenía razón. Tal vez debería haber vuelto a trabajar.

Debe enfrentarse a él, y hacerle prometer que nunca más tendrá nada que ver con Cynthia. No es de fiar. Se acabó su amistad con los Stillwell. Si le revela a Marco todo lo que sabe, y le dice lo que oyó desde lo alto de las escaleras, él se sentirá fatal. Ya se siente fatal. No tiene ninguna duda de que entonces se alejará de Cynthia. No tendrá que volver a preocuparse de eso.

Si sobreviven a todo esto, ella le hablará de Cynthia y él se verá obligado a hablarle sobre el negocio. Tendrán que empezar a ser más sinceros el uno con el otro de nuevo.

Anne siente la necesidad de limpiar, pero la casa ya está impoluta. Es extraña la energía que tiene ahora, en medio del día, alimentada por la ansiedad. Cuando cuidaba de Cora, se pasaba el día arrastrándose del cansancio. Ahora mismo estaría rezando por que Cora se durmiera una siesta. Se le escapa un gemido.

Ha de mantenerse ocupada. Empieza en el recibidor, limpiando la rejilla antigua que cubre el conducto de aire. Las volutas de hierro están cubiertas de polvo y hay que frotarlas a mano. Coge un cubo de agua caliente y un trapo y se sienta en el suelo junto a la puerta, comienza a limpiarla, metiéndose hasta el fondo de las ranuras. Le calma.

Mientras está allí sentada, de pronto llega el correo, que cae en cascada a través de la ranura de la puerta en el suelo a su lado, asustándola. Anne observa la pila de sobres y se queda inmóvil. Probablemente más cartas de odio. No puede con ellas. Pero ¿y si hubiera algo más? Deja el trapo mojado, se seca las manos en los vaqueros y revisa el montón. No hay ninguna con una dirección escrita a máquina en una etiqueta, como la que tenía el paquete con el pijama verde. Anne se da cuenta de que está conteniendo la respiración y se permite exhalar.

No abre ningún sobre. Le gustaría tirarlos, pero Marco le ha hecho prometer que lo guardaría todo. Él los revisa cada día, por si los secuestradores intentan ponerse en contacto con ellos otra vez. Pero no le cuenta qué contienen.

Anne coge el cubo y el trapo y se va al piso de arriba a limpiar las rejillas. Empieza por el despacho que hay al final del rellano. Al sacar la rejilla ornamental original para limpiarla con más facilidad, ve algo pequeño y oscuro dentro del conducto del aire. Asustada, mira con más atención, temiendo que sea un ratón muerto, tal vez incluso una rata. Pero no es una rata. Es un teléfono móvil.

Anne mete la cabeza entre las rodillas y trata de concentrarse en no desmayarse. Parece un ataque de pánico, como si toda la sangre se le escurriera del cuerpo. Ve puntos negros delante de los ojos. Tras unos instantes, la sensación de desmayo se disipa y levanta la cabeza. Mira el móvil dentro del conducto. Parte de ella quiere volver a poner la rejilla, bajar a por una taza de té y hacer como si no lo hubiera visto. Pero extiende la mano para cogerlo. El teléfono se encuentra pegado a un lateral. Tira con fuerza, y lo despega. Estaba sujeto a la pared interior con cinta americana plateada.

Observa el aparato. No lo había visto antes. No es el de Marco. Ella conoce su móvil. Siempre lo lleva encima. Pero no puede mentirse a sí misma. Alguien escondió este móvil en su casa, y ella no fue.

Marco tiene un móvil secreto. ¿Por qué?

Lo primero que le viene a la cabeza es Cynthia. ¿De verdad tienen una aventura? ¿O es con otra? A veces vuelve muy tarde del trabajo. Ella ha estado gorda y triste. Pero hasta aquella noche con Cynthia, no creyó que de veras pudiera estar siéndole infiel. Puede que no se haya dado cuenta. Puede que haya sido una auténtica tonta. La esposa es siempre la última en enterarse, ¿no?

El móvil parece nuevo. Lo enciende y se ilumina. Así que lo ha mantenido cargado. Pero ahora debe trazar un patrón en la pantalla para desbloquearlo. No tiene ni idea de cuál es. Ni siquiera sabe cómo se desbloquea el teléfono «oficial» de Marco. Hace varios intentos, pero acaba colgándose después de demasiadas tentativas.

«Piensa», se dice a sí misma, pero no puede. Se queda sentada, atontada, con el móvil en la mano, inerte.

Muchas cosas pasan por la cabeza del inspector Rasbach de camino a la escena del crimen en las Catskill. Piensa en la entrevista de esa misma mañana con Marco y Anne Conti.

Sospecha que así es como Marco le está diciendo que el hombre asesinado era su cómplice, y que le está pidiendo ayuda para recuperar a su hija. Los dos son conscientes de que probablemente ya es un poco tarde para eso. Marco sabe que Rasbach cree que él secuestró a Cora y que le han engañado. Evidentemente el hombre asesinado tuvo algo que ver con ello. Debe de ser el individuo misterioso que conducía el coche por el callejón a las 00:35 aquella noche. ¿Y qué mejor sitio para esconder a un bebé que en una cabaña aislada?

Es probable que la niña estuviera viva cuando salió de casa de los Conti, piensa Rasbach, de lo contrario Marco no acudiría a él ahora. Se está arriesgando mucho, pero es evidente que está desesperado. Si lo que Rasbach cree es cierto, la madre queda libre de toda sospecha. Al margen de que pudiera tener problemas mentales, ella no mató a la niña.

Será muy interesante ver lo que encuentra en la escena del crimen.

Mientras tanto, Jennings busca alguna conexión entre Marco y el difunto, Derek Honig. Tal vez encuentren algo, por muy tenue que sea, que los vincule. Rasbach no lo ve muy probable, de lo contrario Marco no habría acudido a él. Pero Derek Honig está muerto, así que quizás Marco piense que puede permitirse ese riesgo, a cambio de una leve posibilidad de recuperar a Cora.

Rasbach parece convencido de que Marco quiere a su hija, de que nunca quiso que sufriera ningún daño.

Casi siente lástima por él. Pero entonces piensa en la niña, que probablemente esté muerta, y en la madre destrozada, y su empatía desaparece.

—Gire aquí —le dice al agente que conduce el coche patrulla.

Cogen la salida de la autopista y avanzan por un solitario camino de tierra durante un rato. Por fin llegan a un desvío. El vehículo se mueve a trompicones por un sendero de entrada lleno de baches y cubierto de maleza que desemboca en una sencilla cabaña de madera, rodeada con cinta amarilla para señalar la escena de un crimen. Allí hay otro coche patrulla, que evidentemente les está esperando.

Se detienen y se bajan. Rasbach agradece poder estirar las piernas.

—Inspector Rasbach —dice presentándose al policía local.

—Agente Watt, señor. Por aquí.

Rasbach mira a su alrededor, sin perderse un solo detalle. De un vistazo al otro lado de la cabaña ve un pequeño lago desierto. No hay más construcciones a la vista. Un lugar perfecto para esconder a una niña unos días, piensa Rasbach.

Entra en la cabaña. El interior es un clásico de los años setenta, con un horrible suelo de linóleo en la cocina, mesa de formica y armarios pasados de moda.

—¿Dónde estaba el cuerpo? —pregunta Rasbach.

—Ahí —contesta el agente, inclinando la cabeza hacia la habitación principal. Los muebles en su interior son viejos y desparejos. No cabe duda de dónde estaba el cadáver. La raída alfombra beis se encuentra manchada de sangre reciente.

Rasbach se agacha para observar mejor.

—¿El arma del crimen?

—La hemos llevado al laboratorio. Usó una pala. Le golpeó en la cabeza, varias veces.

—La cara, ¿está reconocible? —pregunta Rasbach, volviéndose a mirar al agente.

—Destrozada, pero reconocible.

Rasbach se incorpora, pensando si debería llevar a Marco a la morgue a verlo. *Esto es a lo que estás jugando.*

—¿Cuál es la hipótesis?

—¿A primera vista? Creemos que una chapuza de robo, pero, entre usted y yo, aquí no hay nada que llevarse. Es un sitio bastante aislado. Puede que un asunto de drogas que salió mal.

—O un secuestro.

—O un secuestro. —El agente añade—: Parecía algo personal, por cómo le golpearon varias veces en la cabeza. Quiero decir, que estaba muerto y bien muerto.

—¿Y no hay rastro de cosas de bebé? Pañales, biberones, ¿nada? —dice Rasbach, pasando la mirada por toda la cabaña.

—No. Si hubo un bebé aquí, quienquiera que se lo llevara limpió bastante bien.

—¿Qué hacía con la basura?

—Creemos que parte la quemaba en la estufa de leña, ahí, así que la revisamos, y también encontramos una hoguera fuera. Pero no queda nada de basura, ni en la estufa ni en la hoguera. Así que o la víctima acababa de ir al vertedero o alguien limpió. Hay un vertedero a unos treinta kilómetros de aquí. Apuntan las matrículas, y en la última semana no estuvo allí.

—Así que no es una chapuza de robo. Nadie que entra a robar mata a alguien y se deshace de toda su basura.

—No.

—¿Dónde está su coche?

—En el laboratorio.

—¿De qué marca es?

—Es un híbrido, un Prius V. Black.

«Bingo», piensa Rasbach. Tiene el presentimiento de que los neumáticos encajarán con las huellas del garaje de los Conti. Y, por mucho que limpiaran, si la niña estuvo aquí un par de días, habrá rastros de ADN. Puede que se encuentren ante el primer avance importante en el secuestro de la pequeña Cora.

Puede que, por fin, estén haciendo progresos.

arco se encuentra en su oficina, contemplando la vista, con la mirada perdida. No está ninguno de sus empleados. Y, al ser sábado, el resto del edificio también permanece tranquilo, lo cual agradece.

Piensa en la reunión que Anne y él tuvieron esa misma mañana con el inspector Rasbach. Rasbach lo sabe, está seguro. Parece que sus ojos pueden leerle el pensamiento. La verdad es que podría haberse levantado y haber dicho: «Este es el hombre con el que conspiré para que se llevara a Cora un par de días y negociara el dinero del rescate. Ahora está muerto. He perdido el control de las cosas. Necesito su ayuda».

Ya tienen un abogado. Uno famoso por conseguir que la gente salga absuelta —gente absolutamente culpable—. Marco se da cuenta de que eso le viene bien. No habrá más interrogatorios sin que el abogado esté presente. Ya no le importa su reputación; ahora se trata de evitar la cárcel y de que Anne no se entere.

Suena su móvil. Mira la pantalla. Es Cynthia. Esa zorra. ¿Por qué le llamará? Por un instante duda si contestar o dejar que salte el buzón de voz, pero al final lo coge.

—¿Sí? —Su voz suena fría. Nunca le perdonará que mintiera a la policía.

—Marco —ronronea ella, como si los últimos días no hubieran existido, como si la niña no hubiera desaparecido y todo estuviera como antes. Cómo desearía que así fuera.

—¿Qué pasa? —pregunta Marco. Quiere abreviar.

—Tengo que hablar contigo de un asunto —dice Cynthia, con tono un poco más expeditivo—. ¿Puedes pasar por casa?

—¿Para qué? ¿Quieres disculparte?

—¿Disculparme? —Suena sorprendida.

—Por mentir a la policía. Por decirles que yo me insinué a ti cuando los dos sabemos que fuiste *tú* quien lo hizo.

—Ah, eso; lo siento. Sí que mentí —dice, tratando de sonar jocosa.

—¡Qué coño! ¿Que lo *sientes*? ¿Tienes idea del lío en que me has metido?

—¿Podemos hablar de ello? —Ya no suena alegre.

—¿Por qué hay que hablar de ello?

—Te lo explicaré cuando llegues —dice Cynthia, y cuelga el teléfono de golpe.

Marco se queda sentado ante su mesa durante cinco minutos, tamborileando con los dedos sobre su superficie, tratando de decidir qué hacer. Por fin se levanta, baja las persianas, sale de su oficina y va hacia la puerta. Le da miedo ignorar a Cynthia. No es la clase de mujer a la que conviene ignorar. Más vale escuchar lo que tenga que decir.

Cuando llega al barrio, Marco se da cuenta de que, si va a ver a Cynthia, aunque sea un par de minutos, es mejor que Anne no lo sepa. Y quiere evitar a los periodistas. Así que sería buena idea no aparcar delante de su puerta. Si deja el coche en el garaje, puede pasar al jardín de los vecinos por detrás, entrar un par de minutos y luego volver a casa.

Aparca el Audi en su garaje, pasa por la puerta de atrás y llama. Se siente furtivo, culpable, como si estuviera engañando a su mujer. Pero no es así: solo desea saber qué tiene que decirle Cynthia y luego se largará de allí. Él no quiere mentir a su mujer. Mira sin propósito hacia el patio mientras espera a que Cynthia le abra. Aquí es donde estaba sentado cuando ella se subió a su regazo.

Cynthia abre la puerta. Parece sorprendida.

—Creía que vendrías por la puerta delantera —comenta. Es como si estuviera insinuando algo. Pero no coquetea tanto como de costumbre. Marco ve desde el principio que no está en plan sexy. Bueno, él tampoco.

Entra en la cocina.

—¿De qué se trata? —dice Marco—. Tengo que ir a casa.

—Me parece que para esto tendrás un par de minutos —responde Cynthia, mientras se echa hacia atrás apoyándose contra la encimera de la cocina y cruzando los brazos bajo el pecho.

—¿Por qué mentiste a la policía? —pregunta de repente Marco.

—Fue solo una mentirijilla —contesta Cynthia.

—No lo fue.

—Me gusta mentir. Igual que a ti.

—¿Qué quieres decir? —replica él enfadado.

—Tú *vives* en una mentira, ¿verdad, Marco?

Empieza a sentir un escalofrío. Es imposible que lo sepa. No puede ser. ¿Cómo podría saberlo?

—¿De qué demonios estás hablando? —Sacude la cabeza como si no tuviera ni idea de lo que quiere insinuar.

Cynthia le lanza una larga y fría mirada.

—Siento tener que decirte esto, Marco, pero Graham tiene una cámara oculta en el jardín trasero. —Marco calla, se ha quedado helado—. Y estaba grabando la noche en que tú y yo nos encontrábamos allí, la noche en que tu hija desapareció.

«Lo sabe», piensa Marco. «Joder. Joder». Rompe a sudar. Observa su preciosa cara, que ahora le resulta asquerosa. Es una zorra manipuladora. Puede que sea un farol. Sí, él también sabe ir de farol.

—¿Teníais la cámara encendida? ¿Tenéis alguna imagen del secuestrador? —pregunta, como si las noticias fueran buenas.

—Huy, sí —responde ella—. Y tanto.

Marco sabe que está acabado. Le tiene en vídeo. Lo ve en su cara.

—Fuiste tú.

—¡Qué gilipollez! —dice Marco resoplando, haciendo como si no se creyera una sola palabra. Pero sabe que es inútil.

—¿Te gustaría verlo?

Le gustaría romperle el cuello.

—Sí —contesta.

—Ven conmigo —dice Cynthia, y se gira para ir al piso de arriba.

Marco la sigue al dormitorio, el que comparte con Graham. Piensa en lo tonta que es, invitando a su habitación a un hombre al que sabe capaz de secuestrar. No parece estar asustada. Da la impresión de tener todo controlado. Eso es lo que le gusta: controlar, mover los hilos de la gente y verles bailar. También le gusta el picante, el riesgo. Está claro que le va a intentar chantajear. Marco se pregunta si se lo va a permitir.

Hay un ordenador portátil abierto sobre la cama. Cynthia aprieta varias teclas, y comienza a reproducir un vídeo, con fecha y hora. Marco parpadea rápidamente mientras lo ve. Ahí está él, tocando la bombilla del detector, entrando en la casa. Sale un par de minutos después, con Cora en los brazos, envuelta en su manta blanca. No cabe duda de que es él. Echa un vistazo a su alrededor para asegurarse de que nadie le observa. Mira casi directamente a la cámara, pero no tiene ni idea de que está ahí. Entonces va rápidamente hasta la puerta de atrás del garaje y vuelve a aparecer un minuto después, atravesando el césped del jardín, sin la niña. Se le olvidó volver a ajustar la bombilla del detector. Viéndolo ahora, después de todo lo que ha pasado, Marco siente un remordimiento, una culpa, una vergüenza avasalladores.

Y también rabia por que le hayan cogido. Que le haya cogido ella. Ahora se lo enseñará a la policía. Se lo enseñará a Anne. Está acabado.

—¿Quién más ha visto esto? —inquiere. Le sorprende lo normal que suena su voz.

Cynthia ignora la pregunta.

—¿La has matado? —desea saber, casi con la misma jocosidad de siempre.

Le da asco Cynthia, esa curiosidad insensible y morbosa. No contesta. ¿Quiere que ella le crea capaz de matar?

—¿Quién más? —repite, mirándola ferozmente.

—Nadie —responde ella, mintiendo.

—¿Graham?

—No, no la ha visto —contesta Cynthia—. Le dije que comprobé la cámara, pero que no tenía batería. Ni siquiera lo puso en duda. No sabe nada de esto. —Añade—: Ya conoces a Graham. No es de los que se interesan mucho.

—Entonces, ¿por qué me lo enseñas? —pregunta Marco—. ¿Por qué no has ido directa a la policía?

—¿Por qué iba a hacer eso? Somos amigos, ¿no? —responde, mirándole con una sonrisa tímida.

—Déjate de chorradas, Cynthia.

—Muy bien. —La sonrisa desaparece—. Si quieres que me guarde este vídeo, te va a costar dinero.

—Pues hay un pequeño problema, Cynthia —replica Marco, con la voz muy controlada—, porque no tengo dinero.

—Venga, hombre. Algo tendrás...

—Estoy sin un céntimo —dice fríamente—. ¿Por qué crees que secuestré a mi propia hija? ¿Para divertirme?

Marco ve la decepción en los ojos de Cynthia mientras se replantea sus expectativas.

—Puedes hipotecar tu casa, ¿no?

—Ya está hipotecada.

—Hipotécala un poco más.

Zorra calculadora.

—No puedo. No sin que se entere mi mujer, claro.

—Entonces puede que tengamos que enseñarle el vídeo a Anne también.

Marco da un paso repentino hacia ella. No tiene que representar el papel de hombre desesperado: *es un* hombre desesperado. Podría estrangularla ahora mismo si quisiera. Sin embargo, Cynthia no parece asustada, sino excitada. Le brillan los ojos y puede ver cómo sus pechos suben y bajan con cada respiración. Quizá lo que quiera sea sentir el peligro, que lo desee más que nada. Emoción. Tal vez quiera que la tire sobre la cama que tienen al lado. Por un instante, se lo plantea. Si lo hace, ¿no le chantajearía? Probablemente, no.

—No vas a mostrar ese vídeo a nadie.

Ella se toma su tiempo para contestar. Le mira fijamente a los ojos. Sus caras están a pocos centímetros.

—Preferiría no tener que hacerlo, Marco. Preferiría que quedase entre nosotros dos. Pero tienes que colaborar un poco. Seguro que puedes reunir algo de dinero.

Marco piensa frenéticamente. No tiene dinero. No sabe cómo conseguirlo. Tiene que ganar tiempo.

—Mira, dame un poco de margen para solucionarlo. Ya sabes el desastre que es mi vida ahora mismo.

—Las cosas no han salido exactamente como pensabas, ¿eh? —dice ella—. Supongo que esperabas recuperar a la niña.

Quiere golpearla, pero se contiene.

Ella le observa con mirada calculadora.

—Está bien. Te daré más tiempo. No le enseñaré el vídeo a nadie, por ahora.

—¿De cuánto dinero estamos hablando?

—Doscientos mil.

Es menos de lo que Marco esperaba. Hubiera imaginado que le pediría más, una cantidad más acorde con su carácter extravagante. Pero, si le paga, ella le pedirá más, y más; así es como funcionan los chantajistas. Nunca te escapas de sus garras. Así que la cantidad que le ha dicho ahora no significa nada. Aunque se la pague y ella destruya el vídeo delante de él, nunca tendrá la certeza de que no existen copias. Su vida está completamente destrozada, en muchos frentes.

—Me parece justo —dice Cynthia.

—Me voy. Mantente alejada de Anne.

—Lo haré. Pero, si me impaciento, si no sé nada de ti, puede que llame.

Marco la aparta al salir del dormitorio, baja las escaleras y atraviesa las puertas de vidrio de la cocina sin mirar atrás. Está tan furioso que no puede pensar racionalmente. Furioso y aterrado. Hay pruebas. Pruebas de que se llevó a la niña. Eso lo cambia todo. Anne se enterará. Y podría ir a la cárcel mucho tiempo.

En ese momento le parece imposible que las cosas puedan empeorar. Entra en el jardín trasero de su casa desde el de Cynthia. Anne se encuentra ahí, regando las plantas.

Sus miradas se encuentran.

25

Anne ve a Marco saliendo del jardín de Cynthia, y no puede creer sus ojos. Se queda atónita y perfectamente inmóvil, con la regadera en la mano. Marco ha estado en casa de los vecinos. ¿Por qué? Solo hay una razón por la que iría a casa de Cynthia. Aun así se lo pregunta, desde el otro lado del jardín.

—¿Qué hacías allí? —Su voz suena fría.

Marco pone la misma cara de cordero degollado de siempre, cuando le cogen con las manos en la masa y no sabe qué hacer. Nunca se le ha dado bien improvisar. A Anne casi le da lástima. Pero no, no puede sentir lástima porque en este momento le odia. Suelta la regadera y pasa corriendo por delante de él hasta llegar a la casa.

Él la sigue, desesperado.

—¡Anne, espera!

Pero Anne no espera. Corre al piso de arriba, sollozando en voz alta.

Marco la sigue de cerca por las escaleras, rogándole que hablen, que le deje explicárselo.

Aunque no tiene ni idea de cómo lo va a hacer. ¿Cómo explicarle por qué entró a hurtadillas en casa de Cynthia sin revelarle la existencia del vídeo?

Marco cree que ella entrará en el dormitorio y se tirará sobre la cama llorando, que es lo que suele hacer cuando está disgustada. Tal vez dé un portazo y cierre la puerta con pestillo. Ya lo ha hecho antes. Al final volverá a salir, y eso le dará tiempo para pensar.

Pero Anne no corre a su dormitorio ni se lanza sobre la cama llorando. Ni se encierra en la habitación. Lo que hace es correr por el rellano hasta el despacho. Él va detrás. Ve cómo se arrodilla de golpe delante de la rejilla del conducto de aire.

No. Dios. No.

Anne arranca la rejilla, mete la mano y despega el teléfono del lateral del conducto. Marco empieza a tener náuseas. Ella pone el teléfono en la palma de su mano, se lo enseña, con lágrimas cayéndole por las mejillas.

—¿Qué demonios es esto, Marco?

Marco se queda helado. No puede creer lo que está pasando. De repente, le entran ganas de reír, y tiene que contenerse. La verdad es que todo resulta cómico. El vídeo de Cynthia. Esto. *¿Qué demonios le va a decir?*

—Así es como te has estado comunicando con Cynthia, ¿no? —dice Anne, con tono acusador.

Marco se queda mirándola, atontado por un momento. Está a punto de decir: «¿Por qué iba a usar un móvil para llamar a Cynthia cuando está en la casa de al lado?». Su duda le sugiere algo distinto a Anne.

—¿O es otra persona?

Marco no puede contarle la verdad, que el teléfono escondido que tiene en la mano era la única forma de comunicarse con su cómplice en el secuestro de Cora. Con el hombre que ahora está muerto. Marco ha escondido un móvil de prepago e ilocalizable en la pared para llamar a su compinche en un crimen imperdonable. Ella cree que tiene una aventura, con la vecina o con otra mujer. Su instinto inmediato es mantenerla alejada de Cynthia. Algo se inventará.

—Lo siento —empieza a decir—. No es Cynthia, te lo juro.

Anne grita y le arroja el teléfono con fuerza. Le golpea la frente y cae al suelo. Marco siente un dolor punzante encima del ojo derecho.

Con tono suplicante, añade:

—Ya se acabó, Anne. No significó nada. Fueron solo unas semanas, justo después de nacer Cora, y cuando estabas tan... Fue un error. No quería hacerlo: simplemente pasó. —Está soltando todas las excusas que se le ocurren.

Ella le mira con rabia y desprecio, con la cara empapada de lágrimas, moqueando y con el pelo enmarañado.

—A partir de ahora puedes dormir en el sofá —dice amargamente, con la voz calada de dolor—, hasta que decida qué voy a hacer. —Le aparta de un empujón y se mete en el dormitorio dando un portazo. Marco oye el ruido del pestillo.

Recoge lentamente el móvil del suelo. Se toca la frente en el sitio donde le ha golpeado; tiene los dedos ensangrentados. Distraídamente, enciende el teléfono, y de manera automática dibuja un patrón para desbloquearlo. Hay un registro de todas sus llamadas. Todas son al mismo número. Todas sin contestar.

Marco intenta sobreponerse al miedo y la confusión. ¿Quién puede saber que Bruce tenía a Cora? ¿Le contó Bruce su plan a alguien, alguien que le traicionó? Es poco probable. ¿O es que se descuidó? ¿Vio alguien a la niña y la reconoció? Tampoco es probable.

Inconscientemente, Marco mira otra vez al móvil en su mano, y de pronto ve el símbolo de llamada perdida. La última vez que lo miró no aparecía. Evidentemente, el teléfono estaba en silencio. ¿Quién podría llamarle desde el teléfono de Bruce? Bruce ha muerto. Marco da a «Rellamada», con el corazón latiéndole a martillazos. Da tono. Una vez, dos veces.

Y entonces oye una voz que reconoce.

—Me preguntaba cuándo llamarías.

Anne llora hasta quedarse dormida. Cuando despierta, ya es de noche. Permanece tumbada sobre la cama, tratando de oír algún ruido en la casa. No escucha nada. Se pregunta dónde estará Marco. ¿Puede soportar verle siquiera? ¿Debería echarle de casa? Se abraza a la almohada con fuerza y piensa.

Si le hace marcharse ahora mismo no daría buena impresión. La prensa se les tiraría encima como buitres. Parecerían más culpables que nunca. ¿Se separarían si fueran inocentes? Es posible que la policía les detuviera. ¿Acaso le importa ya?

A pesar de todo, Anne sabe que Marco es un buen padre, que quiere a Cora. Lo está pasando tan mal por la niña como ella. Sabe que no tuvo nada que ver con la desaparición, a pesar de lo que le dijo la policía y lo que insinuaban con sus preguntas taimadas y sus suposiciones. No puede echarle, al menos de momento, aunque solo pensar en él con otra mujer le enferma.

Anne cierra los ojos y trata de recordar aquella noche. Es la primera vez que intenta evocar el momento en que estuvo en aquella habitación la noche en que desapareció Cora. Lo ha estado evitando. Pero ahora lo visualiza en su mente: la última vez que vio a su bebé. Cora en la cuna. La habitación a oscuras. La niña estaba boca arriba, con sus brazos regordetes estirados junto a la cabeza, y su pelo rubio y rizado pegado sobre la frente por el calor. El ventilador del techo daba vueltas lentamente. La ventana de la habitación se encontraba abierta, pero aun así hacía un calor asfixiante.

Ahora lo recuerda. Estaba de pie mirando los puñitos de su hija, y sus piernas desnudas flexionadas. Hacía demasiado calor para taparla. Reprimió el impulso de estirar la mano y acariciarle la cabeza, temiendo despertarla. Quería cogerla en brazos, hundir su cara en el cuello de la niña y llorar, pero se contuvo. La inundaban los sentimientos —sobre todo amor y ternura, pero también impotencia, desesperación e inutilidad— y se sentía avergonzada.

Allí, junto a la cuna, intentaba no culpabilizarse, pero le costaba. Se culpaba por no poder estar eufórica con su maternidad. Por estar deshecha. Pero su hija..., su hija era perfecta. Su preciosa niña. No era culpa de su hijita. Nada de aquello era su culpa.

Anne quería permanecer en el cuarto de Cora, sentarse en el cómodo sillón donde le daba el pecho y quedarse dormida. Pero lo que hizo fue salir de puntillas de la habitación y volver a la cena en la casa de al lado.

No puede recordar nada más de aquella última visita a medianoche. No zarandeó a la niña, ni se le cayó. Esa vez no. Ni siquiera la cogió. Recuerda muy claramente que no lo hizo ni tampoco la tocó cuando pasó rápidamente a medianoche, porque temía despertarla. Porque, cuando le había dado el pecho a las once, Cora estaba nerviosa. Se despertó y se puso difícil. Anne le dio de mamar, pero luego no se calmaba. Se puso a caminar con ella en brazos, le cantó. Puede que le diera una bofetada. Sí; pegó a su hija. Siente náuseas de vergüenza al recordarlo.

Anne se encontraba cansada y frustrada, enfadada por lo que estaba pasando entre Marco y Cynthia en la cena. Lloraba. No recuerda que Cora se le resbalara ni haberla sacudido. Pero tampoco haberle cambiado el pijama. ¿Por qué no se acuerda? Si no recuerda haberle cambiado el pijama, ¿qué más no recuerda? ¿Qué hizo después de darle una bofetada?

Cuando la policía sacó el tema del pijama rosa, dijo lo que creía que debía de haber pasado: que ella le cambió de ropa. A menudo lo hacía después de darle el pecho por última vez, cuando le ponía un nuevo pañal. Sabe que debió de hacerlo. Pero no puede recordarlo.

Siente un escalofrío en lo más profundo del alma. Se pregunta si tal vez hizo algo a la niña tras la última toma de las once. La golpeó, pero después de eso no recuerda nada. ¿Hizo algo aún más terrible? ¿Lo hizo? ¿La mató? ¿La encontró Marco muerta a las doce y media, se imaginó lo peor y la encubrió? ¿Llamó a alguien para que se llevara a Cora? ¿Era esa la razón de que quisiera quedarse más tiempo en la cena, para dar margen a la otra persona para cogerla? Anne intenta recordar desesperadamente si la niña aún respiraba a medianoche. No lo consigue. No puede estar segura. Se muere de terror y remordimiento.

¿Será capaz de preguntárselo a Marco? ¿De verdad quiere saberlo?

26

Cuando oye la voz de su suegro, Marco se derrumba en el suelo. En su confusión e incredulidad, no es capaz de hablar.

—¿Marco? —pregunta Richard.

—Sí. —Su voz suena muerta, hasta en sus propios oídos.

—Sé lo que hiciste.

—Lo que hice —repite Marco en un tono monocorde. Aún está intentando entenderlo todo. *¿Por qué tiene el padre de Anne el móvil de Derek Honig? ¿Lo encontró la policía en la escena del asesinato y se lo dio? ¿Es una trampa?*

—Secuestrar a tu propia hija por un rescate. Robar a los padres de tu mujer. Como si no te hubiéramos dado bastante ya.

—¿De qué estás hablando? —dice Marco a la desesperada, tratando de ganar tiempo, de encontrar una salida en una situación tan extraña. Intenta contener el impulso aterrorizado de colgar. Tiene que negarlo, negarlo, negarlo. No hay pruebas de nada. Pero entonces recuerda el vídeo de Cynthia. Y ahora esta llamada. ¿Qué implicaciones tiene esta llamada exactamente? Si la policía ha encontrado el teléfono de Derek, si están escuchando ahora mismo, ahora que él ha descolgado al otro lado de la línea, tendrán todas las pruebas que les hacen falta de que Marco estaba confabulado con Derek.

Sin embargo, puede que la policía no sepa nada del teléfono. Las implicaciones de *eso* son escalofriantes. Marco se queda helado.

—Venga, Marco —dice Richard—. Sé un hombre por una vez en tu vida.

—¿Cómo has conseguido ese teléfono? —pregunta. Si la razón no es que la policía lo haya encontrado y se lo haya dado a su suegro para atraparle, entonces Richard tuvo que conseguirlo directamente de Derek. ¿Fue Richard quien le mató?—. ¿Tienes *tú* a Cora, hijo de puta? —sisea Marco, desesperado.

—No. Todavía no. Pero la voy a recuperar. —Su suegro añade entonces con rencor—: Y no gracias a ti.

—¿Qué? ¿Está viva? —dice Marco sin dar crédito.

—Creo que sí.

Marco suelta un grito ahogado. ¡Cora viva! Nada más importa. Lo único que importa es recuperar a su niña.

—¿Cómo lo sabes? ¿Estás seguro? —susurra.

—Todo lo seguro que puedo estar, sin tenerla en mis brazos.

—¿Cómo lo sabes? —pregunta otra vez Marco, desesperado.

—Los secuestradores se han puesto en contacto con nosotros. Supieron por los periódicos que habíamos pagado el primer rescate. Quieren más. Les pagaremos lo que pidan. Queremos mucho a Cora, ya lo sabes.

—No se lo habéis contado a Anne —dice Marco, tratando de asimilar este último acontecimiento.

—Claro que no. Sabemos que es duro, pero probablemente sea mejor, hasta que estemos seguros de lo que va a pasar.

—Entiendo —murmura Marco.

—El caso, Marco, es que tenemos que proteger a nuestras chicas de ti —prosigue Richard, con voz de hielo—. Tenemos que proteger a Cora. Y tenemos que proteger a Anne. Eres peligroso, Marco: tú, tus planes y tus falsedades.

—Yo no soy peligroso, cabrón —replica Marco furioso—. ¿Cómo has conseguido ese teléfono?

—Los secuestradores nos lo han enviado —contesta Richard fríamente—, del mismo modo que os enviaron el pijama. Con una nota, acerca de ti. Probablemente para evitar que fuéramos a la policía. Pero ¿sabes qué? Me alegro de que lo hicieran. Porque ahora sabemos lo que has hecho. Y lo podemos demostrar, si queremos. Pero cada cosa a su tiempo. Primero tenemos que recuperar a Cora. —Baja el tono de voz a un susurro amenazador—. Ahora soy yo el que está al mando, Marco. Así que ni se te ocurra cagarla. No se lo digas a la policía. Y no se lo digas a Anne: no quiero que se haga ilusiones otra vez si algo va mal.

—De acuerdo —dice Marco, con la cabeza dándole vueltas. Hará lo que sea para recuperar a Cora. Ya no sabe qué creer, pero quiere creer que está viva.

Debe destruir el teléfono.

—Y no quiero que hables con Alice. Ella no quiere hablarte. Está muy disgustada por lo que has hecho.

—De acuerdo.

—Aún no he terminado contigo, Marco —dice Richard, y cuelga bruscamente.

Marco se queda un buen rato en el suelo, inundado por la nueva esperanza, y por la desesperación.

Anne se levanta de la cama. Va sigilosamente hasta la puerta del dormitorio, quita el pestillo y la abre. Asoma la cabeza al rellano. Hay una luz encendida en el despacho. ¿Ha estado ahí Marco todo este tiempo? ¿Qué estará haciendo?

Anne avanza lentamente y empuja la puerta. Marco se encuentra sentado en el suelo con el móvil en la mano. Está tremendamente pálido. Tiene una marca de sangre horrible sobre el ojo, justo donde ella le golpeó con el teléfono. Marco levanta la vista al oírla entrar. Se quedan mirándose un largo instante, sin que ninguno sepa qué decir.

Finalmente habla Anne.

—Marco, ¿estás bien?

Marco se toca el chichón ensangrentado en la frente, se da cuenta de que le duele mucho la cabeza, y asiente levemente.

Se muere por contarle que, después de todo lo que ha pasado, puede que Cora esté viva. Que aún hay esperanza. Que su padre está al mando ahora, y él nunca falla, en nada. No como el fracasado de su marido. Quiere decirle que todo va a ir bien.

Pero todo *no* va a ir bien. Puede que recuperen a Cora —ruega a Dios que así sea—, pero el padre de Anne se asegurará de que le detengan por secuestro. Se asegurará de que vaya a la cárcel. Marco no sabe si el frágil estado emocional de Anne soportará una traición tan espantosa.

Por un instante, piensa cínicamente en la decepción que se llevará Cynthia por este giro de los acontecimientos.

—Marco, di algo —insiste Anne angustiada.

—Estoy bien —susurra Marco. Tiene la boca seca. Le sorprende que Anne le hable. Se pregunta a qué viene ese cambio de actitud. Hace unas horas, le dijo que se fuera al sofá mientras ella decidía lo que iba a hacer. Daba por hecho que estaba insinuando que le iba a echar. Y ahora parece casi arrepentida.

Anne entra y se sienta a su lado en el suelo. De repente Marco se angustia pensando que su padre podría volver a llamarle al móvil. ¿Cómo le explicaría eso? Con disimulo, apaga el teléfono.

—Marco, tengo que contarte una cosa —empieza a decir Anne, titubeando.

—¿Qué pasa, pequeña? —pregunta Marco. Levanta la mano y le retira cariñosamente un mechón de pelo de la cara. Ella no se aparta. Ese gesto de ternura, recuerdo de tiempos más felices, desata sus lágrimas.

Anne baja la cabeza y prosigue:

—Marco, tienes que ser sincero conmigo.

Él asiente con la cabeza, pero no dice nada. Se pregunta si sospecha algo. Se pregunta qué le dirá si le da a entender que sabe la verdad.

—La noche del secuestro, cuando pasaste a ver a Cora por última vez... —Le mira, y Marco se pone tenso, temiendo lo que viene—. ¿Estaba viva?

Marco se queda sorprendido. No esperaba esto.

—Claro que estaba viva —contesta—. ¿Por qué me preguntas eso? —Observa la cara angustiada de Anne, preocupado.

—Porque no me acuerdo —susurra Anne—. No recuerdo si respiraba cuando pasé a verla a medianoche. ¿Estás *seguro* de que respiraba?

—Sí, estoy seguro de que respiraba —responde Marco. No puede decirle que sabe que estaba viva porque sintió su corazoncito latiendo contra su cuerpo cuando la sacó de la casa.

—¿Cómo lo sabes? —insiste ella, mirándole fijamente, como si intentara leer sus pensamientos—. ¿Lo comprobaste? ¿O simplemente la miraste?

—Vi cómo subía y bajaba su pecho en la cuna —dice Marco mintiendo.

—¿Estás seguro? ¿No me mentirías? —inquiere Anne, angustiada.

—No, Anne. ¿Por qué me preguntas esto? ¿Por qué crees que no respiraba? ¿Por algo que dijo ese estúpido inspector?

Anne baja la mirada a su regazo.

—Porque no estoy segura de que cuando pasé a verla a las doce estuviera respirando. No la cogí. No quería despertarla. No me acuerdo de notar que respirara.

—¿Eso es todo?

—No. —Anne hace una pausa, indecisa. Finalmente levanta los ojos y, mirándole, dice—: Cuando estuve con ella a las once..., tengo una laguna. No me acuerdo de nada.

Su expresión asusta a Marco. Presiente que está a punto de contarle algo terrible, algo que de algún modo se esperaba, que se ha esperado desde el principio. No quiere oírlo, pero no puede moverse.

—No recuerdo lo que hice —susurra Anne—. A veces me pasa: me quedo en blanco. Hago cosas, y luego no recuerdo haberlas hecho.

—¿Qué quieres decir? —pregunta Marco. Su voz suena extrañamente fría.

Anne le mira, con ojos suplicantes.

—No es que lo olvidara por el vino. Nunca te lo he contado, pero cuando era pequeña estuve enferma. Cuando te conocí creía que ya lo había superado.

—¿Cómo que enferma? —dice Marco, sorprendido.

Anne ha empezado a llorar.

—Es como si estuviera ausente durante un rato. Y luego, cuando vuelvo, no me acuerdo de nada.

Marco la mira, pasmado.

—¿Y nunca te has molestado en contármelo?

—¡Lo siento! Debería habértelo dicho. Pero pensé... —No termina la frase—. Mentí a la policía sobre el pijama. No recuerdo haberla cambiado. Di por hecho que lo hice, pero la verdad es que no lo recuerdo. Mi mente está... en blanco. —Empieza a ponerse histérica.

—Shhh... —dice Marco—. Anne, Cora estaba bien. No me cabe ninguna duda.

—Pero la policía piensa que yo le hice daño. ¡Creen que tal vez la maté, que la asfixié con la almohada o que la estrangulé, y que tú te la llevaste para protegerme!

—¡Eso es ridículo! —exclama Marco, rabioso con la policía por sugerir tal cosa. Todos saben que es a él a quien buscan: ¿por qué tienen que llevarla al límite del colapso?

—¿Lo es? —pregunta Anne, con cara de espanto—. Le pegué. Estaba enfadada, y le pegué.

—¿Qué? ¿Cuándo? ¿Cuándo le pegaste?

—Cuando vine a darle el pecho, a las once. Estaba nerviosa. Yo... Perdí los nervios. A veces... Perdía el control... Y le daba una bofetada, cuando no dejaba de llorar. Cuando tú estabas trabajando y no paraba de llorar.

Marco la mira, horrorizado.

—No, Anne, estoy convencido de que no lo hacías —afirma, con la esperanza de que lo que le ha dicho no sea verdad. Esto es perturbador, tanto como la confesión de que tuvo una especie de enfermedad que le impide saber lo que hace.

—Es que no estoy segura, ¿entiendes? —dice Anne llorando—. ¡No me acuerdo! Puede que le hiciese daño. Marco, ¿me estás encubriendo? ¡Dime la verdad!

Marco coge la cara de Anne entre sus manos y la sujeta.

—Anne, Cora estaba bien. Estaba viva y respiraba a las doce y media. No es culpa tuya. Nada de esto es culpa tuya. —La abraza y ella rompe a llorar.

Y él piensa: «Todo esto es culpa mía».

27

Anne cae finalmente en un sueño intranquilo, pero Marco sigue tumbado, despierto a su lado durante mucho rato, tratando de encajarlo todo. Desearía poder conversar con ella sobre este desastre. Echa de menos cómo solían hablar, de todo, de todos sus planes. Pero ahora no puede contarle nada. Cuando consigue quedarse dormido, sus sueños son aterradores; se despierta a las cuatro de la mañana asustado, con el corazón latiéndole a golpes, sudando y con las sábanas empapadas.

Esto es lo que sabe: Richard está negociando con los secuestradores. Alice y él van a pagar lo que haga falta para recuperar a Cora. Marco espera y reza por que Richard tenga éxito donde él ha fracasado. Richard tiene el móvil de Derek, y esperaba que Marco estuviera al otro lado de la línea. Richard —y Alice— saben que Marco estaba confabulado con Derek y que secuestró a su propia hija por dinero. Lo primero que pensó Marco, a saber, que Richard había matado a Derek y se había quedado con su teléfono, ahora le parece absurdo. ¿Cómo es posible que Richard supiera quién era Derek? ¿Sería capaz de destrozar la cabeza de un hombre a golpes? Marco no lo cree, por mucho que odie al muy cabrón.

Si es cierto que los secuestradores enviaron el móvil a Richard, son buenas noticias. Significa que la policía no está al corriente, al menos de momento. Pero su suegro le ha amenazado. ¿Qué dijo exactamente? Marco no lo recuerda. Tiene que hablar con él y convencerle de que no le cuente a la policía, ni a Anne, su papel en el secuestro. ¿Cómo lo va a conseguir? Tendrá que persuadirle de que Anne no soportaría el trauma, que revelar que Marco estaba involucrado en el secuestro la destrozaría por completo.

Los padres de Anne no se lo perdonarían nunca, pero al menos Anne, Cora y él podrían volver a ser una familia. Si recuperaran a su hija, Anne sería feliz. Él podría empezar de nuevo, dejarse la piel para mantenerlas. Es posible que Richard no quiera desenmascararle. Le avergonzaría socialmente, dañaría su reputación en la comunidad empresarial. Puede que lo único que quiera es tener trapos sucios contra Marco para guardárselos durante el resto de su vida. Sería típico de Richard. Marco empieza a respirar con más facilidad.

Tiene que deshacerse de ese móvil. ¿Qué pasaría si Anne diera a «Rellamada» y lo cogiera su padre? Entonces recuerda que ella no conoce el patrón de desbloqueo. Aun así, debe deshacerse de él. Le vincula a la desaparición de Cora. No puede permitir que llegue a manos de la policía.

Todavía queda el problema de Cynthia y su vídeo. No tiene ni idea de qué hacer al respecto. Se mantendrá un tiempo calladita, mientras pueda convencerla de que le conseguirá el dinero que pide.

Dios, qué desastre.

Marco se levanta a oscuras y se mueve sigilosamente por el dormitorio enmoquetado, con cuidado de no despertar a su mujer. Se viste rápidamente, poniéndose los mismos vaqueros y la misma camiseta del día anterior. Luego va por el rellano hasta el despacho y saca el móvil del cajón del escritorio donde lo dejó por la noche. Lo enciende y vuelve a mirarlo. No hay por qué conservar el teléfono. Si necesita hablar con Richard, lo hará directamente. Ese aparato es la única prueba material que le inculpa, aparte del vídeo de Cynthia.

Cada cosa a su tiempo. Debe deshacerse del móvil.

Coge las llaves del coche del cuenco de la entrada. Piensa en dejarle una nota a Anne, pero, como probablemente vuelva antes de que despierte, no se molesta. Sale sigilosamente por la puerta de atrás, atraviesa el jardín hasta el garaje y se mete en el Audi.

Hace fresco, parece que va a comenzar a amanecer. No ha decidido conscientemente qué hacer con el teléfono, pero de repente se encuentra conduciendo hacia el lago. Aún es de noche. Mientras conduce, solo por la autopista vacía, piensa en Cynthia. Hace falta ser una persona especial para chantajear a otro. Se pregunta qué más habrá hecho. Se pregunta si podría averiguar algo tan grave de ella como lo que ella sabe de él. Equilibrar la balanza. Si no encuentra nada útil, tal vez pueda incriminarla de algún otro modo. Necesitaría algo de ayuda para eso. De repente, da marcha atrás en su pensamiento. Esto del crimen no le ha funcionado, y sin embargo parece no poder parar de hundirse más y más.

Se aferra a la idea de que aún puede conseguir recuperar algo parecido a su vida si les devuelven a Cora sana y salva, si Richard guarda su secreto, si logra averiguar algo que incrimine a Cynthia para mantenerla alejada de algún modo... No puede estar pagándole para siempre. No puede estar en sus manos.

Sin embargo, aunque logre todo eso, nunca, nunca más podrá vivir tranquilo. Lo sabe. Vivirá por Cora, y por Anne. Se asegurará de darles una vida lo más feliz posible. Se lo debe. No importa si él es feliz o no: ha perdido cualquier derecho a la felicidad.

Aparca en su sitio preferido bajo el árbol, mirando al lago. Se queda sentado unos minutos dentro del coche, recordando la última vez que estuvo allí. Han pasado muchas cosas desde entonces. La última vez que vino, hace solo unos días, estaba seguro de que recuperaría a Cora. Si las cosas hubieran salido como debían, a estas alturas ya tendría a su niña, y el dinero, y nadie sabría nada.

Pero todo ha resultado un puto desastre.

Finalmente se baja del coche. Le llega del lago el aire frío de primera hora de la mañana. El cielo empieza a clarear. Tiene el móvil en su bolsillo. Comienza a caminar hacia la playa. Irá hasta el final del muelle y lo tirará al agua, donde nadie lo encuentre. Y ya se habrá quitado una cosa de en medio.

Se queda un rato de pie en el muelle, acosado por los remordimientos. Saca el aparato del bolsillo. Limpia las huellas con el borde de la chaqueta, por si acaso. Cuando era adolescente, era buen lanzador de béisbol. Arroja el teléfono al lago, lo más lejos que puede. Cae con un sonoro *plop*. Se dibujan círculos cada vez más grandes alrededor del punto donde se ha sumergido. Le recuerda a cuando tiraba piedras al agua, de pequeño. Qué lejos parece todo aquello.

Marco se siente aliviado por haberse deshecho del móvil. Se vuelve y empieza a caminar hacia su coche. El día ya ha despuntado. De repente se asusta al ver que hay otro vehículo junto al suyo en el aparcamiento, uno que no estaba allí antes. No sabe cuánto tiempo llevará. ¿Cómo no vio las luces cuando se acercaba? Tal vez las tenía apagadas.

No importa, se dice, aunque siente escalofríos. No importa que alguien le haya visto tirar algo al lago a primera hora de la mañana. Se encontraba demasiado lejos para que le reconocieran.

Pero su coche está ahí, con la matrícula a plena vista. Ahora ya se ha puesto nervioso. Al acercarse, empieza a ver mejor el otro automóvil. Es un vehículo de policía, sin identificar. Siempre se pueden distinguir por la rejilla delantera. Marco empieza a sentir náuseas. ¿Por qué hay un coche de policía ahí, justo ahora? ¿Le han seguido? ¿Le han visto tirar algo al lago? Le entran sudores fríos y siente el corazón latiéndole en los oídos. Intenta caminar hacia el coche con normalidad, manteniéndose lo más alejado posible del de la policía, aunque sin dar la impresión de estar evitándolo. Se baja la ventanilla. Joder.

—¿Todo bien? —pregunta un agente, sacando la cabeza y mirándole fijamente.

Marco se detiene y se queda inmóvil. No reconoce la cara; no es Rasbach ni ninguno de sus hombres. Por un extraño momento, esperaba que fuera él quien asomara la cabeza por la ventanilla.

—Sí, no podía dormir —dice Marco.

El policía asiente, vuelve a subir el cristal, y se va.

Marco se mete en el coche, temblando sin control. Tiene que esperar unos minutos hasta que por fin se siente capaz de arrancar.

En el desayuno, Anne y Marco no hablan demasiado. Él está pálido y distante después de la experiencia en el lago. Ella, frágil, echa de menos a su hija y piensa en el día anterior. Sigue sin creer a Marco sobre Cynthia.

¿Por qué salía de su casa ayer? Si le ha mentido sobre eso, ¿qué más mentiras le habrá contado? No confía en él. Pero han alcanzado una tregua precaria. Se necesitan el uno al otro. Tal vez hasta sigan queriéndose, a pesar de todo.

—Tengo que volver a la oficina esta mañana —le dice Marco, con la voz algo temblorosa. Se aclara la garganta haciendo mucho ruido.

—Es domingo —señala ella.

—Lo sé, pero debería ir, ponerme con varios proyectos que van atrasados. —Da otro trago a su café.

Anne asiente. Cree que le vendrá bien; tiene un aspecto horrible. Le distraerá de todo lo que está pasando, aunque sea por un rato. Y le envidia. Ella no tiene el privilegio de poder zambullirse en el trabajo para olvidar, ni siquiera por un momento. Cada rincón de la casa le recuerda a Cora y lo que han perdido. La trona vacía en la cocina. Los juguetes de plástico de colores en el cesto del salón. La alfombra de juegos en la que solía dejar a la niña con la barra de juguetes colgantes que tanto le gustaba coger, entre risas y arrullos. Vaya donde vaya en la casa, Cora está en todas partes. Para ella no hay escapatoria que valga, ni siquiera momentánea.

Marco parece preocupado, y Anne lo nota.

—¿Qué vas a hacer mientras estoy fuera? —pregunta él.

Anne se encoge de hombros.

—No lo sé.

—Quizás deberías dejarle un mensaje al médico, el que sustituye a la doctora Lumsden. Intentar pedir cita para principios de semana —sugiere Marco.

—Vale —contesta ella con indiferencia.

Sin embargo, cuando Marco se va, Anne no llama a la consulta del psiquiatra. Se pone a deambular por la casa pensando en Cora. Se la imagina muerta, en un contenedor en alguna parte, cubierta de gusanos. Se la imagina en una zanja poco profunda en el bosque, desenterrada y a medio comer por los animales. Piensa en artículos de periódico que ha leído sobre niños perdidos. No puede quitarse todo ese espanto de la cabeza. Siente náuseas y pánico. Se mira en el espejo, tiene los ojos inmensos.

Tal vez sea mejor no saber qué le ha pasado a su hija. Pero necesita saberlo. Durante el resto de su vida, su mente torturada creará ideas espantosas y posiblemente peores que la realidad. Puede que muriera rápidamente. Anne ruega que haya sido así. Pero es probable que nunca lo sepa con certeza.

Desde el momento en que nació, Anne supo dónde se encontraba la niña cada minuto de su corta vida, y ahora no tiene ni idea de dónde está. Porque es una mala madre. Es una madre mala y deshecha que no quería lo suficiente a su hija. La dejó sola en casa. Le pegó. Claro que ha desaparecido. Todo ocurre por una razón, y la razón de que su hija haya desaparecido es que Anne no se la merece.

Ha dejado de deambular, y cada vez se mueve más deprisa por la casa. La cabeza le va a toda velocidad, con pensamientos atropellados. Siente una intensa culpa. No sabe si creer a Marco cuando dice que la niña estaba viva a las doce y media. No puede creer nada de lo que dice: es un mentiroso. Seguro que hizo daño a Cora. Seguro que la mató ella. Es la única posibilidad que tiene sentido.

Es una posibilidad espantosa, una carga espantosa. Tiene que contárselo a alguien. Intentó contarle a Marco lo que hizo, pero no quiso escucharla. Él quiere hacer como si no hubiese pasado, como si Anne fuera incapaz de hacer daño a su propia hija. Recuerda cómo la miró cuando le dijo que había pegado a Cora, esa mirada de incredulidad.

Si la hubiera visto pegar a Cora, no pensaría lo mismo.

No pensaría lo mismo si supiera su historial.

Pero no lo sabe, porque Anne nunca se lo ha contado.

El incidente en St. Mildred, el que no recuerda en absoluto. Solo se acuerda de lo que ocurrió después: en el baño de chicas, la sangre en la pared, Susan tirada en el suelo como si estuviera muerta, y todas —Janice, Debbie, la profesora de ciencias y la directora—, todas mirándola, horrorizadas. No tenía ni idea de qué había pasado.

Después de aquello, su madre la llevó a un psiquiatra, que le diagnosticó un trastorno disociativo. Anne recuerda estar sentada en su consulta, inmóvil, con su madre angustiada al lado. Al oír el diagnóstico, Anne sintió terror; terror y vergüenza.

—No lo entiendo —confesó su madre al médico—. No entiendo lo que quiere decir.

—Comprendo que pueda asustarla —respondió el psiquiatra con tono amable—, pero es más habitual de lo que cree. Véalo como un mecanismo de defensa: un mecanismo imperfecto. El individuo desconecta de la realidad durante un breve periodo de tiempo. —Entonces se volvió hacia Anne, que se negaba a mirarle—. Puede que te sientas fuera de ti misma, como si las cosas le estuvieran pasando a otra persona. Puede que las cosas te parezcan distorsionadas o irreales. O puede que experimentes un estado de fuga, como te ha pasado en este caso: un breve periodo de amnesia.

—¿Volverá a ocurrir? —preguntó Alice al psiquiatra.

—No lo sé. ¿Había sucedido antes?

Sí, pero nunca de manera tan horrible.

—Ha habido veces —admitió Alice vacilando—, desde que Anne era pequeña, en que parecía que hacía cosas y luego no las recordaba. Al principio..., al principio pensé que solo lo decía para que no la regañáramos. Pero luego me di cuenta de que no podía controlarlo. —Hizo una pausa—. Sin embargo, nunca había pasado nada como esto.

El psiquiatra juntó las manos mirando fijamente a Anne y preguntó a su madre:

—¿Ha tenido algún trauma en su vida?

—¿Trauma? —repitió Alice—. Claro que no.

El psiquiatra la observaba con escepticismo.

—El trastorno disociativo puede venir provocado por algún tipo de trauma reprimido.

—Ay, Dios —exclamó Alice.

El médico arqueó las cejas y esperó.

—Su padre —dijo de pronto Alice.

—¿Su padre?

—Vio morir a su padre. Le adoraba.

Anne tenía los ojos clavados en la pared de enfrente; estaba absolutamente inmóvil.

—¿Cómo murió? —preguntó el médico.

—Yo estaba de compras. Él se encontraba en casa, jugando con Anne. Tuvo un infarto masivo. Debió de morir casi al instante. Ella lo vio. Cuando llegué a casa, ya era demasiado tarde. Anne estaba llorando y marcando números en el teléfono, pero no sabía a cuál llamar. En fin, daba igual: nadie le habría salvado. Solo tenía cuatro años.

El médico asintió con un gesto comprensivo.

—Entiendo. —Se quedó en silencio un momento.

—Tuvo pesadillas durante mucho tiempo —continuó entonces Alice—. Yo no le dejaba hablar de ello: tal vez me equivoqué, pero es que le afectaba mucho y yo quería ayudarla. Cada vez que sacaba el tema, intentaba que no le diera más vueltas. Parecía culparse por no haber sabido qué hacer. Pero no fue culpa suya. Ella era muy pequeña. Y nos dijeron que nada le habría ayudado, ni aunque hubiera habido una ambulancia allí mismo.

—Eso tiene que ser muy difícil de asimilar para un niño —dijo el médico. Se volvió a mirar a Anne, que seguía ignorándole—. El estrés puede empeorar temporalmente los síntomas de este trastorno. Voy a sugerir que vengas a verme regularmente, para intentar gestionar la ansiedad que sientes.

Anne se pasó todo el viaje de vuelta llorando. Cuando llegaron, antes de entrar en la casa, su madre la abrazó y le dijo:

—Todo va a ir bien, Anne. —Anne no la creyó—. Le diremos a tu padre que estás yendo a un médico para tratar la ansiedad. No hace falta que sepa esto otro. No lo entendería.

No le contaron lo del incidente del colegio. La madre de Anne se ocupó personalmente de reunirse con los padres de las otras tres chicas del St. Mildred.

Desde entonces había habido otros «episodios», la mayoría inofensivos, en los que Anne se perdió en el tiempo —minutos, a veces horas— y no sabía qué había pasado mientras estaba «ida». Los provocaba el estrés. De repente se encontraba en un sitio inesperado, sin tener ni idea de cómo había llegado hasta allí, y llamaba a su madre, que iba a buscarla. Pero desde el primer año de carrera no había tenido ningún episodio. Todo había pasado hacía tanto tiempo que creía que ya lo había superado.

Sin embargo, después del secuestro, todo le volvió a la mente. ¿Lo averiguaría la policía? Y si Marco lo supiera, ¿la vería con otros ojos? Pero entonces llegó el pijama, y su madre dejó de mirarla como si temiera que Anne hubiera matado a su hija y Marco la hubiera encubierto.

Ahora la policía sabe que atacó a Susan. Creen que es violenta. Durante todo este tiempo, Anne ha temido que la policía la creyera culpable, lo fuese o no. Pero hay cosas peores que verte acusada de algo que no has hecho.

El mayor miedo de Anne ahora mismo es que *es* culpable.

Los primeros días tras la desaparición de Cora, cuando Anne estaba tan segura de que se la había llevado un desconocido, fueron días difíciles, aguantando las sospechas de la policía, de la opinión pública, incluso de su propia madre. Ella y Marco lo superaron, porque sabían que eran inocentes. Habían cometido un error: dejar a la niña desatendida. Pero no la habían abandonado.

Sin embargo, ahora, después de lo que ocurrió la otra noche antes de quedarse dormida en el sofá, ha empezado a confundir la búsqueda de indicios de la infidelidad de Marco con la de Cora. La realidad se ha distorsionado. Recuerda haber pensado que Cynthia le robó a su hija.

La enfermedad ha vuelto. Pero ¿cuándo exactamente?

Cree que lo sabe. Volvió la noche del secuestro, después de pegar a Cora. Se perdió en el tiempo. No sabe qué ocurrió.

Ahora es casi un alivio saber que lo hizo ella. Mejor que Cora muriera rápido y a manos de su madre, en su propia habitación, con sus corderitos mirándola, que el que algún monstruo se la llevara, abusara de ella y la torturara y aterrorizara.

Debería llamar a su madre. Ella sabría qué hacer. Pero no quiere. Intentará encubrirla, hacer como si nunca hubiera ocurrido. Igual que Marco. Todos están intentando encubrir lo que ha hecho.

No desea que lo hagan más. Debe contárselo a la policía. Y ha de hacerlo ahora, antes de que alguien intente detenerla. Quiere que todo salga a la luz. No puede aguantar un solo minuto más de secretismo, de mentiras. Necesita saber dónde está su hija, dónde descansa para siempre. Necesita abrazarla por última vez.

Mira por la ventana de su dormitorio a la calle. No ve ningún periodista. Se viste deprisa y llama para pedir un taxi que la lleve a la comisaría de policía.

El taxi parece tardar una eternidad, pero por fin llega. Anne se sube rápidamente y se acomoda en el asiento trasero; se siente rara pero decidida. Ha de poner fin a esto. Les dirá lo que pasó. Ella mató a Cora. Quizá Marco lo arregló para hacer que se la llevaran y luego les dijo que pidieran un rescate, para despistar a la policía. Pero ahora deberá olvidarse de protegerla. Tendrá que dejar de mentirle. Tendrá que decirles dónde escondió el cuerpo de Cora, y entonces Anne lo sabrá. Necesita saber dónde se encuentra su bebé. No puede soportar no saberlo.

No puede confiar en que nadie le diga la verdad si no lo hace ella antes.

Cuando llega a la comisaría, la agente que hay tras el mostrador la mira con evidente preocupación.

—¿Está usted bien, señora? —pregunta.

—Sí, bien —dice rápidamente Anne—. Quiero ver al inspector Rasbach. —Su voz le suena extraña hasta a ella.

—No se encuentra aquí. Es domingo —contesta la agente—. Veré si puedo localizarle. —Habla brevemente por teléfono, y cuelga—. Está de camino. Llegará en una media hora.

Anne espera impacientemente, con la cabeza descontrolada por completo.

Menos de media hora después, aparece Rasbach, vestido con ropa informal: pantalones caqui y una camisa de verano. Parece muy distinto; Anne está acostumbrada a verle de traje. Le desorienta.

—Anne —dice Rasbach, mirándola atentamente con esos ojos que no se pierden nada—. ¿En qué puedo ayudarla?

—Tengo que hablar con usted —contesta Anne, apresurada.

—¿Dónde está su abogado? —pregunta Rasbach—. Se me ha informado de que no puede hablar con nosotros si no es en presencia de su abogado.

—No quiero a mi abogado —insiste Anne.

—¿Está segura? Tal vez debería llamarle. Puedo esperar.

Su abogado solo le impedirá decir lo que necesita decir.

—¡No! Estoy segura. No necesito un abogado. No lo quiero; y no llame a mi marido.

—De acuerdo —dice Rasbach, y se vuelve para guiarla por el largo pasillo.

Anne le sigue hasta una de las salas de interrogatorios. Empieza a hablar antes incluso de sentarse. Él le indica que espere.

—Para que conste —comienza Rasbach—, por favor, diga su nombre, la fecha y que se le ha aconsejado llamar a su abogado pero ha declinado la oferta.

Una vez que lo ha hecho, empiezan.

—¿Por qué ha venido? —le pregunta el inspector.

—He venido a confesar.

28

El inspector Rasbach observa atentamente a Anne. Es evidente que se encuentra alterada. Se retuerce las manos, tiene las pupilas dilatadas y la cara, pálida. No está seguro de si deberían seguir adelante. Ella ha renunciado a su derecho a asesoría legal, ante la cámara, pero Rasbach no confía en su estado mental, ni en su capacidad de tomar esa decisión. Sin embargo, quiere saber qué tiene que decirle. De todos modos, siempre pueden desautorizar la confesión —y probablemente lo hagan—, pero necesita oírla. Quiere saber.

—Yo la maté —dice Anne. Está angustiada, pero se muestra racional, no se halla fuera de sí. Sabe quién es, dónde está y lo que hace.

—Cuénteme lo que pasó, Anne —la anima él, sentándose al otro lado de la mesa.

—A las once pasé a verla —explica Anne—. Intenté darle el biberón, porque había estado bebiendo. Pero parecía muy nerviosa, quería pecho. Se negaba a tomar biberón. —Para de hablar, y se queda mirando a la pared por encima del hombro de Rasbach, como si volviera a verlo todo en una película proyectada detrás de él.

—Siga —dice el inspector.

—Así que pensé, a la mierda, y me la puse en el pecho. Me sentí mal por hacerlo, pero rechazaba la tetina y tenía hambre. Lloraba y lloraba, no paraba de llorar. Nunca había tenido problemas dándole el biberón; nunca se negaba. ¿Cómo iba yo a saber que no querría tomarlo justo la noche en que me tomo unas copas de vino?

Rasbach espera a que prosiga. No quiere hablar e interrumpir el flujo de sus pensamientos. Parece casi inmersa en una especie de trance, aún mirando a la pared que él tiene a su espalda.

—No sabía qué más hacer. Así que me puse a amamantarla. —Aparta los ojos de la pared y le mira—. Les mentí, cuando dije que recordaba haberle quitado el pijama rosa. No me acuerdo. Solo se lo dije porque asumí que eso es lo que hice, pero no recuerdo nada.

—¿Qué es lo que sí recuerda? —pregunta Rasbach.

—Recuerdo darle el pecho y que mamó un poco, pero no se sació del todo, y entonces empezó a ponerse nerviosa otra vez. —Los ojos de Anne vuelven a deslizarse hacia la pantalla imaginaria. —La cogí en brazos y me puse a caminar, cantándole, pero lloraba cada vez más. Yo también estaba llorando. —Le mira—. Le pegué. —Anne rompe a llorar—. Después de eso, no me acuerdo de nada. Cuando le pegué llevaba el pijama rosa, eso sí lo recuerdo, pero no recuerdo nada después de eso. Debí de quitárselo para ponerle otro. Tal vez se me cayó o la sacudí, no lo sé. Tal vez le puse una almohada sobre la cabeza para que dejara de llorar, como dijo usted, pero de algún modo tuvo que morir. —Empieza a llorar histérica—. Y, cuando fui a medianoche, estaba en su cuna, pero no la cogí. No sé si respiraba ya.

Rasbach la deja llorar. Finalmente dice:

—Anne, si no lo recuerda, ¿por qué dice que mató a Cora?

—¡Porque no está! Y porque no me acuerdo. A veces, cuando estoy estresada, mi mente se despega, desconecta de la realidad. Y entonces me doy cuenta de que tengo una laguna temporal, que he hecho algo que no recuerdo. Ya me ha pasado antes.

—Hábleme de ello.

—Ya lo sabe. Habló con Janice Foegle.

—Necesito oír su versión. Cuénteme lo que pasó.

—No. —Coge varios pañuelos de la caja y se enjuga las lágrimas.

—¿Por qué no?

—No quiero hablar de eso.

Rasbach se reclina en la silla y dice:

—Anne, no creo que usted matara a Cora.

—Sí que lo cree. Ya lo ha dicho. —Retuerce los pañuelos entre las manos.

—Ya no lo creo. Si la convencí de que era así, lo lamento.

—Tuve que ser yo quien la matara. Y Marco hizo que alguien se la llevara para protegerme. Para que no supiera lo que había hecho.

—Entonces, ¿dónde está Cora ahora?

—¡No lo sé! ¡Marco no quiere decírmelo! Se lo he suplicado, pero no me lo dice. Lo niega. No quiere decirme cómo maté a mi hija. Me está protegiendo. Debe de ser tan duro para él... Pensé que, si venía a contarle lo que ocurrió, Marco ya no tendría que seguir fingiendo y podría indicarnos sin más dónde la llevó, y entonces yo lo sabría, y todo habría acabado. —Se hunde en la silla, con la cabeza agachada.

Es cierto que en un principio Rasbach sospechó que algo parecido podía haber ocurrido. Que la madre estalló, mató a la niña, y ella y su marido lo encubrieron. Pudo ocurrir. Pero no como dice ella. Porque, si mató a la niña a las once, o incluso a medianoche, y Marco no lo supo hasta las doce y media, ¿cómo es posible que Derek Honig ya estuviera esperando en el coche en el callejón para llevarse el cuerpo? No: ella no mató a la niña. Simplemente no cuadra.

—Anne, ¿está segura de que fue a las once cuando usted le dio de comer y se puso a llorar? ¿Pudo ser antes? ¿A las diez, por ejemplo? En tal caso, Marco pudo saberlo antes: cuando pasó a verla las diez y media.

—No, fue a las once. Siempre le doy de mamar por última vez a las once, y así suele dormir hasta las cinco más o menos. Esa fue la única vez en que me ausenté de la cena más de cinco minutos. Puede preguntárselo a los demás.

—Sí, Marco y Cynthia coinciden en que cuando se fue a las once tardó bastante tiempo, que no regresó hasta las once y media o así, y que pasó a verla otra vez a medianoche —dice Rasbach—. ¿Le contó a Marco que creía que podía haberle hecho daño a la niña, cuando volvió a la cena?

—No... ¡Me di cuenta de que tuve que ser yo anoche!

—Verá, Anne, lo que me está contando es imposible —le explica Rasbach con tono amable—. ¿Cómo pudo Marco pasar a las doce y media sin saber que la niña estaba muerta y hacer que solo dos minutos más tarde hubiera alguien esperando en un coche en el garaje para llevársela?

Anne se queda completamente inmóvil. Sus manos dejan de moverse. Parece confusa.

Y Rasbach tiene algo más que contarle.

—Aparentemente, el hombre asesinado en la cabaña, Derek Honig, es el mismo cuyo coche estuvo en su garaje, y el que se llevó a Cora. Los surcos de los neumáticos son del mismo tipo, y pronto sabremos si coinciden con las huellas que dejaron en su garaje. Creemos que Cora fue trasladada a su cabaña en las Catskill. Y en algún momento después Honig fue asesinado a golpes con una pala.

Anne parece incapaz de asimilar toda esta información.

Rasbach está preocupado por ella.

—¿Puedo llamar a alguien para que la lleve a casa? ¿Dónde está Marco?

—En el trabajo.

—¿En domingo?

Ella no contesta.

—¿Puedo llamar a su madre? ¿A algún amigo?

—¡No! Estoy bien. Me iré a casa sola. En serio, estoy bien —responde Anne. Se pone de pie bruscamente—. Por favor, no le diga a nadie que he estado aquí hoy.

—Al menos déjeme que le pida un taxi —insiste él.

Cuando el vehículo está a punto de llegar, Anne se vuelve hacia Rasbach de pronto:

—Pero... puede que sí hubiera tiempo, entre las doce y media y cuando volvimos a casa. Si yo la maté y él la encontró a las doce y media y llamó a alguien. No llegamos a casa hasta casi la una y media: Marco no quería irse. Usted no sabe con seguridad si el coche que pasó por el callejón a las doce y treinta y cinco era el que se llevó a Cora. Pudo ser más tarde.

—Pero Marco no pudo llamar a nadie sin que lo supiéramos —replica Rasbach—. Tenemos todas sus llamadas registradas. Y no telefoneó a nadie. Si Marco hizo que alguien se llevara a la niña, tuvo que organizarlo antes: planearlo. Lo cual significa que usted no la mató.

Anne le mira sorprendida, hace como si fuera a hablar, pero entonces llega el taxi y no dice nada.

Rasbach la ve marchar; siente lástima por ella en lo más profundo de su corazón.

Anne regresa a una casa vacía. Se tumba en el sofá del salón, completamente agotada, y repasa en su cabeza lo ocurrido en la comisaría.

Rasbach casi la ha convencido de que ella no mató a Cora. Pero él no sabe lo del móvil escondido en la pared. Marco *sí pudo* llamar a alguien a las doce y media. Ahora no entiende por qué no le ha dicho nada sobre el teléfono. Tal vez no quería que Rasbach se enterara de lo de la aventura de Marco. Le da demasiada vergüenza.

O eso o el hombre de la cabaña se la llevó, viva, en algún momento después de que Marco pasara a verla a las doce y media. Anne no alcanza a comprender por qué el inspector Rasbach está tan convencido de que el coche que pasó por el callejón a las doce y treinta y cinco tuvo algo que ver con todo esto.

Recuerda cómo solía recostarse aquí mismo, con Cora sobre el pecho. Parece como si hiciera una eternidad. Se cansaba tanto que tenía que tumbarse un minuto con la niña. Se acurrucaban en el sofá, en el momento más tranquilo del día, como ahora, y a veces se quedaban dormidas juntas. Empiezan a resbalar lágrimas por sus mejillas.

Oye ruido proveniente del muro. Cynthia está en casa, moviéndose por el salón, escuchando música. Anne la desprecia. Odia todo lo que la caracteriza: que no tenga hijos, su aire de superioridad y poder, su figura, su ropa seductora. La odia por jugar con su marido, por intentar destruir su vida en común. No sabe si será capaz de perdonarle lo que ha hecho. Y la odia aún más porque antes eran muy buenas amigas.

Anne no soporta que Cynthia viva al otro lado de la pared. De repente se da cuenta de que podrían mudarse. Podrían poner en venta la casa. De todos modos, Marco y ella tienen mala fama aquí —el buzón sigue llenándose día tras día—, y la casa que antes le gustaba tanto ahora parece una cripta. Se siente enterrada en vida.

No pueden vivir aquí mucho más tiempo, con Cynthia al otro lado de la pared, lo bastante cerca como para atraer a Marco.

¿Y por qué salía ayer Marco del jardín de Cynthia, con esa cara de culpabilidad? Él niega tajantemente que estén teniendo una aventura, pero Anne no es tonta. No puede sacarle la verdad, y está cansada de tantas mentiras.

Hablará con Cynthia directamente. Le sacará la verdad a ella. Pero, si habla con Cynthia, ¿cómo sabrá si lo que le dice es verdad o mentira?

Al final, se levanta y sale por la puerta de atrás. Entra en el garaje para coger los guantes de jardinería. Se detiene y deja que sus ojos se adapten a la luz. Nota el olor familiar a aceite, a madera vieja, a trapos húmedos. Se queda ahí de pie e imagina lo que debió de ocurrir. Está tan confundida por todo... Si ella no mató a Cora y Marco no hizo que alguien se la llevara, entonces otra persona, probablemente el hombre que ahora está muerto, la sacó de la cuna y la metió en el coche en algún momento después de las doce y media, mientras ella —y Marco, Cynthia y Graham— se encontraban en la casa de al lado, sin enterarse de nada.

Se alegra de que esté muerto. Espera que sufriese.

Vuelve a salir y empieza a arrancar malas hierbas del césped con saña, hasta que le aparecen ampollas en las manos y le duele la espalda.

29

Marco está sentado en su escritorio, mirando por la ventana, sin ver nada. La puerta permanece cerrada. Observa la superficie de la cara mesa de caoba, la que eligió con tanto cuidado cuando expandió el negocio y alquiló esta oficina.

Al pensar ahora en lo inocente y optimista que era en aquellos tiempos, se pone malo. Contempla amargamente su despacho, que tan bien transmite la imagen del emprendedor de éxito. El imponente escritorio, la vista de la ciudad y del río desde la ventana que tiene enfrente, los lujosos sillones de cuero, las obras de arte moderno. Anne le ayudó a decorarlo; tiene buen ojo.

Recuerda lo mucho que se divirtieron arreglándolo, comprando muebles, colocándolo todo. Cuando terminaron, él cerró la puerta, descorchó una botella de champán y, entre risas, le hizo el amor a su mujer en el suelo.

En aquel momento sentía mucha presión; tenía que cumplir las grandes expectativas de todo el mundo —de Anne, de sus suegros, de sus padres—. Si se hubiera casado con otra persona, tal vez se habría conformado con ir abriéndose camino, construyendo su negocio más despacio, a base de trabajo duro, talento y mucha dedicación. Sin embargo, tuvo la oportunidad de hacer que las cosas sucedieran más rápido, y se lanzó. Era ambicioso. Le pusieron ese dinero en bandeja de plata, y claro, esperaban que lo convirtiera en un éxito inmediato. ¿Cómo no iba a triunfar, habiendo recibido tan magnífico donativo? Había mucha presión. Richard se mostró especialmente interesado en cómo iba el negocio, ya que él era quien lo había financiado.

A Marco le pareció demasiado bueno para ser verdad, y lo era.

Fue a por los clientes grandes antes de estar preparado. Cometió el clásico error de novato de crecer demasiado deprisa. Si no se hubiera casado con Anne —no, si no hubiera aceptado el regalo de boda de la casa y, años más tarde, el préstamo de dinero de sus suegros—, podrían vivir en un apartamento de alquiler en alguna parte, tendría un despacho feo más lejos del centro, no conduciría un Audi, pero estaría trabajando duro y construyendo el éxito a su manera. Anne y él serían felices.

Cora estaría en casa.

Pero mira cómo ha salido todo. Es propietario de un negocio desbordado al borde de la quiebra. Es un secuestrador. Un criminal. Un mentiroso. Sospechoso ante la policía. En las garras de un suegro ególatra que sabe lo que ha hecho y de una chantajista sin corazón que nunca dejará de pedirle dinero. La empresa está casi en bancarrota, a pesar de todos los fondos que le han dado para mantenerla a flote, y de los contactos a través de los amigos de Richard en el club de campo.

Toda la inversión de Alice y Richard se ha perdido. Como los cinco millones de dólares que han pagado por Cora. Y ahora su suegro está negociando con los secuestradores, y van a pagar todavía más para recuperar a la niña. Marco no tiene ni idea de cuánto más.

Los padres de Anne deben de odiarle. Por primera vez, Marco lo ve desde su punto de vista. Puede entender la desilusión. Les ha decepcionado a todos. Al final, su negocio ha fracasado estrepitosamente, incluso a pesar de toda su ayuda. Él sigue creyendo que, si lo hubiera hecho a su manera, habría tenido mucho éxito, de forma gradual. Pero Richard le empujó a aceptar contratos que no podía cumplir. Y Marco se desesperó.

Cuando las cosas comenzaron a ir mal, verdaderamente mal, hace un par de meses, Marco empezó a tomarse una copa en el bar de la esquina antes de volver a casa con Anne, donde se sentía inútil ante su creciente depresión. Solía estar muy tranquilo a la hora en que él llegaba, a las cinco de la tarde. Se colocaba junto a la barra y se bebía su copa, meditando melancólicamente sobre el líquido ámbar, preguntándose qué demonios hacer.

Luego salía y daba un paseo junto al río, aún sin ganas de irse a casa. Se sentaba en un banco y contemplaba el agua.

Un día, un hombre mayor se sentó a su lado. Molesto, Marco fue a levantarse, sintiendo que había invadido su espacio. Antes de que pudiera hacerlo, el hombre le habló de un modo amigable.

—Parece un poco triste —dijo con tono comprensivo.

Marco fue brusco.

—Puede ser.

—¿Ha perdido a la novia? —preguntó el hombre.

—Ojalá fuera tan sencillo —contestó Marco.

—Ah, entonces deben de ser problemas en los negocios —dijo el hombre, y sonrió—. Esos son mucho peores. —Tendió su mano y se presentó—: Bruce Neeland.

Él se la estrechó.

—Marco Conti.

Empezó a gustarle encontrarse con Bruce Neeland. Era un alivio tener a alguien —alguien que no le conocía, que no le iba a juzgar— a quien contar sus penas. A Anne no podía confiarle lo que estaba pasando, con su depresión y sus expectativas de éxito. No le había dicho que las cosas no iban muy bien, y, una vez que había empezado a ocultarle que se estaban torciendo, no podía revelarle de golpe lo mucho que *de verdad* se estaban torciendo.

Bruce parecía entenderle. Era fácil cogerle simpatía, con su manera de ser abierta y cálida. Trabajaba como bróker. Había tenido años buenos y años malos. Pero era necesario ser duro, aguantar las malas rachas.

—No siempre es fácil —dijo Bruce, sentado a su lado con su traje caro y de corte impecable.

—Eso seguro —convino Marco.

Un día, Marco bebió demasiado en el bar. Luego, junto al río, le contó a Bruce más de lo que hubiera querido. Simplemente se le escapó: el problema con sus suegros. A Bruce se le daba bien escuchar.

—Les debo mucho dinero —confesó Marco.

—Son tus suegros. No van a echarte a los leones si no les puedes pagar —dijo Bruce, mirando al río.

—Tal vez sería lo mejor —replicó amargamente Marco. Luego le explicó hasta qué punto le tenían dominado: el negocio, la casa, hasta tratando de volver a su mujer en su contra.

—Diría que te tienen cogido por donde más duele —comentó Bruce, apretando los labios.

—Sí. —Marco se quitó la chaqueta y la dejó en el respaldo del banco. Era verano, las tardes eran cálidas.

—¿Qué vas a hacer?

—No lo sé.

—Podrías pedirles otro préstamo, para sacarte del apuro hasta que la cosa mejore —sugirió Bruce—. De perdidos, al río.

—No lo creo.

Bruce le miró a los ojos.

—¿Por qué no? No seas tonto. Pídeselo y ya está. Sal del agujero. Sigue adelante para continuar luchando. De todos modos, ellos querrán proteger su inversión. Al menos dales esa opción.

Marco lo pensó. Por mucho que odiara la idea, tenía sentido sincerarse con Richard, decirle que el negocio estaba en peligro. Podía pedirle que lo mantuvieran en secreto, para no preocupar a Anne y a Alice. Al fin y al cabo, todos los días fracasa alguna empresa. Así es la economía. Las cosas son mucho más duras ahora que cuando Richard empezó. Evidentemente, él no lo veía así. Al menos nunca lo admitiría.

—Pídeselo a tu suegro —le aconsejó Bruce—. No vayas al banco.

Marco no se lo dijo a Bruce, pero ya había estado en el banco. Unos meses antes, había hipotecado la casa. Le dijo a Anne que era para ayudar a la empresa a expandirse más en un momento de mucho crecimiento, y ella no lo puso en duda. Le hizo prometer que no se lo diría a sus padres. Porque ya metían bastante las narices en sus asuntos.

—Quizás —dijo Marco.

Lo pensó durante un par de días. Apenas dormía. Finalmente, decidió hablar con su suegro. Siempre se dirigía a Richard para tratar de asuntos financieros que implicaran a los padres de Anne. A Richard le gustaba que así fuera. Marco se armó de valor, le llamó y le preguntó si podían verse y tomar una copa juntos. Su suegro pareció sorprendido, pero sugirió el bar del club de campo. Por supuesto. Siempre tenía que ser en su puto terreno.

Cuando Marco llegó, estaba nervioso y se bebió la copa rápidamente. Hizo un esfuerzo por calmarse cuando ya se acercaba a los cubitos de hielo.

Richard le observaba.

—¿De qué se trata, Marco? —preguntó.

Marco dudó.

—El negocio no va tan bien como querría.

Richard puso cara de preocupación al instante.

—¿Cómo de mal? —preguntó.

Esto era lo que Marco odiaba de su suegro. Siempre buscaba humillar. No podía dejarle guardar las apariencias. No podía ser generoso.

—Pues, la verdad, bastante mal —contestó Marco—. He perdido algunos clientes. Algunos no han pagado. Estoy teniendo un problema de liquidez.

—Entiendo —dijo Richard, meciendo su copa.

Hubo un largo silencio. Marco se dio cuenta de que no se lo iba a ofrecer. Iba a obligarle a pedírselo. Levantó los ojos de su copa y miró el rostro severo de su suegro.

—¿Me podrías hacer otro préstamo para salir de esta situación? —preguntó—. Podríamos estructurarlo como un préstamo de verdad. Esta vez quiero pagar intereses.

A Marco no se le había ocurrido la posibilidad de que su suegro se lo negara. No creía que fuera capaz, porque, entonces, ¿qué pasaría con su hija? Lo que había querido evitar a toda costa era el tener que arrastrarse, ese momento de tener que pedir ayuda, de estar en manos de Richard.

Richard le miró con ojos fríos.

—No.

Ni siquiera entonces lo entendió Marco. Creyó que Richard se refería al interés.

—No, en serio. Quiero pagar intereses. Bastará con cien mil.

Richard se inclinó hacia delante en su asiento, encorvándose sobre la mesita que les separaba.

—He dicho que *no*.

Marco sintió una ola de calor subiéndole por el cuello, y notó cómo se sonrojaba. No dijo nada. No creía que Richard hablara en serio.

—No vamos a darte más dinero, Marco —puntualizó Richard—. Y tampoco vamos a *prestarte* más dinero. Ahora estás solo. —Volvió a reclinarse en su cómodo sillón del club—. Reconozco una mala inversión en cuanto la veo.

Marco no sabía qué decir. No iba a rogarle. Cuando Richard tomaba una decisión, no había más que hablar. Y estaba claro que la había tomado.

—Alice y yo pensamos lo mismo de este asunto; ya habíamos decidido no darte más ayuda económica —añadió Richard.

¿Qué pasa con tu hija?, quería preguntarle Marco, pero no encontraba la voz. Entonces se dio cuenta de que ya conocía la respuesta.

Richard le contaría todo esto a Anne. Le diría lo mal que había elegido al casarse con Marco. A Richard y Alice nunca les gustó. Habían estado esperando pacientemente a que llegara este día. Querían que Anne le dejase. Que se llevara a la niña y le dejase. Por supuesto, eso era lo que querían.

Marco no iba a permitirlo.

Se levantó de pronto, golpeando la mesita que había entre ellos con las rodillas.

—Está bien —dijo—. Me las arreglaré solo. —Dio media vuelta y salió del salón, ciego de rabia y vergüenza. Se lo contaría a Anne él primero. Le diría lo cabrón que era su padre en realidad.

Era media tarde. Momento de una copa más antes de ir a casa. Fue a su bar de siempre a tomarse una rápida y luego se dio su paseo. Bruce ya estaba allí, en el banco. *Ese* fue el momento. El momento en el que no hubo marcha atrás.

30

Qué mal aspecto tienes —dijo Bruce mientras Marco se sentaba a su lado en el banco.

Marco estaba atontado. Se había armado de valor para pedírselo, pero no llegó a imaginarse que Richard fuera a decir que no. El negocio podía salvarse, estaba seguro de ello. Tenían deudas serias, clientes que no habían pagado. Había buscado nuevas opciones, pero no terminaban de concretarse. Todavía podía arreglarse, con un poco de dinero para sacarle del apuro. Marco seguía teniendo ambición. Aún creía en sí mismo. Solo necesitaba un poco de espacio para respirar; un poco de liquidez.

—Necesito dinero —le dijo Marco a Bruce—. ¿Conoces a algún prestamista? —Era una broma, pero a medias. Sabía lo desesperado que debía parecer.

Sin embargo, Bruce se lo tomó en serio. Se giró para mirarle directamente.

—No, no conozco a ningún prestamista. De todos modos, no te conviene hacer eso —contestó Bruce.

—Pues no sé qué coño puedo hacer si no —replicó Marco, pasándose la mano por el pelo, mirando el río, furioso.

—Puedes declararte en quiebra, empezar de nuevo —sugirió Bruce después de pensarlo—. Mucha gente lo hace.

—No puedo hacer eso —dijo Marco, obcecado.

—¿Por qué no? —preguntó Bruce.

—Porque mataría a mi mujer. Ella... está frágil ahora mismo. Acaba de tener un bebé. Ya sabes. —Marco se echó hacia delante, apoyando los codos en las rodillas, y metió la cara entre las manos.

—¿Tienes un bebé? —dijo Bruce, con tono de sorpresa.

—Sí —contestó Marco, levantando la vista—. Una niña.

Bruce se reclinó en el asiento y miró fijamente a Marco.

—¿Qué? —dijo Marco.

—Nada —contestó rápidamente Bruce.

—No, ibas a decir algo —insistió Marco, enderezándose en el banco.

Era evidente que Bruce le daba vueltas a alguna idea.

—¿Qué tal los padres de tu mujer con su nietecita?

—Se les cae la baba —respondió Marco—. Es su única nieta. Ya sé dónde quieres ir a parar. Aportarán dinero para su educación, probablemente le den algo cuando cumpla veintiuno, pero lo amarrarán de manera que yo no pueda tocarlo. Por ahí no hay salida.

—La hay si tienes un poco de imaginación —apuntó Bruce, ladeando la cabeza hacia él.

Marco se quedó mirándole.

—¿Qué quieres decir?

Bruce se acercó un poco más y bajó la voz.

—¿Estás dispuesto a arriesgarte un poco?

—¿De qué estás hablando? —Marco miró a su alrededor para ver si alguien les podía oír, pero se encontraban solos.

—A ti no te van a dar dinero, pero apuesto a que lo soltarían rápido para recuperar a su única nieta.

—¿Qué estás sugiriendo? —susurró Marco. Aunque ya lo sabía.

Los dos hombres se miraron mutuamente. Si Marco no hubiera llevado un par de copas encima, especialmente la horrible que se había tomado con su suegro, tal vez le habría dado a Bruce un no rotundo por respuesta y se habría marchado a casa a contarle la verdad a su mujer, tal y como había planeado. Se habría declarado en quiebra y habría empezado de cero. La casa aún era suya. Se tenían el uno al otro, y a Cora. Pero, de camino al río, Marco había pasado por una tienda de licores. Se había traído una botella en una bolsa de papel. Y, en ese momento la destapó, le ofreció a su amigo y dio un trago largo directamente de la botella. El alcohol nubló un poco las cosas, hizo que todo pareciera algo menos imposible.

Bruce bajó la voz.

—Montas un secuestro. No uno de verdad, un falso secuestro. Nadie sale herido.

Marco se quedó mirándolo. Se acercó a él y susurró:

—¿Pero cómo se hace eso? Para la policía no sería algo simulado.

—No, pero, si lo haces bien, es el crimen perfecto. Los padres de tu mujer pagan, recuperáis a la niña y todo acaba en un par de días. En cuanto tu bebé vuelva a casa, la policía perderá interés.

Marco le dio vueltas en la cabeza. El alcohol hacía que le pareciera menos descabellado.

—No sé —dijo con nerviosismo.

—¿Se te ocurre alguna idea mejor? —preguntó Bruce con tono de reproche, devolviéndole la bolsa de papel con la botella abierta.

Hablaron de los detalles, al principio de forma hipotética. Podía fingir que secuestraban a su hija, entregársela a Bruce, que se la llevaría a su cabaña en las Catskill durante un par de días. Él tenía tres hijos, ya creciditos, y sabía cómo cuidar de un bebé. Cada uno conseguiría un móvil de prepago ilocalizable para comunicarse entre ellos. Marco tendría que esconder el suyo en algún sitio.

—Necesitaría unos cien mil —dijo Marco, mirando hacia el río y contemplando a las aves que volaban en círculo sobre el agua.

Bruce soltó una risa socarrona.

—¿Estás loco?

—¿Por qué? —dijo Marco.

—Si te cogen, da igual si has pedido cien mil o cien millones: el castigo es el mismo. Al menos haz que merezca la pena. No tiene sentido meterse en algo así por una miseria.

Marco y Bruce se fueron pasando la botella mientras Marco lo sopesaba. Richard y Alice Dries tenían una fortuna que rondaba los quince millones, por lo que él sabía. Tenían el dinero. Si Marco sacaba un millón, podría salvar su negocio y pagar la hipoteca, sin ayuda de los padres de Anne. O, al menos, sin su ayuda directa. Estaría bien quitarle un par de millones al cabrón de Richard.

Decidieron que el rescate sería de dos millones. A dividir al cincuenta por ciento.

—No está mal por dos días de trabajo —dijo Bruce tranquilizándole.

Marco pensó que tenía que ser pronto. Si esperaba más, se echaría atrás.

—Mañana por la noche salimos: hay una cena en la casa de al lado. Vendrá una canguro, pero siempre se queda dormida en el sofá con los cascos puestos.

—Podrías salir a fumar un cigarrillo, entrar en casa y sacarme a la niña —dijo Bruce.

Marco se quedó pensándolo. Podía funcionar. Discutieron el plan con más detalle.

Si pudiera elegir ahora un momento al que volver para cambiarlo todo, sería la primera vez que vio a Bruce.

Si no se hubiera dado un paseo hasta la orilla aquella tarde de primavera, si no se hubiera sentado en aquel banco, si Bruce no hubiera pasado por ahí. Si se hubiera levantado y se hubiera ido aquel día, cuando Bruce se colocó a su lado, y no hubieran entablado una relación que con el tiempo se convirtió en amistad... Qué diferente sería todo ahora.

No creía que la policía pudiera encontrar a alguien que le relacionara con Bruce. Sus encuentros eran bastante esporádicos, impredecibles. A su alrededor solo había gente que había salido a correr o que pasaba en patines a toda velocidad. Eso no le había preocupado antes porque nadie iba a volver a ver a Bruce. Tenía la intención de retirarse; cogería su millón y desaparecería.

Pero ahora Bruce está muerto.

Y Marco, completamente jodido.

Necesita llamar a Richard; esa es la razón por la que vino a la oficina, para alejarse de Anne y poder tener una conversación en privado con su padre. Marco debe saber qué está pasando con Cora, si Richard ha llegado a otro acuerdo con los secuestradores.

Duda. No puede soportar la idea de recibir más malas noticias. Pase lo que pase, han de recuperar a la niña. Tiene que confiar en que Richard lo conseguirá. Ya lidiará con el resto después.

Descuelga el teléfono y marca el número de su suegro. Va directamente al buzón de voz. *Joder.* Deja un breve mensaje.

—Soy Marco. Llámame. Dime qué está pasando.

Se levanta y empieza a recorrer su despacho de arriba abajo, como un hombre encerrado ya en una celda.

Anne cree oír a su niña llorando: Cora debe de estar despertando de la siesta. Se quita los guantes de jardinería, entra en casa a toda prisa y se lava las manos en el fregadero de la cocina. Puede escuchar a Cora arriba en su cuna, gimoteando y llamando a su madre.

—¡Un minuto, cariño! —dice en voz alta—. Ahora mismo voy. —Está feliz.

Anne sube corriendo a coger a su bebé, canturreando ligeramente. Entra en el cuarto de la niña. Todo permanece igual, menos la cuna, que está vacía. De repente se acuerda, y es como si la arrastraran violentamente mar adentro. Se derrumba en el sillón donde le daba el pecho.

No se encuentra bien, lo sabe. Debería llamar a alguien. A su madre. Pero no lo hace. En su lugar empieza a balancearse en el sillón, de atrás hacia delante.

Le gustaría culpar a Cynthia de todos sus problemas, pero reconoce que ella no tiene a su niña.

Cynthia solo ha intentado robarle a su marido, un marido al que ya ni siquiera sabe si quiere. Algunos días cree que Marco y Cynthia se merecen el uno al otro. Anne la oye al otro lado de la pared, y todo su odio se solidifica en una poderosa ira. Porque, si aquella noche no hubieran ido a casa de Cynthia, si Cynthia no hubiera dicho que nada de niños, esto no habría pasado. Todavía tendría a su bebé.

Anne se mira en el espejo roto del baño de arriba, que todavía no han cambiado. Parece fracturada, astillada en cien pedazos. Casi no reconoce a la persona que la mira. Se lava la cara, se cepilla el pelo. Entra en su dormitorio y se pone una camisa limpia y vaqueros nuevos. Comprueba que no hay periodistas delante de la casa. Va a la puerta de al lado y llama al timbre.

Cynthia abre, claramente sorprendida de encontrar a Anne en su umbral.

—¿Puedo pasar? —pregunta Anne. Incluso para estar en casa, su vecina va siempre bien vestida: pantalones *capri*, una bonita blusa de seda.

Cynthia la mira recelosa por un instante. Luego abre más la puerta y dice:

—Vale.

Anne entra.

—¿Quieres un café? Puedo prepararlo —le ofrece Cynthia—. Graham está fuera. Vuelve mañana por la noche.

—Bueno —dice Anne, siguiéndola a la cocina. Ahora que está aquí, se pregunta por dónde empezar. Quiere saber la verdad. ¿Debería ser amable? ¿Acusadora? La última vez que estuvo en esta casa, todo seguía siendo normal. Parece haber pasado mucho tiempo de eso. Una vida entera.

Una vez en la cocina, Anne observa las puertas deslizantes de vidrio que dan al patio y al jardín trasero. Ve las sillas en el patio. Imagina a Cynthia sobre el regazo de Marco en una de esas sillas, mientras el hombre asesinado se lleva a su bebé en el coche. Está llena de ira, pero procura que no se le note. Tiene mucha experiencia en sentir rabia y no demostrarla. Disimula. ¿Acaso no es lo que hacen todos? Todos aparentan, todos fingen ser algo que no son. El mundo entero está construido sobre mentiras y engaños. Cynthia es una mentirosa, igual que el marido de Anne.

De repente, empieza a marearse y se sienta junto a la mesa de la cocina. Cynthia enciende la cafetera, se vuelve y la mira, apoyándose contra la encimera. Desde donde Anne se encuentra sentada, parece más alta y sus piernas más largas que nunca. Se da cuenta de que está celosa, enfermizamente celosa, de Cynthia. Y Cynthia lo sabe.

Ninguna de las dos parece querer empezar la conversación. Es incómodo. Por fin, Cynthia dice:

—¿Están progresando con la investigación? —Al decirlo pone una expresión de preocupación, que no engaña a Anne.

Esta la mira y contesta:

—Nunca recuperaré a mi hija. —Lo dice con serenidad, como si estuviera hablando del tiempo. Se siente desconectada, desarraigada de todo. De pronto se da cuenta de que ha sido un error ir allí. No tiene fuerzas para enfrentarse a Cynthia sola. La visita ha sido una idea arriesgada. Teme a Cynthia. Pero ¿por qué? ¿Qué puede hacerle después de lo que ya ha pasado? En realidad, con todo lo que ha perdido, Anne debería sentirse invencible. No le queda nada que perder. Cynthia debería temerla a *ella*.

Entonces lo comprende. Y se queda helada. Anne tiene miedo de sí misma. Tiene miedo de lo que pueda hacer. Debe marcharse. De pronto, se levanta.

—Tengo que irme —anuncia atropelladamente.

—¿Qué? Pero si acabas de llegar —se sorprende Cynthia. La mira atentamente—. ¿Te encuentras bien?

Anne se hunde otra vez en la silla y mete la cabeza entre las rodillas. Cynthia se le acerca y se agacha junto a ella. Le pone suavemente una de sus manos arregladas sobre la espalda. Anne cree que se va a desmayar, tiene ganas de vomitar. Respira hondo, esperando a que se le pase esa sensación. Si espera, y respira, el mareo desaparecerá.

—Toma, bebe un poco de café —dice Cynthia—. La cafeína te ayudará.

Anne levanta la cabeza y la observa sirviendo el café. Le importa un bledo a esta mujer, y sin embargo ahí está, preparándole un café, con leche y azúcar, y sirviéndoselo en la mesa de la cocina, como solían hacer antes. Anne da un trago, luego otro. Cynthia tenía razón, se encuentra mejor. El café le despeja la mente, le permite pensar. Da otro sorbito y deja la taza sobre la mesa. Cynthia se ha sentado frente a ella.

—¿Cuánto tiempo llevas teniendo una aventura con mi marido? —pregunta Anne. Su voz suena impasible. Tiene una sorprendente neutralidad, para lo furiosa que está. Cualquiera que la oyera pensaría que le da igual.

Cynthia se sienta más atrás en la silla y cruza los brazos bajo sus generosos pechos.

—No estoy teniendo una aventura con tu marido —contesta, con la misma frialdad.

—Déjate de chorradas —dice Anne en un tono extrañamente amable—. Lo sé todo.

Cynthia parece sorprendida.

—¿Qué quieres insinuar? No hay nada que saber. Marco y yo no tenemos ninguna aventura. Nos calentamos un poco en el patio la última vez que estuvisteis aquí, pero fue inofensivo. Los dos estábamos borrachos. Nos dejamos llevar. No significó nada. Fue la primera y única vez que nos hemos puesto la mano encima.

—No sé por qué lo negáis los dos. Sé que estáis teniendo una aventura —insiste Anne, mirando a Cynthia por encima del borde de su taza.

Cynthia la contempla desde el otro lado de la mesa, sosteniendo su café con ambas manos.

—Ya te he dicho, y le dije a la policía cuando vinieron, que tonteamos un poco ahí fuera. Habíamos bebido, y eso fue todo. No ha habido nada entre Marco y yo ni antes ni después de aquello. No le he visto desde la noche del secuestro. Estás imaginando cosas, Anne. —Su tono es condescendiente.

—¡No me mientas! —salta de pronto Anne—. Vi a Marco saliendo por la puerta trasera de tu casa ayer por la tarde.

Cynthia se tensa.

—¡Así que no me mientas diciéndome que no le has visto! Y sé lo del móvil.

—¿Qué móvil? —Una de las perfectas cejas de Cynthia se ha arqueado.

—Da igual —dice Anne, deseando no haber pronunciado esas últimas palabras. Recuerda que el teléfono podía ser para otra persona. Es tan confuso todo lo que está pasando. Ya casi no puede mantener la lógica de las cosas. Siente como si la mente se le estuviera colapsando. Siempre ha sido sensible, pero ahora..., ahora que su hija ha desaparecido, que su marido le es infiel, que le miente, ¿quién no perdería la cabeza en una situación así? Es comprensible. Sería comprensible que hiciera alguna locura.

La expresión de Cynthia cambia de repente. Desaparece la falsa preocupación, y observa a Anne con frialdad.

—¿Quieres saber lo que está pasando? ¿Estás segura de que quieres saberlo?

Anne le devuelve la mirada, descolocada por el cambio de tono. Puede imaginarse a Cynthia como una abusona en el patio del colegio: la chica alta y guapa que se burlaba de las chicas bajas, rechonchas y con poca autoestima como ella.

—Sí, quiero saberlo.

—¿Estás segura? Porque, una vez que te lo cuente, ya no voy a poder retirarlo. —Cynthia deja su café sobre la mesa.

—Soy más fuerte de lo que crees —dice Anne. Hay un tono de crispación en su voz. Ella también deja su taza, se inclina hacia delante y añade—: He perdido a mi hija. ¿Qué puede hacerme daño ya?

Cynthia sonríe, pero es una sonrisa fría y calculadora. Se reclina en la silla y mira a Anne como si intentara decidirse.

—No creo que tengas ni idea de lo que está pasando en realidad —dice.

—Entonces, ¿por qué no me lo cuentas? —salta Anne.

Cynthia se levanta, empuja la silla hacia atrás haciéndola rechinar sobre el suelo.

—De acuerdo. Quédate aquí. Solo tardo un minuto.

Sale de la cocina y sube al piso de arriba. Anne se pregunta qué puede ser lo que Cynthia tiene que enseñarle. Se plantea marcharse. ¿Puede aguantar otra dosis más de realidad? Puede que sean fotos. Fotos de Marco y ella juntos. Cynthia es fotógrafa. Y es de esa clase de mujeres que conservaría imágenes de sí misma, porque es así de imponente y así de vanidosa. Puede que le vaya a enseñar fotos suyas en la cama con Marco. Y la expresión en la cara de él será totalmente distinta a la que tiene cuando le hace el amor a ella. Se levanta. Está a punto de salir por las puertas deslizantes cuando Cynthia vuelve a aparecer en la cocina con un ordenador portátil.

—¿Te rajas? —pregunta.

—No, solo necesitaba un poco de aire —contesta Anne mintiendo, mientras cierra la puerta corredera y vuelve hacia la mesa

Cynthia deposita el portátil y lo abre. Se sientan y esperan un par de minutos a que arranque.

—Siento mucho todo esto, Anne, de veras que lo siento —dice Cynthia.

Anne la mira con odio, sin creerse una sola palabra, y vuelve a centrar con recelo la atención sobre la pantalla. No es lo que ella esperaba. Es un vídeo en blanco y negro del jardín trasero de Cynthia; al fondo, se ve el jardín de Anne. La fecha y la hora aparecen en la parte inferior. Se queda helada.

—Espera —le indica Cynthia.

Va a ver al hombre asesinado llevándose a su hija. Así de cruel es Cynthia. Y ha tenido la cinta de vídeo todo este tiempo.

—¿Por qué no se lo enseñas a la policía? —le pregunta con tono inquisitivo, sin apartar los ojos del vídeo, esperando.

Atónita, Anne ve que Marco aparece en la puerta trasera de su casa a las 00:31 y gira la bombilla del detector de movimiento; la luz se apaga.

Anne siente que la sangre no le llega a las piernas y los brazos. Ve a Marco entrando en la casa. Pasan dos minutos. La puerta de atrás se abre. Marco asoma con Cora en brazos, envuelta en su mantita blanca. Echa un vistazo a su alrededor para ver si le observan, mira directamente a la cámara, luego camina deprisa hasta el garaje y abre la puerta. El corazón de Anne late furiosamente golpeándole las costillas. Un minuto después, ve a Marco saliendo del garaje sin la niña. Son las 00:34. Atraviesa el césped hacia la casa, donde su imagen desaparece de la vista brevemente, y vuelve a aparecer en el patio de los Stillwell.

—Como ves, Anne —dice Cynthia interrumpiendo el silencio de asombro—, no se trata de que Marco y yo tengamos una aventura. Marco secuestró a tu niña.

Anne está aturdida, horrorizada, y no es capaz de contestar.

—Podrías preguntarle dónde está —añade Cynthia.

31

Cynthia adopta una postura más cómoda en la silla y dice:

—Podría llevárselo a la policía, o tal vez prefieras que no lo haga. Tu familia tiene dinero, ¿no?

Anne se levanta de un salto. Abre las puertas correderas y se va, dejando a Cynthia sola, sentada ante su mesa con el ordenador portátil. La imagen de Marco llevándose a Cora al garaje a las 00:33 se ha grabado a fuego en sus retinas y en lo más profundo de su cerebro. Ya nunca se le borrará de la mente. *Marco se llevó a su hija.* Le ha estado mintiendo todo este tiempo.

No sabe con quién se casó.

Corre a su casa y entra por la puerta de atrás. Casi no puede respirar. Se derrumba sobre el suelo de la cocina, apoyándose contra los armarios inferiores, sollozando y temblando. Llora con la respiración entrecortada, y en su mente ve las mismas imágenes una y otra vez.

Esto lo cambia todo. Marco se llevó a su hija. Pero ¿por qué? ¿Por qué lo hizo? No puede ser que Cora ya estuviera muerta y Marco lo hiciera para encubrirla. El inspector Rasbach le ha explicado que eso es sencillamente imposible. Si Anne hubiera matado a Cora y Marco lo hubiera descubierto a las doce y media, no podría haber conseguido que un cómplice llegara a las 00:35. Y ahora ya sabe que sacó a Cora de casa a las 00:33 exactamente. Debió de disponer que alguien, el hombre asesinado, le estuviera esperando en su coche dentro del garaje a las doce y media, cuando Marco sabía que pasaría a ver a Cora. Así que tuvo que planearlo. Lo planeó. Con el hombre que ahora está muerto. Un hombre al que cree haber visto antes. ¿Dónde?

Marco ha estado detrás de esto todo el tiempo, y ella no sabía nada.

Secuestró a su hija, con ese otro hombre, que ahora está muerto. ¿Dónde está ahora su niña? ¿Quién se la quitó al hombre de la cabaña? *¿Qué demonios ha pasado? ¿Y cómo ha podido hacer Marco algo así?*

Anne está sentada en el suelo de la cocina, cogiéndose las rodillas, tratando de entenderlo. Piensa en volver a la comisaría y contarle lo que ha visto al inspector Rasbach. Podría hacer que Cynthia le diera el vídeo. Puede imaginar por qué no se lo llevó a la policía desde un principio: debe de estar guardándoselo para manipular a Marco. Quiere tenerle bajo su control. Cynthia es de esa clase de mujeres.

¿Por qué secuestraría Marco a Cora? Si no lo hizo para proteger a Anne, tuvo que hacerlo por sus propias razones egoístas. La única razón posible es el dinero. Quería el dinero del rescate. El dinero de sus padres. Es espantoso caer en la cuenta. Ahora entiende que el negocio de Marco no va bien. Recuerda que hace unos meses le hizo firmar los papeles de una hipoteca sobre la casa, para tener efectivo para nuevos planes de expansión. Pensó que la empresa estaba creciendo más rápido de lo esperado, que todo iba bien. Pero puede que entonces ya estuviera mintiéndole. Todo va encajando. El negocio que se va al garete, la hipoteca de la casa y ahora el secuestro —*de su propia hija*— para sacar dinero a sus padres.

¿Por qué no le contó Marco que tenía problemas económicos? Podrían haber acudido a sus padres, pedirles más dinero. ¿Por qué hizo algo tan estúpido? ¿Por qué cogió a su preciosa hija y se la dio a un hombre que ha acabado asesinado a golpes con una pala?

¿Fue Marco a la cabaña después de que se llevaran el dinero del rescate para plantar cara al tipo y le mató? ¿Es Marco también un asesino? ¿Tuvo tiempo para llegar hasta la cabaña y volver sin que ella se diera cuenta? Intenta recordar qué día es, intenta repasar cada día desde el secuestro, pero su cabeza es un revoltijo imposible.

¿Formaba parte de todo esto el teléfono móvil? Se da cuenta de que se ha equivocado desde el principio.

No se trata de aventuras con Cynthia ni con ninguna otra. Se trata del secuestro. Marco secuestró a su hija.

El hombre con quien se casó.

Y, luego, estando allí, en la cocina, le dijo que el hombre asesinado le sonaba de algo.

De repente, Anne tiene miedo de su propio marido. No sabe quién es, ni qué es. Empieza a entender de lo que Marco es capaz.

¿La ha querido en algún momento o solo se casó con ella por dinero?

¿Qué puede hacer ahora? ¿Ir a la policía con lo que sabe? ¿Qué le pasará a Cora si lo hace?

Después de mucho rato, Anne se levanta con dificultad del suelo. Se obliga a subir las escaleras que dan al dormitorio. Temblando, saca una maleta pequeña y empieza a meter ropa.

Anne se baja del taxi al pie de la entrada circular de gravilla de sus padres. Es la misma casa en la que creció. Majestuosa. El gran edificio de piedra con sus jardines frondosos y profesionalmente cuidados se abre por la parte de atrás hacia un barranco arbolado. Anne paga al taxista y se queda un momento contemplando la casa, con la maleta a sus pies. Aquí las viviendas están muy separadas. Nadie la verá, a no ser que su madre esté dentro y se asome por la ventana por casualidad. Recuerda perfectamente el día en que salió por esa puerta, se subió a la moto de Marco y decidió que estaba enamorada.

Cuánto ha pasado. Cuánto ha cambiado.

Odia volver a casa de sus padres. Es admitir que tenían razón sobre Marco desde el principio. No quiere creerlo, pero ha visto las pruebas con sus propios ojos. Se casó con Marco en contra de los deseos de Richard y Alice; en aquella época sabía lo que pensaba, sabía lo que quería.

Ahora no sabe nada.

Y, estando allí, al pie de la entrada de sus padres, de repente recuerda dónde vio al hombre asesinado. Empieza a temblar como una hoja al viento, intentando ver algún sentido en esta nueva revelación. Entonces saca su móvil y llama a otro taxi.

Marco intenta localizar a Richard de nuevo, deja otro mensaje tenso en su buzón de voz. Su suegro le está castigando, manteniéndole ajeno a lo que pasa. Va a encargarse personalmente, y no le dirá nada hasta que todo haya pasado, cuando recupere a Cora sana y salva. Si es que la recupera.

Hasta Marco admite que tal vez sea mejor así. Si hay alguien que pueda hacerlo, es Richard. Richard, con sus montones de dinero y sus nervios de acero. Marco está agotado, física y emocionalmente. Lo único que quiere hacer es tumbarse en el sofá del despacho, dormir unas horas y despertar con una llamada que le diga que Cora se encuentra en casa. Pero, después de eso, ¿qué pasará?

Recuerda que hay una botella de whisky abierta al fondo de uno de los cajones de su archivador. Deja de caminar, se acerca al mueble, abre el cajón. La botella está medio vacía. Coge un vaso, también escondido en el archivador, y se sirve un buen trago. Luego sigue deambulando por el despacho.

No puede soportar la idea de no volver a ver nunca a Cora. También le aterra que le detengan y le metan en la cárcel. Está seguro de que, si le detienen, el abogado que más posibilidades tendría de que le absolvieran, Aubrey West, ya no le representará. Porque los padres de Anne no lo pagarán, y Marco no tiene dinero para permitirse un abogado de primera.

Se rellena la copa con la botella, que ahora permanece abierta sobre su valioso escritorio, y se da cuenta de que ya está pensando en qué hacer cuando le detengan. A estas alturas parece inevitable. Anne no le apoyará, no después de que su padre le cuente la verdad. ¿Por qué iba a hacerlo? Le odiará. Si *ella* le hubiera hecho algo así *a él*, Marco nunca se lo perdonaría.

Y luego quedan Cynthia y su vídeo.

Cuando va por el tercer vaso, Marco se plantea por primera vez contar la verdad a la policía. ¿Qué pasaría si se lo dijera a Rasbach? Sí, se encontró con Bruce, que resultó ser Derek Honig. Sí, tenía problemas con el negocio. Sí, su suegro se negó a ayudarle. Sí, planeó llevarse y esconder a su propia hija un par de días para pedir el dinero del rescate a los padres de su mujer.

Pero no fue idea suya. Fue idea de Derek Honig.

Derek Honig fue quien lo sugirió. Él lo planeó. Para Marco, solo era una manera de conseguir un pequeño adelanto de la herencia de su mujer. Se suponía que nadie debía morir. Ni su cómplice. Ni desde luego su hija.

Marco también es una víctima en todo esto. No está exento de culpa, pero aun así es una víctima. Estaba desesperado, y cayó en la trampa de alguien que le dio un nombre falso, que le involucró en el secuestro para aprovecharse. Un buen abogado como Aubrey West podría darle la vuelta a la historia.

Marco confesará al inspector Rasbach. Le contará todo.

En cuanto Cora vuelva a casa.

Irá a la cárcel. Pero al menos su hija estará con su madre, esto es, si sobrevive. Richard ya no tendrá nada que echarle en cara. Y mala suerte para Cynthia. De hecho, tal vez podría asegurarse de que ella también vaya a la cárcel por intento de chantaje. Por un momento se imagina a Cynthia con un enorme mono naranja y el pelo sucio.

Levanta la vista mientras camina, ve su reflejo en el gran espejo que cuelga de la pared opuesta a la ventana, y apenas se reconoce.

arco llega por fin a casa cuando ya ha ano-
checido. Ha bebido demasiado, así que ha
dejado el coche y ha cogido un taxi. Vuelve desaliñado,
con los ojos enrojecidos y el cuerpo atenazado por la
tensión, incluso a pesar del alcohol.

Entra por la puerta delantera.

—¿Anne? —dice en alto, preguntándose dónde
estará. La casa permanece a oscuras, parece vacía, muy
silenciosa. Se queda inmóvil, escuchando el silencio.
Puede que no esté—. ¿Anne? —Su voz suena más alta,
intranquila. Avanza hasta el salón.

Marco se para en cuanto la ve. Anne está sentada
en el sofá, a oscuras, completamente inmóvil. Tiene un
cuchillo grande en la mano; ve que es el cuchillo de trinchar del bloque de madera que tienen sobre la encimera

de la cocina. Marco siente que su corazón está desangrándose, formando un charco a sus pies. Da un paso vacilante y trata de verla mejor. ¿Qué hace ahí sentada en la oscuridad, con un cuchillo?

—¿Anne? —dice Marco, más suavemente. Parece sumergida en una especie de trance. Le asusta—. Anne, ¿qué ha pasado? —Le habla como se hablaría a un animal peligroso. Cuando no le contesta, Marco pregunta con el mismo tono amable—: ¿Qué haces con eso en la mano?

Necesita encender la luz. Avanza unos pasos hacia la lámpara que hay junto a la mesita.

—¡No te acerques! —grita ella levantando el cuchillo.

Marco se queda quieto, mirándola, observando cómo lo blande, como si tuviera intención de usarlo.

—Sé lo que hiciste —dice Anne con voz grave, desesperada.

La mente de Marco se dispara. Debe de haber hablado con su padre. Las cosas deben de haberse torcido. De pronto le inunda la desesperación. Se da cuenta de lo mucho que confiaba en que su suegro salvara la situación y recuperara a Cora. Pero está claro que todo se ha desbaratado. Su niña se ha ido para siempre. Y Richard le ha contado la verdad a su hija.

Y ahora esto último, el desenlace final: su mujer ha perdido la cabeza.

—Anne, ¿para qué es ese cuchillo? —pregunta Marco, obligándose a parecer tranquilo.

—Para protegerme.

—¿Protegerte de qué?

—De ti.

—No necesitas protegerte de mí —le dice Marco en la oscuridad. ¿Qué le habrá contado su padre? ¿Qué mentira? Él nunca haría daño a propósito a su mujer o a su hija. Todo ha sido un terrible error. No hay motivo para que le tenga miedo. *Eres peligroso, Marco: tú, tus planes y tus argucias*—. ¿Has visto a tu padre?

—No.

—Pero has hablado con él.

—No.

Marco no lo comprende.

—¿Con quién has estado hablando?

—Con nadie.

—¿Por qué estás sentada a oscuras con un cuchillo? —Le gustaría encender la luz, pero no quiere asustarla.

—No: es verdad —dice Anne, como recordando—. He visto a Cynthia.

Marco se queda mudo. Aterrado.

—Me enseñó el vídeo. —Su mirada es espantosa. Todo su dolor y su rabia se ven en su rostro. Su odio.

Marco deja caer los hombros; siente que le fallan las rodillas. Ya está. Puede que Anne quiera matarle por llevarse a su hija. Es comprensible. Quisiera quitarle el cuchillo y hacerlo él mismo.

De repente, un pensamiento le hiela las venas. Tiene que ver el cuchillo. Ver si Anne lo ha utilizado. Pero está demasiado oscuro. No puede distinguir lo suficiente como para saber si hay sangre en ella o en el arma. Da otro paso y se detiene. Los ojos de Anne le aterran.

—*Tú* secuestraste a Cora —prosigue Anne—. Lo he visto con mis propios ojos. La sacaste de casa envuelta en su mantita y la acercaste al garaje. Ese hombre se la llevó. Lo planeaste tú. Me mentiste. Y has seguido mintiéndome desde entonces. —Su voz suena incrédula—. Y, luego, cuando él te traicionó, fuiste a esa cabaña y le mataste con una pala. —Ahora está más acalorada.

Marco reacciona espantado.

—¡No, Anne, yo no lo hice!

—Y ahí sentado conmigo en la cocina me dijiste que *te sonaba*.

Marco siente náuseas. Piensa en cómo lo debe de ver Anne. Lo retorcido que ha acabado siendo todo.

Anne se inclina hacia delante; tiene el cuchillo grande sujeto con fuerza entre las dos manos.

—He estado viviendo contigo en esta casa, todo este tiempo desde que desapareció Cora, y todo este tiempo me has estado mintiendo. Mintiéndome sobre absolutamente todo. —Le mira y susurra—: *No sé quién eres.*

Marco tiene la mirada fija en el cuchillo y dice, desesperadamente:

—Sí, me la llevé. Me la llevé, Anne. Pero ¡no es lo que piensas! No sé qué te ha contado Cynthia. Ella no tiene ni idea. Me está chantajeando. Está intentando usar ese vídeo para sacarme dinero.

Anne se queda mirándole fijamente, sus ojos son inmensos en medio de la oscuridad.

—¡Puedo explicarlo, Anne! Sé lo que parece. Escúchame. Me metí en problemas económicos. El negocio no iba bien. Tuve varios reveses. Y entonces conocí a ese hombre..., a Derek Honig. —Marco vacila—. Me dijo que se llamaba Bruce Neeland. Parecía un buen tipo; nos hicimos amigos. *Él* me sugirió la idea del secuestro. Fue todo idea suya. Necesitaba el dinero, Anne. Dijo que sería rápido y fácil, que nadie saldría herido. Él lo planeó todo. —Marco se detiene para tomar aire. Anne le observa con un gesto adusto. Sin embargo, para Marco es un alivio confesar, contarle la verdad—. Le llevé a Cora al garaje. Se suponía que debía llamarnos en un plazo de doce horas, y que la recuperaríamos en dos o tres días como máximo. Se suponía que iba a ser rápido y fácil —repite Marco con amargura—. Pero entonces no supimos nada de él. Desconocía qué estaba pasando. Intenté localizarle con el móvil que encontraste, para eso era, pero no contestaba a mis llamadas. No sabía qué hacer. No tenía otro modo de contactar con él. Pensé que tal vez había perdido el teléfono. O que se había rajado, que tal vez la había matado y se había ido del país. —Su voz se ha convertido en un gemido. Hace otra pausa para recomponerse—. Me entró pánico. Para mí también ha sido un infierno, Anne. No te lo puedes imaginar.

—¡No me digas que no me lo puedo imaginar! —grita Anne—. ¡Por tu culpa nuestra hija ha desaparecido!

Marco intenta tranquilizarla bajando la voz. Tiene que contárselo todo, sacarlo todo.

—Y, entonces, cuando recibimos el pijama con el correo, creí que era él, que estaba poniéndose en contacto con nosotros. Que tal vez algo había pasado con el teléfono y le daba miedo llamarme directamente. Pensé que estaba intentando que recuperáramos a la niña Incluso cuando subió la cifra del rescate a cinco millones, no pensé... No creí que fuera a engañarme. Solo me preocupaba que tus padres no lo pagaran. Pensé que tal vez había subido la cantidad porque creía que el riesgo era mayor. —Marco se detiene un instante, apabullado por estar soltándolo todo—. Pero, cuando llegué, Cora no estaba. —Se derrumba, llorando—. Se suponía que debía estar allí. ¡No sé qué pasó! Anne, lo juro. Nunca quise que nadie saliera mal parado. Y menos Cora, o tú.

Permanece arrodillado en el suelo delante de ella. Podría cortarle el cuello si quisiera. Y a Marco le daría igual.

—¿Cómo has podido? —susurra ella—. ¿Cómo has podido ser tan estúpido? —Marco levanta la cabeza desconsolado y la mira—. ¿Por qué no pediste dinero a mi padre, si tanto lo necesitabas?

—¡Lo hice! —dice Marco, frenético—. Pero me lo negó.

—No te creo. Él no haría eso.

—¿Por qué voy a mentirte?

—No haces otra cosa, Marco.

—¡Pues pregúntaselo a él!

Se miran furiosos por un instante.

Entonces Marco dice, más tranquilo:

—Tienes toda la razón en odiarme, Anne. Yo me odio por lo que he hecho. Pero no tienes por qué tenerme miedo.

—¿Ni siquiera después de que mataras a golpes a ese hombre? ¿Con una pala?

—¡Yo no lo hice!

—¿Por qué no me lo cuentas todo, Marco?

—¡Te lo he contado todo! Yo no maté al hombre de la cabaña.

—Entonces, ¿quién lo hizo?

—Si lo supiéramos, ¡también sabríamos quién tiene a Cora! Derek no le habría hecho daño, estoy seguro de ello. Nunca le habría hecho nada; si le hubiese creído capaz no se la habría confiado. —Pero al decir estas palabras, Marco se da cuenta horrorizado de lo fácilmente que dejó que otra persona se llevara a su hija. Se vio tan desesperado que estuvo ciego ante los riesgos que podía correr.

Sin embargo, aquel sentimiento de desesperación no era nada comparado con lo que siente ahora. ¿Por qué iba Derek a hacerle daño a Cora? No tenía motivo. A no ser que le entrara pánico.

—Solo quería hacer el intercambio, coger su dinero y desaparecer —continúa Marco—. Alguien debió de descubrir que tenía a Cora, le mató y se la llevó. Y luego nos engañaron. —Ahora su voz adquiere un tono de súplica—. Anne, tienes que creerme, yo no le maté. ¿Cómo iba a hacerlo? Sabes que he estado aquí contigo prácticamente todo el tiempo, o en la oficina. Yo no podría haberle matado.

Anne está callada, pensando. Entonces susurra:

—No sé qué creer.

—Por eso fui a la policía —prosigue Marco—. Les dije que le había visto rondando la casa, para que le investigaran. Quería ponerles en el camino correcto, para que averiguaran quién le mató, y encontrar a Cora sin descubrirme. Pero para variar no han encontrado nada. —Y luego añade, con tono derrotado—: Aunque probablemente solo sea cuestión de tiempo antes de que me detengan.

—Si ven ese vídeo te detendrán muy rápido —murmura amargamente Anne.

Marco la mira. No sabe si su mujer prefiere que la policía le detenga o no. Ahora mismo es difícil saber lo que piensa.

—Sí, me llevé a Cora y se la entregué a Derek. Intentamos sacar dinero a tus padres. Pero no le maté. No sería capaz de matar a nadie, te lo juro. —Le posa una mano suavemente sobre la rodilla—. Anne, deja que coja el cuchillo.

Ella mira el arma en sus manos como si le sorprendiera verla allí.

A pesar de lo que ha hecho, y el desastre que ha provocado, Marco no quiere causar más daño. Y Anne se está comportando de un modo inquietante. Estira el brazo y coge el cuchillo de manos de Anne, con suavidad. Ella no se resiste. Aliviado, Marco ve que el filo está limpio. No hay sangre. Observa atentamente a Anne, mira sus muñecas; no hay manchas. No se ha hecho daño. El cuchillo era para él, para protegerse de él. Lo deja sobre la mesita junto al sofá, se levanta del suelo y se sienta al lado de Anne, mirándola a la cara.

—¿Has hablado con tu padre hoy? —pregunta.

—No, pero he ido a su casa —contesta Anne.

—Creí que habías dicho que no les habías visto.

—No les vi. Me llevé una maleta. Iba a dejarte —explica con amargura—. Cuando salí de casa de Cynthia, después de ver el vídeo, te odiaba por lo que habías hecho. —Su voz suena perturbada otra vez—. Y creía que eras un asesino. Te tenía miedo.

—Puedo entender que me odiaras, Anne. Y que ya no me perdones nunca. —Se atraganta con las palabras—. Pero no tienes por qué tenerme miedo. No soy un asesino.

Anne aparta la cara, como si no pudiera mirarle.

—Fui a casa de mis padres —dice—. Pero no entré.

—¿Por qué?

—Porque recordé dónde había visto a ese hombre, al muerto.

—¿Le habías visto antes? —pregunta Marco, sorprendido.

Anne vuelve a mirarle.

—Te lo dije.

Se lo había dicho, pero Marco no llegó a creerlo. En ese momento pensó que era fruto de la sugestión.

—¿Dónde le viste?

—Fue hace mucho tiempo —susurra—. Es un amigo de mi padre.

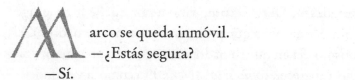arco se queda inmóvil.

—¿Estás segura?

—Sí.

Suena rara, no parece ella. ¿Puede fiarse de algo de lo que diga? Richard y Derek Honig. El teléfono móvil.

¿Ha sido todo una trampa? ¿Ha estado Richard controlando su pesadilla desde bambalinas? *¿Ha tenido él a Cora todo este tiempo?*

—Estoy segura de haberle visto con mi padre, cuando yo era más joven —dice Anne—. Le conoce, Marco. ¿Por qué conocía mi padre al hombre que se llevó a nuestra niña? ¿No te parece raro? —Suena como si se estuviera alejando.

—Y tan raro —contesta Marco despacio. Recuerda sus sospechas cuando llamó con el móvil secreto y contestó su suegro. *¿Es esta la conexión que faltaba?* Fue Honig quien le vino a buscar, apareció de repente. Se hizo amigo de Marco, escuchó sus problemas. Consiguió que Marco confiara en él. Le animó a que pidiera más dinero a Richard, y entonces Richard dijo que no. ¿Y si estaban compinchados y Richard se negó a darle más dinero sabiendo que Honig estaría ahí, esperando para recoger los pedazos? Honig le sugirió la idea del secuestro ese mismo día. ¿Y si todo esto fue cuidadosamente orquestado por el suegro de Marco? Siente náuseas. Si es así, le han engañado aún más de lo que creía, y lo ha hecho el hombre al que más desprecia en el mundo—. Anne —dice, y las palabras empiezan a salir apresuradas—, Derek Honig vino a por mí. Se hizo amigo mío. Me animó a que pidiera más dinero a tu padre. Y, el mismo día en que tu padre me negó otro préstamo, volvió a aparecer, *como si lo supiera.* Era como si ya conociera que yo estaría desesperado. En ese momento fue cuando me sugirió lo del secuestro. —Marco se siente emergiendo de una pesadilla, como si las cosas empezaran a cobrar sentido—. ¿Y si tu padre está detrás de todo esto, Anne? —añade con urgencia—. Creo que hizo que Honig se pusiera en contacto conmigo para tenderme una trampa e involucrarme en el secuestro. ¡Me la han jugado, Anne!

—¡No! —exclama Anne—. No me lo puedo creer. Mi padre nunca haría eso. ¿Por qué iba a hacerlo? ¿Qué motivo podría tener?

A Marco le hiere el hecho de que Anne parezca no tener ninguna dificultad en creer que él pudo matar a un hombre a sangre fría con una pala y, sin embargo, le resulte inconcebible que su padre sea capaz de tenderle una trampa. Pero tiene que recordar que Anne ha visto el maldito vídeo. Eso haría añicos la fe de cualquiera. Debe contarle el resto.

—Anne, el teléfono móvil, en el conducto de aire. El que usábamos Honig y yo.

—¿Qué pasa con él?

—Después de que lo encontraras, vi que había varias llamadas perdidas; alguien me había intentado localizar desde el teléfono de Honig. Así que marqué otra vez ese número. Y... contestó tu padre.

Anne le mira incrédula.

—Anne, tu padre *esperaba* que yo estuviera al otro lado de la línea. Él *sabía* que yo me llevé a Cora. Le pregunté cómo había conseguido ese teléfono. Dijo que los secuestradores se lo habían mandado por correo, con una nota, igual que el pijama. Que se pusieron en contacto con él porque los periódicos decían que habían sido tus padres quienes habían pagado el rescate. Aseguró que les pedían más dinero por Cora y que iba a pagarlo, pero me hizo prometer que no te lo diría. No quería que te hicieses ilusiones, por si todo se iba al traste.

—¿Qué? —La cara de Anne, abrumada por el sufrimiento, de pronto cobra vida—. ¿Ha estado en contacto con los secuestradores?

Marco asiente.

—Me contó que trataría con ellos y la recuperaría personalmente, porque yo la había cagado.

—¿Cuándo fue eso? —pregunta Anne sin aliento.

—Anoche.

—*¿Y no me lo dijiste?*

—¡Me hizo prometer que no lo haría! Por si las cosas no salían bien. Llevo todo el día intentando hablar con él, pero no me devuelve las llamadas. Me he vuelto loco, porque no sé qué está pasando. Supongo que no la ha recuperado, si no ya sabríamos algo. —Pero ahora ve las cosas de forma distinta. Se la ha jugado un maestro—. Espera, Anne... *¿Y si tu padre ha sabido dónde se encontraba Cora en todo momento?*

Anne parece incapaz de soportar nada más. Está como anestesiada. Por fin, pregunta con la voz quebrada:

—Pero ¿por qué iba a hacer eso?

Marco sabe por qué.

—¡Porque tus padres me odian! —contesta—. Quieren destruirme, destruir nuestro matrimonio, y teneros a ti y a Cora para ellos solitos.

Anne niega con la cabeza.

—Sé que no les caes bien, puede que hasta te desprecien, pero lo que dices..., no puedo creerlo. ¿Y si cuenta la verdad? ¿Y si los secuestradores se han puesto en contacto con ellos y mi padre está intentando recuperarla? —La esperanza en su voz es desgarradora.

—Pero has dicho que tu padre conoce a Derek Honig —replica Marco—. No puede ser una casualidad.

Hay un largo silencio. Y entonces Anne susurra:

—¿Mató *él* a Derek Honig con una pala?

—Quizá —contesta Marco, indeciso—. No lo sé.

—¿Y Cora? —murmura Anne—. ¿Qué ha pasado con ella?

Marco la coge por los hombros y le mira a los ojos, que se ven inmensos y aterrados.

—Creo que tu padre la tiene. O sabe quién la tiene.

—¿Qué vamos a hacer? —susurra Anne.

—Debemos pensarlo bien —responde Marco. Se levanta del sofá, demasiado nervioso para quedarse quieto—. Si tu padre la tiene, o sabe dónde está, sólo hay dos opciones. Podemos ir directamente a la policía o podemos plantarle cara.

Anne se queda mirando el vacío, como si su mente estuviera apabullada.

—Quizás deberíamos hablar con él primero, en vez de ir a comisaría —sugiere Marco, intranquilo. No quiere ir a la cárcel.

—Si vamos a ver a mi padre —dice Anne—, yo trataré con él. A mí sí me dará a Cora. Se arrepentirá, estoy segura. Solo quiere que yo sea feliz.

Marco deja de andar y mira a su esposa, dudando de que sea consciente de la realidad. Si es cierto que Derek Honig era amigo de Richard, es muy posible que este le haya conducido a propósito a una situación económica desesperante, manipulándole hasta el punto de hacerle secuestrar a su hija. Podría haber orquestado la trampa en el intercambio, y puede que haya matado a un hombre a sangre fría. Le ha causado un inmenso dolor a su hija. No le importa si es feliz. Solo quiere salirse con la suya.

Es absolutamente implacable. Por primera vez, Marco se da cuenta del adversario que tiene en su suegro. Es posible que sea un psicópata. ¿Cuántas veces le ha dicho Richard que, para tener éxito en los negocios, hay que ser implacable? Quizás fuera eso; quizás estuviera intentando darle una lección sobre la implacabilidad.

De pronto, Anne dice:

—Puede que mi padre no forme parte de todo esto. Tal vez Derek se hiciera amigo tuyo y te manipulara, porque conocía a mi padre y sabía que tiene dinero. Pero es posible que mi padre no sepa nada del asunto. Puede que no sepa que Derek era un secuestrador; puede que recibiera el teléfono y la nota con el correo, como te dijo.

—Anne vuelve a parecer más lúcida.

Marco lo sopesa.

—Es posible. —Pero él cree que Richard está dirigiendo todo desde bambalinas. Lo presiente.

—Tenemos que ir allí —continúa Anne—. Pero no puedes plantarte y acusarle sin más. No sabemos con certeza qué sucede. Le puedo decir que sé que te llevaste a Cora y que se la diste a Derek Honig. Que necesitamos su ayuda para recuperarla. Si mi padre está involucrado en esto, tenemos que ofrecerle una escapatoria. Tenemos que hacer como si él no estuviera implicado, rogarle que trate con los secuestradores, y piense en cómo recuperar a Cora.

Marco reflexiona sobre lo que Anne ha dicho y asiente. Parece haber vuelto un poco en sí, y es un alivio.

Además, tiene razón: Richard Dries no es la clase de hombre al que conviene poner contra la pared. Lo importante es que Cora vuelva a casa.

—Y puede que mi padre no esté involucrado en absoluto. Quizá esté de verdad en contacto con los secuestradores —añade Anne. Es tan evidente que quiere creer que Richard no le haría esto...

—Lo dudo.

Se quedan sentados un momento, agotados por todo lo que ha ocurrido, armándose de valor para lo que les espera. Por fin, Marco dice:

—Más vale que nos pongamos en marcha.

Anne asiente. Mientras se preparan para irse, le pone una mano sobre el brazo.

—Prométeme que no perderás los nervios con mi padre —dice ella.

¿Qué le va a decir Marco?

—Lo prometo. —Y añade tristemente—: Te lo debo.

Se dirigen en taxi a casa de los Dries, pasando delante de residencias cada vez más señoriales hasta llegar al barrio más rico de la ciudad. Es tarde, pero no han avisado de que iban. Quieren contar con el factor sorpresa. Van sin decir una palabra en el asiento trasero del taxi. Marco siente a Anne temblando a su lado; su respiración suena rápida y superficial. Coge su mano entre las suyas para tranquilizarla. Él está sudando por los nervios en el ambiente cálido y pegajoso del vehículo; parece que el aire acondicionado no funciona. Baja un poco la ventanilla para poder respirar.

El taxi sube por el camino circular de gravilla y se detiene delante de la puerta principal. Marco paga al taxista y le dice que no espere. Anne llama al timbre. Las luces aún están encendidas dentro de la casa. Tras un instante, la madre abre la puerta.

—¡Anne! —dice, claramente sorprendida—. No te esperaba.

Anne aparta a su madre y entra en el recibidor; Marco la sigue.

Y todo el plan que tenían se va al garete.

—¿Dónde está? —exige saber Anne, mirando a su madre como loca.

Alice parece conmocionada y no contesta. Anne empieza a caminar deprisa por la casa, dejando a Marco en el recibidor, horrorizado por su comportamiento. Ha perdido los estribos, y él se pregunta cómo jugar sus cartas ahora.

Su madre sigue a Anne en su frenética búsqueda por la casa. Marco la oye gritar:

—¡Cora! ¡Cora!

Nota movimiento en el piso de arriba y levanta la mirada. Richard está bajando la señorial escalera. Sus ojos se encuentran, acero contra acero. Ambos oyen los gritos de Anne:

—¿Dónde está? ¿Dónde está mi bebé? —Su voz se va tornando cada vez más frenética.

De pronto, Marco ya no está seguro de nada. ¿Reconoció bien Anne a Derek Honig? ¿Era en realidad socio de su padre o ha creado su cerebro un detalle que es pura ilusión? La ha encontrado en casa a oscuras, con un cuchillo en la mano. ¿Hasta qué punto es fiable nada de lo que diga? Todo lo que cree depende de que Richard conociese a Derek Honig. Ahora le toca a él averiguar la verdad.

—Vamos a sentarnos, ¿eh? —dice Richard, y pasa por su lado de camino al salón.

Marco le sigue. Tiene la boca seca. Se encuentra asustado. Puede que no esté tratando con una persona normal. Es muy posible que Richard sea un psicópata; Marco sabe que se adentra en terreno pantanoso. No sabe cómo manejar la situación, y todo depende de cómo lo haga.

Marco oye los pasos de Anne, que sube corriendo por la adornada escalera hasta el piso superior. Richard y Marco siguen observándose mientras escuchan a Anne gritando el nombre de Cora a la vez que abre de par en par las puertas de cada habitación, corriendo por el rellano, buscando.

—No la va a encontrar —comenta Richard.

—¿Dónde está, hijo de puta? —dice Marco. Él también se ha salido del guion. Nada de esto se ajusta a lo que habían planeado.

—Bueno, *aquí* no está —contesta fríamente su suegro—. ¿Por qué no esperamos a que Anne se tranquilice y tenemos todos una reunión?

Marco debe hacer un esfuerzo sobrehumano para no levantarse y tirarse al grueso cuello de Richard. Pero se obliga a permanecer quieto y a esperar a lo que esté por llegar.

Por fin, Anne irrumpe en el salón, con su madre crispada detrás.

—¿Dónde está? —grita a su padre. Tiene la cara manchada de lágrimas. Parece histérica.

—Anne, siéntate —le ordena este con firmeza.

Marco le hace un gesto para que se acerque hacia él, y ella se sienta a su lado en el sofá grande y excesivamente acolchado.

—Ya sabes por qué estamos aquí —empieza Marco.

—Anne parece creer que Cora se encuentra en esta casa. ¿Por qué piensa eso? —dice Richard, fingiendo estar confundido—. Marco, ¿le has contado que los secuestradores se pusieron en contacto conmigo? Te dije expresamente que no lo hicieras.

Marco intenta hablar, pero no sabe por dónde empezar.

De todos modos, Richard se lo impide. Permanece de pie junto a la enorme chimenea. Volviéndose hacia Anne, prosigue:

—Lo siento, Anne, pero los secuestradores han vuelto a fallar. Esperaba recuperar a Cora esta noche, pero no han aparecido. —Mira a Marco—. Evidentemente, *yo* no les he dejado que se queden con el dinero como hiciste *tú*, Marco.

La ira de Marco se enciende: Richard no puede resistir la tentación de hacerle sentir como un idiota incompetente.

—Te pedí que no se lo contaras, para evitarle estos disgustos —continúa Richard. Vuelve a mirar a Anne, con expresión comprensiva—. He hecho todo lo que he podido para devolvértela, Anne. Lo siento. Pero te prometo que no me voy a dar por vencido.

Anne se encorva al lado de Marco, quien no puede dejar de observar a Richard, de comprobar cómo esa frialdad que le ha mostrado se convierte en calidez cuando habla con su hija. Marco ve un destello de incertidumbre en los ojos de Anne: quiere creer que su padre nunca le haría daño.

—Siento que tu madre y yo no te lo hayamos dicho antes —añade Richard—, pero temíamos que pasara algo como esto. No queríamos que volvieras a hacerte ilusiones. Los secuestradores se pusieron en contacto con nosotros y nos pidieron más dinero. Pagaríamos lo que hiciera falta para recuperar a Cora, lo sabes. He ido a encontrarme con ellos. Pero no ha aparecido nadie. —Sacude la cabeza en un gesto evidente de frustración y tristeza.

—Es cierto —interviene Alice, sentándose en el otro extremo del sofá, junto a su hija—. Estamos destrozados. —Empieza a llorar extendiendo los brazos; Anne se hunde en el abrazo de su madre y comienza a sollozar descontroladamente, con los hombros temblando.

«Esto no puede estar pasando», piensa Marco.

—Me temo que lo único que podemos hacer —concluye Richard— es ir a la policía. Con todo. —Se vuelve hacia Marco, con una mirada fría.

Marco se la devuelve.

—Anne, cuéntale lo que sabes —dice.

Pero ella le mira desde los brazos de su madre como si ya lo hubiera olvidado.

Desesperado, Marco añade:

—El hombre al que han asesinado, Derek Honig. La policía está al tanto de que sacó a Cora de nuestra casa y de que la llevó a su cabaña en las Catskill. Pero estoy seguro de que tú ya lo sabías.

Richard se encoge de hombros.

—A mí la policía no me cuenta nada.

—Anne le reconoció —dice Marco en tono neutro.

¿Es posible que Richard se haya puesto un poco pálido? Marco no está seguro.

—¿Y? ¿Quién era?

—Le reconoció como *un amigo tuyo*. Richard, ¿cómo un amigo tuyo pudo llevarse a nuestra hija?

—No era amigo mío. Ni siquiera había oído hablar de él —contesta Richard en voz baja—. Anne se habrá equivocado.

—No lo creo —replica Marco.

Anne no dice nada. Marco la mira, pero sus ojos se encuentran en otra parte. ¿Le está traicionando? ¿Es porque cree más a su padre que a él? ¿O porque prefiere sacrificarle para recuperar a su hija? Siente cómo el suelo se mueve bajo sus pies.

—Anne —pregunta Richard—, ¿crees que este hombre asesinado, el hombre que supuestamente tenía a Cora, era amigo mío?

Anne mira a su padre, se endereza y responde:

—No.

Marco la mira, incrédulo.

—Eso es lo que estoy diciendo —afirma Richard, mirando a Marco—. Repasemos lo que sabemos. —Se vuelve hacia su hija—. Lo siento, Anne, pero esto va a ser doloroso. —Toma asiento en su sillón junto a la chimenea y respira hondo antes de empezar, como haciendo ver que todo esto también ha sido muy duro para él—. Los secuestradores se pusieron en contacto con nosotros. Tenían nuestros nombres porque los periódicos averiguaron que habíamos pagado el primer rescate de cinco millones. Nos mandaron un paquete. En él había un teléfono móvil y una nota. Esta decía que el teléfono era el mismo que el secuestrador original había utilizado para mantenerse en contacto en secreto con el padre de la niña, que también estaba involucrado en el plan. Intenté llamar al único número que había grabado en el teléfono. No contestaba. Pero decidí llevarlo encima, y, al final, sonó. Era Marco.

—Todo eso ya lo sé —dice Anne con voz inexpresiva—. Sé que Marco cogió a Cora y se la entregó a Derek en nuestro garaje aquella noche.

—¿Lo sabes? —pregunta su padre, sorprendido—. ¿Cómo lo sabes? ¿Te lo ha contado Marco?

Este se pone rígido, temiendo que mencione el vídeo.

—Sí —contesta Anne, lanzando una mirada furtiva a Marco.

—Bien hecho, Marco, por ser lo bastante hombre para decírselo —exclama Richard. Prosigue—: No sé qué pasó exactamente, pero supongo que alguien mató al hombre en la cabaña y se llevó a Cora. Y luego engañó a Marco en el intercambio. Yo creía que todo estaba perdido, pero entonces quienquiera que lo hizo se puso en contacto con tu madre y conmigo. —Mueve la cabeza con mucho pesar—. No sé si volverá a hacerlo. Solo cabe esperar.

Llevado al límite, Marco pierde el control.

—¡Chorradas! —exclama—. Tú sabes lo que pasó. ¡Tú lo montaste todo! Sabías que mi negocio no iba bien. Mandaste a Derek a por mí. Hiciste que me sugiriera el secuestro: no fue idea mía. ¡En ningún momento fue idea mía! Has estado manipulando todo y a todos. Especialmente a mí. Derek me empujó a que te pidiera más dinero, y tú me lo negaste. Sabías lo desesperado que estaba. Y, justo después de que me lo negaras, ahí apareció él, en mi peor momento, con su plan de secuestro. ¡Tú eres el cerebro detrás de todo esto! Dime, ¿fuiste tú quien le destrozó la cabeza a Derek?

La madre de Anne suelta un grito ahogado.

—Porque eso es lo que creo que pasó —insiste Marco—. Tú le mataste. Tú te llevaste a Cora de la cabaña, o contrataste a alguien para que lo hiciera. Sabes dónde está la niña. Lo has sabido en todo momento. Y no te has gastado ni un solo céntimo. Porque estabas detrás del engaño en el intercambio. Mandaste a alguien sin la niña para recuperar el dinero. Y quieres que yo vaya a la cárcel. —Marco hace una pausa para tomar aliento—. Dime, ¿te importa lo más mínimo que Cora esté viva o muerta?

Richard aparta la mirada de Marco y se dirige a Anne:

—Creo que tu marido ha perdido la cabeza.

34

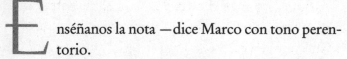nséñanos la nota —dice Marco con tono peren-
torio.

—¿Qué? —Por un momento, coge a Richard desprevenido.

—La nota de los secuestradores, hijo de puta —insiste Marco—. ¡Enséñanosla! Demuestra que estás en
contacto con ellos.

—Tengo el teléfono. No he guardado la nota —contesta Richard, sereno.

—¿En serio? ¿Qué has hecho con ella? —quiere
saber Marco.

—La destruí.

—¿Y por qué has hecho eso? —pregunta Marco.
Es evidente para todos los presentes que no cree que
haya habido nunca ninguna nota.

—Porque te incriminaba —responde Richard—. Por eso supe que tú estarías al otro lado de la línea.

Marco suelta una carcajada, pero sin nada de humor. Es una carcajada dura, incrédula, rozando la rabia.

—¿Pretendes que creamos que destruiste la nota porque me incriminaba? ¿Acaso no tienes la intención de que me detengan por secuestro y alejarme de tu hija para siempre?

—No, Marco, esa nunca ha sido mi intención —dice Richard—. No sé por qué has llegado a pensar eso. Lo único que he hecho siempre ha sido ayudarte, y lo sabes.

—Eres un mentiroso de mierda, Richard. Me amenazaste por teléfono, eres plenamente consciente. Montaste todo esto para librarte de mí. ¿Por qué otra razón ibas a hacerlo? Así que, de existir esa nota, jamás la habrías destruido. —Marco se inclina hacia delante acercándose a Richard y añade con voz amenazadora—. No hay ninguna nota, ¿verdad? Los secuestradores no se han puesto en contacto contigo, porque tú eres el secuestrador. Tú tienes el teléfono de Derek: lo cogiste cuando le mataste, o cuando mandaste a tu gente a matarle. Sabías dónde tenía a Cora porque tú lo organizaste todo. Y traicionaste a Derek; probablemente planeabas hacerlo desde el principio. ¿Cuánto le dijiste que le pagarías para ayudarte a mandarme a la cárcel por secuestro?

Marco vuelve a reclinarse en el respaldo del sofá; ve a Alice mirándole horrorizada.

Richard observa serenamente a Marco mientras el joven le acusa. Luego se vuelve hacia su hija y dice:

—Anne, se está inventando todo esto para desviar tu atención de su responsabilidad. No he tenido nada que ver, más allá de intentar recuperar a Cora por todos los medios. ¡Y de tratar de protegerle a él de la policía!

—¡Mientes! —exclama Marco desesperado—. Tú sabes dónde está Cora. ¡Devuélvenosla! ¡Mira a tu hija! ¡Mírala! ¡Devuélvele a su niña!

Anne ha levantado la cabeza y contempla alternativamente a su marido y a su padre, con expresión angustiada.

—¿Llamamos a la policía, entonces? —dice Richard desafiándole—. ¿Para que lo resuelvan ellos?

Marco piensa rápidamente. Si Anne no quiere admitir que sabe que Derek era socio de su padre, o si no tiene la certeza de ello, Marco está completamente vendido. La policía ya le considera su principal sospechoso. Richard, el respetado y exitoso hombre de negocios, se lo puede entregar en bandeja de plata. Tanto Anne como su padre saben que Marco cogió a Cora de su cuna y se la pasó a Derek. Marco sigue pensando que Richard se encuentra detrás de todo esto. Pero no tiene ninguna prueba.

Está jodido.

Y todavía no tienen a Cora.

Marco cree que Richard es capaz de mantener al bebé escondido para siempre, si es necesario, para poder ganar.

¿Cómo podría hacerle *creer* que ha ganado, para que les devuelva a la niña?

¿Debería Marco confesar a la policía? ¿Es eso lo que quiere Richard? Puede que, una vez le hayan detenido, los «secuestradores» se pongan en contacto milagrosamente con Richard y devuelvan a la niña sana y salva. Porque, a pesar de lo que diga delante de su hija, Marco sabe que su suegro le quiere dejar tirado en esto. Quiere que Marco vaya a la cárcel, pero sin que parezca que ha sido él quien le ha entregado.

—Muy bien, llama a la policía —dice Marco.

Anne empieza a llorar. Su madre le frota la espalda. Richard coge su teléfono móvil.

—Es tarde, pero estoy seguro de que al inspector Rasbach no le importará venir —comenta.

Marco sabe que están a punto de detenerle. Necesita un abogado. Uno bueno. Aún disponen del patrimonio de la casa; tal vez Anne le deje solicitar una segunda hipoteca. Pero ¿por qué iba a hipotecar una mujer su casa para defender a su marido del cargo de secuestrar a su propia hija? Aunque estuviera dispuesta, su padre la disuadiría.

Como si le estuviera leyendo la mente, Richard señala:

—No hace falta que te diga que no vamos a pagarte el abogado.

Esperan la llegada del inspector Rasbach en un silencio tenso. Alice, que normalmente se habría puesto a hacer té para todos, no se mueve del sofá.

Marco está desolado. Richard ha ganado, el muy cabrón manipulador. Anne ha caído en el redil familiar una vez más, y para siempre. Mientras siga del lado de sus padres, todo le irá bien. Richard encontrará la manera de devolverle a Cora. Será un héroe. Cuidarán económicamente de la niña y de ella mientras Marco se pudre en prisión. Lo único que tiene que hacer es sacrificarle. Ya ha elegido. Y no la culpa por ello.

Por fin, suena el timbre de la puerta. Todos se sobresaltan. Richard se levanta a abrir, mientras los demás permanecen sentados inexpresivos en el salón.

Marco decide confesarlo todo. Y, más tarde, cuando Cora haya vuelto sana y salva, le contará a la policía el papel de Richard en el asunto. Puede que no le crean, pero seguro que le investigarán. Tal vez encuentren la conexión entre Derek Honig y él, aunque Marco está convencido de que su suegro ha borrado sus huellas.

Richard conduce al inspector Rasbach al salón. El policía parece entender la situación de inmediato: mira a Anne llorando en brazos de su madre en un extremo del sofá y a Marco en el otro extremo. Este imagina lo que el inspector estará pensando de él: pálido y sudando, debe de parecer un auténtico despojo.

Richard ofrece una silla al inspector y dice:

—Lo siento, sé que no le gusta que tratemos con los secuestradores y se lo contemos a posteriori, pero temíamos hacerlo de otro modo.

Rasbach está serio.

—¿Dice que le telefonearon?

—Sí, ayer. Quedé en encontrarme con ellos y en llevar más dinero esta noche, pero no han aparecido.

Marco observa a Richard. Se pregunta qué demonios está haciendo. *¿Que le telefonearon?* O está mintiendo a la policía o les está mintiendo a Anne y a él. ¿Cuándo pretende decirle al inspector que él fue quien sacó a Cora de casa?

Rasbach coge su cuaderno del bolsillo de la chaqueta. Apunta cuidadosamente cada detalle que le cuenta Richard. Este no dice nada de Marco. Ni siquiera le mira. ¿Es por Anne?, se pregunta Marco. ¿Le está demostrando cómo protege intencionadamente a Marco, aun sabiendo lo que hizo? *¿A qué está jugando Richard?* Puede que en ningún momento haya tenido intención de contarle a la policía lo que hizo Marco, que solo quisiera verle sufrir. El maldito cabrón.

¿O está esperando a que Marco se lance directamente sobre su espada? ¿Y ver si tiene agallas para hacerlo? ¿Es una prueba, una prueba que debe pasar para recuperar a Cora?

—¿Es todo? —dice finalmente Rasbach, levantándose y cerrando la tapa de su cuaderno.

—Creo que sí —contesta Richard. Borda el papel de padre y abuelo preocupado. Suave como la seda. Un mentiroso experto.

Richard acompaña al inspector a la puerta mientras Marco se vuelve a hundir en el sofá, exhausto y confundido. Si esto era una prueba, acaba de suspenderla.

Anne busca sus ojos, solo un instante, y luego aparta la mirada.

Richard vuelve al salón.

—Bueno, ¿me crees ahora? —pregunta a Marco—. Destruí la nota para protegerte. Acabo de mentir a la policía. Les dije que los secuestradores me llamaron *para protegerte*. No les he hablado de la nota ni del móvil que me mandaron. Ambas pruebas te incriminan a ti. Yo no soy el malo en todo esto, Marco. Eres tú.

Anne se suelta del abrazo de su madre y se queda mirando a Marco.

—Aunque no sé por qué lo hago —añade Richard—. No sé por qué te casaste con este tipo, Anne.

Marco tiene que salir de ahí, para poder pensar. No sabe qué está tramando su suegro.

—Venga, Anne, vámonos a casa —dice.

Anne ha apartado la cara y ya no le mira.

—¿Anne?

—No creo que Anne vaya a ninguna parte —señala Richard.

A Marco se le encoge el corazón solo de pensar en irse a casa sin Anne. Es evidente que Richard *no quiere* que vaya a la cárcel. Tal vez pretenda evitarse la humillación pública de tener un yerno criminal convicto. Quizá lo único que buscaba era que Anne supiera la clase de hombre que es Marco, separarles. Parece que lo ha conseguido.

Todos le miran, como esperando a que se marche. Marco percibe la hostilidad y coge su móvil para pedir un taxi. Cuando llega, le sorprende que los tres le sigan afuera, tal vez para asegurarse de que se va. Se quedan de pie en la entrada, viéndole alejarse.

Marco se vuelve a mirar a su esposa, flanqueada por su padre y su madre. No es capaz de interpretar la expresión de su rostro.

Marco piensa: «Nunca volverá a casa conmigo. Estoy solo».

Rasbach vuelve intranquilo de la mansión de los Dries. Tiene muchas preguntas sin contestar. La más importante es esta: ¿dónde está la niña desaparecida? Y no parece acercarse a una respuesta.

Piensa en Marco. Su expresión de angustia. Marco estaba exhausto, reventado. Tampoco es que sienta especial simpatía hacia él. Pero sabe que en todo esto hay algo más de lo que parece. Y quiere saber lo que es.

Rasbach ha tenido sospechas de Richard Dries casi desde el principio. En su opinión —tal vez sea un prejuicio, derivado de sus propios orígenes de clase trabajadora—, nadie gana tanto dinero sin aprovecharse de los demás. Es mucho más fácil ganar dinero si a uno no le importa a quién hace daño. Si se tienen escrúpulos, resulta mucho más complicado hacerse rico.

Por su experiencia, Marco no encaja en el perfil de secuestrador. Siempre le ha parecido un hombre desesperado, arrinconado. Alguien capaz de dar un paso equivocado si le empujan a ello. Sin embargo, Richard Dries es un hombre de negocios avispado, un hombre considerablemente rico que, ya sea con o sin motivo, despierta todo tipo de alarmas en Rasbach. A veces esta gente tiene una especie de arrogancia que les hace creerse por encima de la ley.

Richard Dries es un hombre al que hay que tener controlado.

Y por eso Rasbach le ha pinchado los teléfonos.

Sabe que los secuestradores no le telefonearon. Richard está mintiendo.

Decide poner un par de policías a vigilar discretamente su casa.

35

En su dormitorio —Richard y ella duermen en habitaciones separadas desde hace años—, Alice camina de un lado a otro sobre la lujosa moqueta. Lleva mucho tiempo casada con Richard. Y hasta hace un par de años no le habría creído capaz de esto. Pero ahora es un hombre con todo tipo de secretos. Secretos espantosos, imperdonables, si es cierto lo que acaba de escuchar.

Hace algún tiempo se dio cuenta de que Richard se veía con otra mujer. No era la primera vez que le era infiel. Pero esta vez supo que era distinto. Notó cómo se alejaba de ella, como si ya tuviera un pie en la puerta. Como si estuviera montándose un plan de huida. Nunca antes había creído que de verdad fuera a dejarla; no creía que tuviera las agallas suficientes.

Porque Richard sabía que, si la abandonaba, no se quedaría ni un céntimo. Esa era la clave del acuerdo prematrimonial. Si la dejaba él, no se llevaría la mitad de la fortuna —no se llevaría nada—. Y necesitaba el dinero de Alice, porque no le quedaba mucho del suyo. Al igual que la de Marco, la empresa de Richard no había ido bien en los últimos años. La mantenía en marcha a pesar de que no era rentable para que la gente no supiera que había fracasado, para fingir que era un gran hombre de negocios. Y Alice había estado volcando su dinero en la compañía solo para ayudarle a salvar las apariencias. Al principio no le importó, porque le quería.

Ya no le quiere. No después de esto.

Hace meses que sabe que esta aventura es más seria que las otras. Al principio hizo la vista gorda, esperando que acabara, como las demás. Al fin y al cabo, la parte física de su matrimonio había terminado hacía tiempo. Pero el *affaire* continuaba, y Alice empezó a obsesionarse por saber quién era la otra mujer.

A Richard se le daba bien borrar sus huellas. No lograba descubrirle. Finalmente, Alice se sobrepuso a la aversión que le producía la idea y contrató a un detective privado. Buscó al más caro que pudo encontrar, asumiendo correctamente que sería el más discreto. Se vieron un viernes por la tarde para revisar sus informes. Alice creía estar preparada, pero lo que había descubierto la conmocionó.

La mujer a la que estaba viendo su marido era la vecina de Anne: Cynthia Stillwell. Una joven a quien

Richard casi doblaba la edad. Y amiga de su hija. La había conocido en una fiesta en casa de la propia Anne. Era una vergüenza.

Alice estaba en un Starbucks, contemplando sus manos venosas agarradas al bolso, mientras el caro detective privado con un Rolex le explicaba sus averiguaciones. Miraba las fotos y apartaba la vista rápidamente. El detective repasó la cronología —lugares y fechas—. Le pagó en efectivo. Sentía náuseas.

Luego se fue a casa y decidió aguardar su momento. Esperaría a que Richard le dijera que iba a dejarla. No sabía de dónde iba a sacar más dinero, y tampoco le importaba. Lo único que sabía era que, si se lo pedía a ella, le diría que no. Había dado instrucciones al detective de que vigilara sus cuentas bancarias, por si su marido estuviera desviando fondos. Y, aunque decidió seguir con los servicios del investigador, no quería que se encontraran otra vez en ese Starbucks; buscaría un lugar con más intimidad. Aquella experiencia le había hecho sentir sucia.

Aquella misma noche desapareció Cora —horas después de que se reuniera con el detective privado— y la sórdida aventura de Richard quedó brutalmente apartada a un lado por el horror del secuestro. Al principio Alice temió que su hija hubiera hecho daño a la niña, que Marco y ella hubieran escondido su cadáver para que no se descubriese. Después de todo, Anne tenía aquella enfermedad, y la maternidad le estaba resultando difícil. Se encontraba sometida a un enorme estrés, y Alice sabía que el estrés era un detonante para Anne. Pero entonces llegaron el pijama y la nota de los secuestradores... Qué alivio sintió.

Había sido una auténtica montaña rusa. Creer que iban a recuperar a Cora aquel día y volver a perderla. Y, en todo momento, el dolor y el miedo por su nieta y la preocupación por la fragilidad emocional de su hija.

Y ahora... lo de esta noche.

No lo había entendido todo hasta esta noche. Le conmocionó oír a Marco admitiendo que él se llevó a Cora. Más aún oírle acusar a su marido de tenderle una trampa para inculparle. Pero, en ese momento, mientras permanecía allí sentada abrazando a su hija destrozada, todo empezó a cobrar un terrible sentido.

El gran plan de Richard. El secuestro. Tender una trampa a Marco como chivo expiatorio. ¿Adónde han ido los cinco millones? Está casi segura de que Richard los habrá escondido en alguna parte. Y luego quedan los otros dos millones, preparados y guardados en el fondo del armario del recibidor, en otra bolsa de deporte, esperando el nuevo intento de intercambio. En ningún momento ha llegado a ver la nota, ni el teléfono. Richard le dijo que los había destruido.

Richard iba a robarle siete millones de dólares con el pretexto de recuperar a su única nieta de manos de unos secuestradores. Hijo de puta.

Para poder dejarla por esa espantosa Cynthia.

Bastante horrible era que le fuera infiel, que la fuera a dejar por una mujer de la edad de su hija. Bastante horrible era que estuviera intentando llevarse su dinero. *Pero ¿cómo se había atrevido a hacerle ese daño a Anne?*

¿Y dónde está su nieta?

Alice coge su teléfono móvil y llama al inspector Rasbach. Ahora sí que tiene algo que decir.

También le gustaría ver una fotografía del tal Derek Honig.

Anne pasa la noche intranquila en su antigua habitación, en su antigua cama. Se queda despierta toda la noche, escuchando, pensando. Más allá de la dolorosa pérdida de su hija, se siente traicionada por todos. Traicionada por Marco por su participación en el secuestro. Traicionada por su padre por la suya, aún más despreciable si Marco tiene razón sobre él. Y está segura de que la tiene, porque su padre negó conocer a Derek Honig. Si su padre no estuviera involucrado en la desaparición de Cora, no tendría motivo para negar que conocía a Honig. Eso respondió a su pregunta. Así que, cuando Richard le preguntó, ella hizo como si no reconociera a Derek, como si no le hubiera visto nunca.

Se pregunta cuánto sabe su madre, hasta qué punto sospecha.

Anne estuvo a punto de estropearlo todo al principio de la noche. Pero luego se controló y recordó lo que tenía que hacer. Lo siente por Marco —aunque tampoco demasiado, considerando lo que ha hecho— porque esta noche no le ha defendido, pero quiere recuperar a su hija. Tiene la certeza de haber visto al muerto antes, varias veces, en esta misma casa, hace años. Él y su padre solían hablar en la parte de atrás, cerca de los árboles, a altas horas de la noche, cuando ella ya estaba en la cama. Les veía desde su ventana. Nunca vio a Derek Honig con Richard tomando una copa en la piscina, o con otra gente presente, ni siquiera su madre. Siempre llegaba tarde, después de anochecer, y se iban a hablar a la parte de atrás, cerca de los árboles. De pequeña sabía instintivamente que no debía preguntar al respecto, que lo que hacían era un secreto. ¿Qué clase de cosas habrán hecho juntos en todos estos años, si han secuestrado a su hija? ¿De qué es capaz su padre?

Se levanta y mira por la ventana de su habitación el terreno que hay detrás de la casa y el bosque que lleva al barranco. Ha sido una noche calurosa, pero ahora corre una leve brisa a través de la malla metálica. Es muy temprano; adivina los perfiles del mundo a través de la ventana.

Anne oye un ruido abajo, una puerta que se cierra suavemente. Parece la puerta de atrás de la cocina. ¿Quién saldrá tan temprano? Es posible que su madre tampoco pueda dormir. Anne piensa en bajar para hablar con ella, a ver si Alice puede contarle algo.

Desde la ventana, ve a su padre alejarse de la casa y atravesar el jardín trasero. Camina decidido, como si supiera exactamente adónde va. Lleva una bolsa grande de deporte.

Le observa desde detrás de la cortina, igual que cuando era pequeña, temiendo que se vuelva y la vea espiando. Pero no lo hace. Avanza hacia la entrada del bosque, donde empieza el sendero. Anne conoce bien ese sendero.

Marco está en casa, y tampoco puede dormir. Da vueltas solo por las habitaciones, torturándose con sus pensamientos. Anne le ha dejado para siempre; el vídeo de Cynthia ha destruido la imagen que tenía de él. Esta noche le ha traicionado al no admitir que había visto a su padre con Derek Honig, pero tampoco la culpa. Ha hecho lo que tenía que hacer, y entiende el porqué. Al hacer lo que tenía que hacer, es posible que recuperen a Cora.

Que la recupere Anne, no Marco. En ese momento piensa que tal vez no vuelva a ver a la niña. Anne se divorciará de él, evidentemente. Buscará los mejores abogados, y se hará con la custodia exclusiva. Y, si Marco intenta ejercer sus derechos de visita, Richard le amenazará con contar a la policía su papel en el secuestro. Ha inutilizado cualquier derecho respecto a su hija.

Se encuentra solo. Ha perdido a las dos personas que más quiere en el mundo: su mujer y su bebé. Ya nada importa. Ni siquiera estar arruinado, o que le estén chantajeando.

Lo único que puede hacer es caminar por la casa y esperar a que encuentren a Cora.

Se pregunta si alguien se tomará la molestia de decírselo. Su exclusión del férreo círculo familiar es absoluta. Puede que se entere del regreso de Cora a través de los periódicos.

Anne duda un instante. Solo se le ocurre una razón para que su padre vaya hacia el barranco a esta hora sin que nadie le vea, y con una bolsa grande de deporte. Va a buscar a Cora. Alguien se va a encontrar con él en el barranco.

No sabe qué hacer. ¿Debería seguirle? ¿O quedarse donde está y confiar en que traiga a la niña de vuelta? Pero ya no confía en Richard. Necesita saber la verdad.

Se pone rápidamente la misma ropa que llevaba el día anterior, baja deprisa a la cocina y sale por la puerta de atrás. El aire fresco y cargado de rocío la golpea erizándole la piel de los brazos. Avanza por la hierba húmeda tras los pasos de su padre. No tiene ningún plan; actúa siguiendo su instinto.

Baja casi corriendo las escaleras de madera que conducen al barranco arbolado, con una mano en la barandilla, casi volando en mitad de la penumbra. Antes se conocía bien el camino, pero hace años que no coge este sendero. Sin embargo, la memoria no le falla.

Dentro del bosque está todavía más oscuro. El suelo, blando y mojado, absorbe el sonido de sus pasos. Intenta hacer poco ruido al avanzar por el camino de tierra lo más rápido posible tras su padre. La oscuridad es inquietante. No puede verle por delante, pero tiene que asumir que no se sale del sendero.

El corazón le late a golpes del miedo y el esfuerzo. Sabe que todo se reduce a este momento. Cree que su padre ha venido a recuperar a su hija y llevársela a casa. De repente, se da cuenta de que, si aparece de pronto en pleno intercambio, puede que lo estropee todo. Tiene que esconderse. Se queda quieta un instante, escuchando y mirando a través del oscuro bosque. No ve más que árboles y sombras. Empieza a caminar otra vez por el sendero, ahora con más cautela, pero todo lo rápido que puede, casi a ciegas, jadeando entre el pánico y el esfuerzo. Llega a un recodo en el camino, donde hay otro tramo empinado de escalones de madera que sube a una calle residencial. Anne mira hacia arriba. Allí, más adelante, ve a su padre. Está solo, bajando las escaleras que unen el barranco con la otra calle. Lleva un bulto en los brazos. Ahora seguro que la verá. ¿Podrá reconocerla en medio de la oscuridad del bosque?

—¡Papá! —grita.

—¿Anne? —exclama él—. ¿Qué haces aquí? ¿No estabas dormida?

—¿Es Cora? —Se acerca jadeando. Se encuentra al pie de las escaleras, y él va por la mitad, acercándose cada vez más. Ha empezado a clarear, y Anne por fin ve la cara de su padre.

—¡Sí, es Cora! —exclama Richard—. ¡Te la he traído de vuelta! —El bulto no se mueve, parece un peso muerto en sus brazos. Baja la escalera hacia ella.

Anne observa horrorizada el bulto inmóvil en sus brazos.

Entonces, sube los escalones lo más rápido que puede para encontrarse con él. Tropieza, pero se sostiene con las manos. Extiende los brazos.

—¡Dámela! —grita.

Él le entrega el bulto. Anne descubre la manta que cubre el rostro de la niña, aterrada por lo que pueda encontrar. Está tan quietecita. Anne mira su cara. Es Cora. Parece muerta. Anne tiene que fijarse con atención para comprobar si respira. Sí, respira, aunque apenas. Los ojos de la niña se mueven bajo sus pálidos párpados.

Anne pone su mano suavemente sobre el torso de Cora. Puede sentir el leve latido de su corazón, su diminuto tórax subiendo y bajando. Está viva, pero no se encuentra bien. Se sienta en el escalón y se acerca a Cora rápidamente al escote. Aún tiene leche.

Con un poco de paciencia, consigue que la niña, debilitada, se enganche. Y empieza a chupar, hambrienta. Anne la abraza contra su pecho, una sensación que creía que nunca volvería a tener. Las lágrimas corren por su cara mientras contempla a la niña mamando.

Levanta la mirada hacia su padre, que sigue de pie junto a ella. Richard aparta los ojos.

Intenta explicárselo.

—Alguien ha llamado otra vez, hace una hora o así. Proponiendo otro encuentro, en la calle al otro lado del barranco. Esta vez sí ha venido un hombre. Le he dado el dinero, y él me la ha entregado. Gracias a Dios. Estaba llevándola de vuelta a casa para despertarte. —Sonríe—. Se acabó, Anne, la hemos recuperado. Te la he recuperado.

Anne vuelve a mirar a su bebé, sin decir nada. No quiere mirar a su padre. Vuelve a tener a Cora. Debe llamar a Marco.

36

A Marco se le revuelve el estómago cuando el taxi se detiene delante de casa de los padres de Anne. Ve todos los coches de policía, la ambulancia aparcada cerca de la puerta de entrada. También reconoce el coche del inspector Rasbach.

—Eh, tío —dice el taxista—. ¿Qué pasa aquí?

Marco no contesta.

Anne le llamó a su móvil hace solo unos minutos diciendo: «La tengo. Se encuentra bien. Debes venir».

Cora está viva, y Anne le ha llamado. ¿Qué pasará ahora? No tiene ni idea.

Marco sube rápidamente los escalones de la entrada a la casa que dejó hace solo unas horas y entra corriendo en el salón. Ve a Anne en el sofá, acunando a su diminuta hija en los brazos. Hay un policía de uniforme detrás del sofá, de pie, como protegiéndola. Los padres de Anne no están en el salón. Marco se pregunta adónde habrán ido, qué ha pasado.

Corre hacia Anne y la niña, y las engulle en un abrazo lloroso. Entonces se aparta y mira atentamente a Cora. Parece flaca y con aspecto enfermizo, aunque respira y duerme plácidamente, con los puños cerrados.

—Gracias a Dios —dice Marco, temblando y con lágrimas cayendo por sus mejillas—. Gracias a Dios. —Observa maravillado a su hija y acaricia suavemente los rizos sin brillo de su cabeza. Nunca ha sido tan feliz como en este momento. Quiere detenerlo, recordarlo para siempre.

—Los técnicos de emergencias le han hecho un chequeo y se encuentra bien —explica Anne—, pero deberíamos llevarla al hospital para que le hagan un examen exhaustivo. —Parece ojerosa y cansada, pero también verdaderamente feliz, piensa Marco.

—¿Qué ha pasado? ¿Dónde están tus padres? —pregunta Marco con inquietud.

—En la cocina —responde ella. Pero, antes de que pueda decir nada más, el inspector Rasbach entra en el salón.

—Enhorabuena —dice el inspector.

—Gracias —contesta Marco. Para variar, no sabe cómo interpretar las palabras del inspector, ni qué está pasando tras esos ojos intensos y perspicaces.

—Me alegro mucho de que les hayan devuelto a su hija sana y salva —añade Rasbach. Mira directamente a Marco—. No quería decirlo, pero las probabilidades eran escasas.

Marco se siente nervioso allí sentado al lado de Anne, mirando a Cora, preguntándose si están a punto de arrebatarle este momento de felicidad, preguntándose si Rasbach le va a decir que lo sabe todo. Y quiere alargarlo, probablemente para siempre, pero tiene que saberlo. La tensión es inaguantable.

—¿Qué ha pasado? —pregunta de nuevo.

—No podía dormir —le cuenta Anne—. Desde la ventana de mi habitación, vi a papá saliendo hacia el barranco. Llevaba una bolsa de deporte. Pensé que iba a encontrarse con los secuestradores otra vez. Le seguí hasta el barranco, pero, cuando le alcancé, ya tenía a Cora. Los secuestradores habían vuelto a llamar y quedaron para hacer el intercambio. Esta vez sí apareció un hombre con ella. —Se vuelve hacia el inspector—. Cuando alcancé a mi padre, el hombre ya no se encontraba allí.

Marco espera en silencio. De modo que así están las cosas. Intenta calcular las consecuencias: Richard será el héroe. Alice y él han pagado, otra vez, para recuperar a Cora. Eso es lo que Anne acaba de decirle a la policía. Sin embargo, no sabe si su mujer lo cree o no.

Tampoco tiene ni idea de lo que piensa el inspector.

—Y, ahora, ¿qué va a pasar? —pregunta Marco.

Rasbach le mira.

—Ahora, Marco, es el momento de decir la verdad.

De pronto, Marco se siente aturdido, casi mareado. Ve cómo Anne levanta la vista de la niña y mira al detective, atenta al desastre.

—¿Qué? —dice Marco. Nota cómo el sudor empieza a picarle en la piel.

Rasbach se sienta en el sillón que hay enfrente de ellos. Se inclina hacia delante concentrado.

—Marco, sé lo que hizo. Sé que cogió a su hija de la cuna y la puso en el asiento trasero del coche de Derek Honig justo después de las doce y media esa noche. Sé que Derek condujo hasta su cabaña en las Catskill, y allí fue brutalmente asesinado unos días después.

Marco no dice nada. Sabe que esto es lo que Rasbach ha pensado desde el principio, pero ¿qué pruebas tiene? ¿Le ha contado Richard lo del teléfono? ¿Es eso lo que estaban haciendo en la cocina? *¿Les ha contado Anne lo del vídeo?* De repente, es incapaz de mirar a su mujer.

—Esto es lo que creo, Marco —continúa Rasbach, hablando lentamente, como si entendiese que Marco está tan angustiado que le cuesta seguirle—. Creo que necesitaba dinero. Creo que montó este secuestro con Derek Honig para sacar dinero a los padres de su mujer. Y no creo que su mujer supiera nada del asunto.

Marco niega con la cabeza. Tiene que negarlo todo.

—Más allá de eso —añade Rasbach—, no lo tengo claro. Tal vez pueda ayudarme. ¿Mató usted a Derek Honig, Marco?

Este salta violentamente.

—¡No! ¿Por qué piensa eso? —Parece muy nervioso. Se seca las manos sudorosas sobre los pantalones.

—Derek le traicionó —contesta tranquilo Rasbach—. No llevó a la niña al intercambio como habían acordado. Se quedó con el dinero. Usted sabía dónde estaba con el bebé. Sabía lo de la cabaña en el bosque.

—¡No! —exclama Marco—. ¡Yo no sabía dónde se encontraba la cabaña! ¡Él nunca me lo dijo!

El salón se queda en perfecto silencio, salvo por el tictac del reloj sobre la chimenea.

Con un gemido, Marco hunde la cara entre sus manos.

Rasbach espera, deja que el silencio incriminatorio inunde la habitación. Y prosigue, en un tono más suave:

—Marco, no creo que su intención fuera que las cosas ocurrieran así. No creo que usted matara a Derek Honig. Creo que a Derek Honig lo mató su suegro, Richard Dries.

Marco levanta la cabeza.

—Si nos lo cuenta todo, todo lo que sabe, para ayudarnos en este caso contra su suegro, es posible que podamos llegar a un acuerdo.

—¿Qué clase de acuerdo? —pregunta Marco. La cabeza le va a mil por hora.

—Si nos ayuda, quizá podamos librarle del cargo de conspiración en un secuestro. Puedo hablar con el fiscal: pienso que cederá, dadas las circunstancias.

De repente, Marco ve esperanza donde antes no la había. Tiene la boca seca. No puede hablar. Pero asiente con la cabeza. Parece ser suficiente.

—Tendrá que venir con nosotros a comisaría —dice Rasbach—, cuando terminemos aquí. —Se levanta y vuelve a la cocina.

Anne se queda en el salón meciendo a la niña dormida, pero Marco se levanta y sigue a Rasbach. Le sorprende que las piernas le sigan respondiendo. Richard está sentado en una de las sillas de la cocina, en un obstinado silencio. Sus ojos se encuentran; su suegro aparta la mirada. Un policía de uniforme le hace levantarse y le esposa. Alice observa desde el fondo, sin decir nada, el rostro inexpresivo.

—Richard Adam Dries —dice el inspector Rasbach—, queda detenido por el asesinato de Derek Honig y por conspiración en el secuestro de Cora Conti. Tiene derecho a permanecer en silencio. Cualquier cosa que diga o haga podrá ser utilizada en su contra ante un tribunal de justicia. Tiene derecho a un abogado...

Marco observa, atónito, el giro que ha dado su suerte. La niña ha vuelto, sana y salva. Han descubierto a Richard, y va a recibir su merecido. Y él, Marco, no será procesado. Ahora Cynthia ya no tiene nada que le incrimine. Por primera vez desde que empezó esta pesadilla, respira. Ha acabado. *Por fin ha acabado.*

Dos policías de uniforme llevan a Richard esposado a través del salón hacia la entrada, y Rasbach, Marco y Alice les siguen. Richard no dice nada. No mira a su mujer, ni a su hija, ni a su nieta, ni a su yerno.

Marco, Anne y Alice ven cómo se lo llevan.

Marco mira a su mujer. Tienen a su adorada hija de vuelta. Y Anne lo sabe todo. Ya no hay secretos entre ellos.

Una vez en comisaría, resuelven los pormenores del acuerdo de Marco. Ha conseguido otro abogado, de un importante bufete criminalista de la ciudad distinto al de Aubrey West.

Marco confiesa todo a Rasbach.

—Richard me tendió una trampa. Fue una encerrona. Mandó a Derek a buscarme. Todo era idea suya. Sabían que necesitaba dinero.

Anne también habla.

—Pensamos que mi padre estaba detrás de esto. Yo sabía que conocía a Derek Honig. Le reconocí: solía venir por casa, hace años. Pero ¿cómo lo supo usted?

—Sabía que su padre mentía —contesta Rasbach—. Dijo que los secuestradores le habían telefoneado, pero tenemos sus teléfonos pinchados. Sabíamos que no le habían telefoneado. Y, luego, anoche, su madre me llamó.

—¿Mi madre?

—Su padre ha estado teniendo una aventura.

—Lo sé —dice Anne—. Mi madre me lo contó esta mañana.

—¿Qué tiene que ver con esto? —pregunta Marco.

—Su suegra contrató a un detective privado para averiguar qué se traía entre manos. El detective puso un aparato de seguimiento GPS en el coche de Richard hace unas semanas. Ahí sigue.

Marco y Anne escuchan atentamente al inspector.

—Sabemos que Richard fue en su coche a la cabaña más o menos a la hora del crimen. —Marco y Anne se miran. Rasbach prosigue, dirigiéndose a Anne—: Su madre también reconoció a Honig, en cuanto le enseñé una foto de él.

—Richard tenía el teléfono móvil, el teléfono de Derek —explica Marco—. El que debíamos usar para mantenernos en contacto. Pero Derek no me llamó, y tampoco contestaba a su móvil. Vi que tenía varias llamadas perdidas, y, cuando llamé a ese número, contestó Richard. Dijo que los secuestradores le habían mandado el móvil por correo, con una nota. Pero pensé que tal vez había matado a Derek y se había quedado con el teléfono. Nunca creí lo de la nota. Dijo que la había destruido para protegerme, porque la nota me incriminaba.

—Alice no vio ninguna nota ni ningún teléfono móvil —confirma Rasbach—. Richard explicó que los había recibido cuando ella no estaba.

—¿Por qué mató Richard a Derek? —pregunta Marco.

—Creemos que Derek debía devolverles a la niña cuando usted le llevó el dinero del rescate, pero no lo hizo, y Richard se dio cuenta de que le habían traicionado. Creemos que esa noche le siguió hasta la cabaña y le mató. Y, en ese momento, vio una oportunidad de pedir otro rescate y sacar más dinero.

—¿Dónde estuvo Cora después de que se la llevara de la cabaña? ¿Quién la cuidó? —pregunta Anne.

—Paramos a la hija de la secretaria de Richard saliendo del barrio con su coche esta mañana, justo después de que Richard recuperara a la niña. Ella se ocupó del bebé. Al parecer tiene un problema de drogas y necesitaba dinero.

Anne suelta un grito ahogado, horrorizada, y se lleva la mano a la cara.

Exhaustos pero aliviados, Anne y Marco han vuelto a casa con Cora, por fin. Después de acudir a la comisaría, la llevaron al hospital, donde le hicieron un chequeo y certificaron que se encontraba en perfecto estado de salud. Ahora Marco está preparando algo rápido de comer para los dos mientras Anne da el pecho otra vez a una Cora hambrienta. Ya no se oye el clamor de la prensa en su puerta; el nuevo abogado les ha dejado claro que Anne y Marco no van a hablar con ellos y ha amenazado con tomar acciones legales si les acosan. En algún momento, cuando las cosas se tranquilicen, pondrán la casa en venta.

Finalmente dejan a Cora en su cuna para que duerma. La han desvestido y la han bañado, mirándola con tanto mimo como cuando acababa de nacer, para asegurarse de que está bien. Y es que es una especie de renacimiento, como haberla recuperado de entre los muertos. Puede que sea un nuevo comienzo para ellos.

Anne se dice a sí misma que los niños son fuertes. Cora va a estar bien.

Se quedan de pie junto a la cuna, mirando a su hija que les sonríe y balbucea. Es un alivio inmenso verla sonreír; las primeras horas después de volver a casa no dejaba de mamar y llorar. Pero ahora está empezando a sonreír otra vez. Tumbada boca arriba en su cuna, con los corderitos de vinilo y sus padres mirándola, estira las piernas alegremente.

—Creía que este momento no llegaría nunca —susurra Anne.

—Yo tampoco —dice Marco, moviéndole el sonajero a Cora. La niña grita y lo coge con fuerza.

Se quedan en silencio un rato, observando a su hija mientras se duerme.

—¿Crees que me perdonarás algún día? —pregunta Marco, finalmente.

Anne piensa: «¿Cómo voy a perdonarte por haber sido tan egoísta, débil y estúpido?».

—No lo sé, Marco —contesta—. Tengo que ir día a día.

Marco asiente, herido. Tras un momento, dice:

—Nunca hubo otra mujer, Anne. Te lo juro.

—Lo sé.

37

Anne vuelve a dejar a Cora en su cuna, con la esperanza de que sea la última vez que le da el pecho esta noche y de que la niña duerma hasta la mañana. Es tarde, demasiado, pero aún oye a Cynthia moviéndose nerviosamente en la casa de al lado.

Ha sido un día de revelaciones traumáticas. Después de ver cómo sacaban a su padre esposado de la casa familiar, su madre se la llevó aparte mientras Marco sujetaba en brazos al bebé dormido en el salón.

—Creo que deberías saber —le dijo— con quién se veía tu padre.

—¿Qué más da? —preguntó Anne. ¿Qué importaba con quién estuviera Richard? Seguro que era más joven y atractiva. A Anne le daba igual quién fuera; lo importante era que su padre..., su padrastro, en realidad, había secuestrado a su hija para quedarse con millones de dólares del dinero de su madre. Ahora iría a la cárcel por secuestro y asesinato. Aún no podía creer que fuera verdad.

—Se veía con tu vecina de al lado —le explicó su madre—. Cynthia Stillwell. —Anne miró a su madre con incredulidad, porque, a pesar de todo lo ocurrido, aún era capaz de sorprenderse—. La conoció en vuestra fiesta de fin de año. Recuerdo cómo coqueteaba con él. En ese momento no le di mucha importancia. Pero el detective lo descubrió todo. Tengo fotos —añadió su madre con cara de repulsión—. Fotocopias de recibos de hotel.

—¿Por qué no me lo contaste?

—Me enteré hace poco —respondió Alice—. Y entonces se llevaron a Cora y no quería disgustarte aún más con esto. —Tras un breve silencio, comentó con amargura—: Ese detective es de las mejores inversiones que he hecho nunca.

Anne se pregunta qué estará pasando por la mente de Cynthia ahora mismo. Graham se encuentra fuera. Está sola en la casa de al lado. Debe de saber que han detenido a Richard. Ha salido por la televisión. ¿Le importa siquiera lo que le pase a Richard?

La niña está profundamente dormida en su cuna. Marco hace lo propio en la cama, roncando. Es la primera vez que duerme bien en más de una semana. Pero Anne está completamente despierta. Y Cynthia también, en la casa de al lado.

Anne se calza unas sandalias y sale por la puerta de la cocina. Recorre sigilosamente los pocos pasos que hay hasta el jardín trasero de los vecinos, con cuidado de que la verja no haga ruido al cerrar. Cruza el patio y se queda de pie en la oscuridad, con la cara a escasos centímetros del vidrio, mirando a través de las puertas correderas. Hay luz en la cocina. Puede ver a Cynthia moviéndose delante de la encimera junto al fregadero, pero se da cuenta de que ella no la ve. Anne la observa durante un rato en la oscuridad. Se está preparando un té. Lleva un camisón sexy, verde claro; muy provocativo para una noche sola en casa.

Evidentemente, Cynthia no tiene ni idea de que Anne la observa.

Llama suavemente. Ve cómo Cynthia se sobresalta y se vuelve hacia el lugar de donde proviene el ruido. Anne apoya su cara contra el cristal. Ve que su vecina no sabe qué hacer. Pero entonces se acerca a la puerta y la abre unos centímetros.

—¿Qué quieres? —pregunta Cynthia con frialdad.

—¿Puedo pasar? —contesta Anne. Su voz suena neutral, casi amigable.

Cynthia la mira con recelo, pero no le dice que no, y da un paso atrás. Anne abre la puerta un poco más y entra, cerrándola tras de sí.

Cynthia vuelve junto a la encimera y dice por encima del hombro:

—Estaba preparando una infusión. Manzanilla. ¿Quieres? Parece que esta noche ninguna de las dos puede dormir.

—Claro, ¿por qué no? —acepta Anne con tono agradable. Ve a Cynthia preparar otra taza; parece nerviosa.

—Bueno, ¿qué te ha traído por aquí? —pregunta abiertamente esta al darle la taza a Anne.

—Gracias —dice Anne, sentándose donde siempre junto a la mesa de la cocina, como si aún fueran dos amigas que se reúnen para tomar el té y charlar. Ignora la pregunta de Cynthia. Mira a su alrededor en la cocina, soplando la bebida para enfriarla, como si no tuviera nada especial en mente.

Cynthia sigue de pie junto a la encimera. No va a hacer como si aún fueran amigas. Anne la observa por encima del borde de la taza. Parece cansada, está menos atractiva. Por primera vez, ve atisbos de lo que puede ser cuando envejezca.

—Hemos recuperado a Cora —dice Anne despreocupadamente—. Aunque seguro que ya te has enterado. —Señala con la cabeza el muro común; está segura de que Cynthia puede oír a la niña llorando a través de la pared.

—Me alegro mucho por ti —responde Cynthia. Hay una isleta entre las dos, y sobre ella un bloque lleno de cuchillos. Anne tiene el mismo juego en su casa; estaba de oferta hace poco en el supermercado.

Anne deja su taza sobre la mesa.

—Solo quería dejar una cosa clara.

—¿Qué? —dice Cynthia.

—Que no nos vas a chantajear con ese vídeo.

—Oh, ¿y por qué no? —replica Cynthia, como si no se creyera la actitud ni por un instante, como si pensase que no era más que pura pose.

—Porque la policía sabe lo que hizo Marco —contesta Anne—. Les conté lo de tu vídeo.

—Ya. —Cynthia parece escéptica. Da a entender que Anne se está tirando un farol—. ¿Y por qué ibas a contárselo? ¿No irá Marco a la cárcel? Ah, espera..., es que *quieres* que vaya a la cárcel. —La mira con superioridad—. La verdad es que te entiendo.

—Marco no va a ir a la cárcel —dice Anne.

—Yo no estaría tan segura.

—Pero lo estoy. Marco no va a ir a la cárcel, porque mi padre, *tu amante*, ha sido detenido por asesinato y conspiración en secuestro, aunque estoy segura de que eso ya lo sabrás. —Anne ve cómo se endurece la expresión de Cynthia—. Oh, sí, lo sé todo, Cynthia. Mi madre contrató a un detective privado para vigilaros. Tiene fotos, recibos, de todo. —Anne da otro sorbo a la infusión, la saborea—. A fin de cuentas, vuestra aventura secreta resulta que no lo es tanto.

Por fin lleva las riendas, y le gusta. Sonríe a Cynthia.

—¿Y qué? —dice esta finalmente. Pero Anne ve que se encuentra muy nerviosa.

—Lo que puede que no sepas —prosigue Anne— es que Marco ha llegado a un acuerdo con la policía.

Anne ve algo parecido al miedo atravesando el rostro de Cynthia, y se centra en el motivo que le ha traído a su casa. Con tono amenazador dice:

—Has estado metida en todo esto desde el principio. Lo sabías todo.

—No sabía *nada* —contesta Cynthia despectivamente—, solo que tu marido secuestró a su propia hija.

—Vaya, yo creo que sí lo sabías. Creo que estabas involucrada en el plan de mi padre: todos sabemos cuánto te gusta el dinero. —Y con una pizca de veneno, Anne añade—: Puede que seas tú quien acabe yendo a la cárcel.

La expresión de Cynthia cambia.

—¡No! Yo no sabía lo que había hecho Richard, no hasta que lo vi anoche en las noticias. No estaba involucrada. Creía que lo había hecho Marco. No tienes ninguna prueba en mi contra. ¡Ni me he acercado a tu bebé!

—No te creo —dice Anne.

—Me da igual lo que creas, es la verdad —replica Cynthia. Mira a Anne entornando los ojos—. ¿Qué te ha pasado, Anne? Eras tan divertida, tan interesante..., hasta que tuviste un bebé. Todo en ti cambió. ¿Es que no te das cuenta de lo sosa, gorda y aburrida que eres ahora? Pobre Marco, no sé cómo lo aguanta.

—No intentes cambiar de tema. No hagas como si se tratase de mí. Tú tenías que saber lo que tramaba mi padre. Así que no me mientas. —La voz de Anne tiembla de ira.

—Nunca podrás demostrarlo, sencillamente porque no es verdad —dice Cynthia. Y luego añade cruelmente—: Si hubiera estado involucrada, ¿crees que habría permitido que la niña viviera? Probablemente habría sido mejor para Richard matarla al principio; muchos menos problemas. Habría sido un placer hacer callar a esa enana de una vez por todas.

Cynthia parece asustada, se da cuenta de que ha ido demasiado lejos.

De pronto, la silla de Anne cae hacia atrás. La expresión de suficiencia habitual de Cynthia se transforma en una mirada de puro terror; su taza de porcelana se hace añicos y suelta un grito espantoso, ensordecedor.

Marco se encontraba profundamente dormido. Pero, en medio de la noche, se despierta de repente. Abre los ojos. Está muy oscuro, pero ve destellos de luz roja dando vueltas por las paredes de su dormitorio. Luces de un vehículo de emergencias.

La cama está vacía a su lado. Anne debe de haberse levantado para dar el pecho a la niña.

Siente curiosidad. Se levanta, va hacia la ventana del dormitorio y mira la calle. Aparta la cortina y se asoma. Es una ambulancia. Se halla aparcada debajo de su ventana, a la izquierda.

Delante de la casa de Cynthia y Graham.

Todo su cuerpo se tensa. Ve varios coches de policía blancos y negros al otro lado de la calle, y varios más que llegan ahora. Los dedos con los que sujeta la cortina se mueven involuntariamente. Le inunda la adrenalina.

Una camilla sale de la casa, la llevan dos auxiliares de ambulancia. Debe de haber una persona tendida en ella, pero Marco no puede distinguirla si no se aparta el enfermero. No parecen tener prisa. El enfermero se mueve. Marco ve que, en efecto, hay una persona en la camilla. Pero no logra distinguir quién, porque su rostro permanece cubierto.

Sea quien sea, está muerta.

Marco siente que la sangre no le llega a la cabeza; cree que se va a desmayar. Sigue observando, y, de repente, ve caer por el borde de la camilla un mechón largo de pelo color azabache.

Vuelve a mirar la cama vacía.

—Dios mío —susurra—. ¿Qué has hecho, Anne?

Sale corriendo del dormitorio, mira rápidamente en la habitación de Cora. Está dormida en su cuna. Llevado por el pánico, baja corriendo las escaleras y, al pasar por el oscuro salón, se detiene de golpe. Ve el perfil de su mujer: está sentada a oscuras, completamente quieta. Se acerca a ella, lleno de pavor. Se halla hundida en el sofá, mirando hacia delante como si estuviera en trance, pero al oírle acercarse vuelve la cabeza.

Tiene un cuchillo grande de trinchar sobre el regazo.

La luz roja y pulsante de los vehículos de emergencia dibuja círculos sobre las paredes del salón, bañándolas con un brillo espeluznante. Marco ve que el cuchillo y las manos de Anne están manchados —manchados de sangre—. Toda ella está cubierta de sangre. Tiene salpicones de sangre en la cara y en el pelo. A Marco le entran ganas de vomitar.

—Anne —susurra, y su voz sale como un graznido roto—. Anne, ¿qué has hecho?

Ella le mira en la oscuridad y dice:

—No lo sé. No me acuerdo.

Agradecimientos

Debo dar las gracias a muchas personas. A Helen Heller, agente extraordinaria: gracias por todo. Mi más profundo agradecimiento a todo el equipo de Marsh Agency por su magnífica representación en todo el mundo.

Muchas gracias a Brian Tart, Pamela Dorman, y a toda la gente de Viking Penguin (EE UU). Muchas gracias también a Larry Finlay y Frankie Gray de Transworld UK, así como a su fabuloso equipo. Gracias a Kristin Cochrane, Amy Black, Bhavna Chauhan y al equipo de Doubleday Canada por su apoyo. Tengo la gran suerte de contar con maravillosos equipos de marketing y publicidad a ambos lados del Atlántico.

Gracias a Ilsa Brink por su diseño de la página web.

También estoy muy agradecida a mis primeras lectoras: Leslie Mutic, Sandra Ostler y Cathie Colombo.

Y, por supuesto, no podría haber escrito este libro sin el apoyo de mi familia.